Peter Kuntze / Der Färingische Traum

Romane der Gegenwart

Herausgegeben von Adrien Finck

Band 10

Peter Kuntze

Der Färingische Traum

Roman

Morstadt Verlag

© 1987 Morstadt Verlag Kehl Strasbourg Basel
Verlagsort: Kehl
Gesamtherstellung: Kehler Druck GmbH & Co. KG
Schutzumschlag: Irene Seiler

ISBN 3-88571-170-2

Handlung und Figuren dieses Romans sind frei erfunden.
Eine Ähnlichkeit mit lebenden Personen oder tatsächlichen Begebenheiten wäre rein zufällig.

„Sie sind guter Laune", sagt der Autodidakt umsichtig.
„Weil ich daran denken muß", sage ich lachend, „daß wir alle zusammen hier sitzen und essen und trinken, um unsere kostbare Existenz zu erhalten, und daß es nicht die allergeringste Existenzberechtigung gibt."

Jean Paul Sartre, „Der Ekel"

Erster Teil

1

Grewe wartete auf die S-Bahn. Mißmutig schritt er auf und ab, blickte zu einer der großen Uhren in der unterirdischen Station, die weiß ausgekachelt war wie ein Operationssaal, und zündete sich eine Zigarette an. Ihn fröstelte. Hoffentlich sind die Kinder schon mit dem Abendessen fertig, dachte er. Nichts haßte er mehr als einen unregelmäßigen Tagesablauf. Und der Rhythmus dieses Tages war nachhaltig gestört. Nicht nur daß ein Kollege erkrankt war, so daß er dessen Arbeit hatte zusätzlich übernehmen müssen, obendrein war ihm auch noch dessen Mitteldienst — die Periode zwischen dem Redaktionsschluß der ersten Ausgabe und dem Nachtdienst — aufgetragen worden. Dadurch war er weder zur gewohnten Lektüre jener Zeitschriften und Zeitungen gekommen, die ihnen in der Nachrichtenredaktion zur Verfügung standen, noch hatte er sich, und sei es nur für einen wohligen Augenblick, in den Roman, den er gerade las, fallen lassen können. Das Tauchen in ein Buch aber war für ihn so notwendig wie der nachmittägliche Whisky. Für zwanzig bis dreißig Minuten versank er in einer anderen Welt, die ihn das redaktionelle Einerlei aus Agenturmeldungen und Korrespondentenberichten vergessen ließ. Manche Kollegen beneideten ihn um die Fähigkeit, im lärmenden Getriebe alle Sinne nach innen richten zu können. Doch sie kannten nicht das Gefühl der Leere, das ihn befiel, wenn er wieder auftauchte und sich mit einem Schluck Whisky zum Redigieren irgendwelcher Auslandsnachrichten ermuntern mußte.

Unruhig blickte Grewe auf den automatischen Fahrtanzeiger neben der Uhr. Zu allem Überdruß schien die Bahn wieder einmal Verspätung zu haben. Mit Daumen und Zeigefinger schnippte er die glimmende Zigarette auf die Gleise, wo sie Funken sprühend zwischen Apfelsinenschalen und einer Coca-Cola-Büchse liegen blieb. Dann zog er ein billiges Exemplar des ,,Stechlin" aus der schwarzen Aktenmappe, stellte die Tasche zwischen seinen Beinen ab und las. Nach einigen Minuten, mittlerweile war es 20.04 Uhr, kündigte ein aus dem Tunnel fauchender Wind das Nahen des Zuges an. Papierfetzen wirbelten über die Gleisbohlen, die Cola-Dose schepperte gegen Schottergestein. ,,Bitte Beeilung beim Ein- und Aussteigen, der Zug hat Verspätung", klang es metallisch aus der Sprechanlage.

Grewe suchte einen freien Platz am Fenster — eine stets überflüssige Bemühung, denn noch nie hatte er absichtsvoll hinausgeblickt. Kaum war er eingestiegen, vertiefte er sich jedesmal sofort in seine Lektüre — früher in politische Sachbücher, seit geraumer Zeit in Romane und Gedichtbände. Umstände und Zeit seiner täglichen Hin- und Rückfahrten spürte er so wenig, daß es schon etliche Male geschehen war, daß sein Hausnachbar neben ihm saß, ohne daß er es bemerkte. Erst als er den Bus verließ, der im Vorort zwischen der S-Bahn-Station und der Lindenstraße pendelte, erschreckte ihn der Nachbar mit einem lachenden „Guten Abend, Herr Dr. Grewe". Da der Zug trotz Verspätung nicht sofort abfuhr, blickte er jetzt gegen seine Gewohnheit kurz aus dem Fenster. Zwei sommersprossige Mädchen zwängten sich Riesenbrötchen, die wie runde Pflastersteine aussahen, in lachende Münder. „Wir sind ein Viertelpfündertyp", stand in schwarzen Lettern über ihren Köpfen, und am unteren Rand des Plakats wurde dies als „Essen mit Spaß" ausgegeben. Als sich der Zug in Bewegung setzte, verzerrten sich Münder und Hamburger zu einem Riesenschlund, der von einer blauen Tafel mit zwei überdimensionalen, einander zugeneigten Biergläsern abgelöst wurde, zwischen denen „Ein Prosit auf die Liebe" stand. Grewe schlug das Buch auf und tauchte hinab in die märkische Adelswelt, die ihm vertrauter schien als die Putsch-Meldungen aus Lateinamerika, die er noch vor einer halben Stunde über den Fernschreiber erhalten hatte. Kurz vor der neunten Haltestelle erhob er sich, ohne aufzublicken. Der fast zwölfjährige Rhythmus der Stationen war ihm so vertraut, daß er sich nicht mehr zu vergewissern brauchte. Unter der Brücke, eingehüllt in Abgasschwaden und Winternebel, wartete bereits der Bus mit laufendem Motor.

An der Haltestelle stand ein gebeugter Mann mit einer viel zu großen Pelzkappe, der die Füße gegeneinanderschlug und sich die Hände warmhauchte. Er beobachtete die Passagiere, die eilig aus der S-Bahn stiegen, als erwarte er jemanden. Doch als der Busfahrer die Türen öffnete, stemmte der Mann eine ausgebeulte Reisetasche, die er neben sich im Schnee abgestellt hatte, in den Wagen und löste eine Fahrkarte. Grewe, der seit einiger Zeit in einer Mischung aus Mißmut und geschäftsmäßiger Höflichkeit stets sicherstellte, daß nicht sein Nachbar unbemerkt und ungegrüßt in der Nähe war, ließ sich erleichtert nieder und musterte gleichgültig die riesige Pelzmütze des Fremden, der vor ihm saß und mit der rechten Hand die Reisetasche zu sich an den Sitz zog. Bis zur Lindenstraße fuhr der Bus fünfzehn Minuten — Zeit genug, um trotz trüben Lichtes und rüttelnder Fahrtbewegungen noch einige Seiten zu lesen.

Außer ihm stieg in der Lindenstraße nur der Fremde aus. Grewe schlug den Mantelkragen hoch und eilte nach Hause — vorbei an verschneiten Vorgärten und schmalen Küchenfenstern, aus denen mattes Licht auf Krüppelkiefern und erstarrte Rhododendronbüsche fiel. An der Kreuzung verschwand der Bus in einer Abgaswolke. Die Straße war, wie stets nach Einbruch der Dunkelheit, völlig ruhig. Sie gehörte zu einem netzartig angelegten Neubauviertel, dessen Wege-Namen, alphabetisch geordnet nach Blumen und Bäumen, in keinem Verhältnis zur Gleichförmigkeit der Architektur standen. Wer rechnet schon in einem Hyazinthen- oder Chrysanthemenweg mit einem zwölfgeschossigen Wohnsilo aus grauem Beton oder vermutet an einer Linden-

straße im Karree errichtete Reihenhäuser, in deren Gärten Thujenhecken das höchste Grün markieren?
Als Grewe die Haustür öffnete, sprang ihm im Vorflur winselnd der Hund entgegen. Es dauerte jeden Abend einige Minuten, ehe sich der Rauhhaardackel von der Wiedersehensfreude erholt hatte.
„Du kommst spät, Achim", rief Grewes Frau aus der Küche.
„Ich hatte Mitteldienst und konnte nicht anrufen. Irgendwo in Lateinamerika wird geputscht."
„Ich hab's im Radio gehört. In Bolivien, nicht wahr?"
„Kolumbien."
Er rechnete es zu Irenes Vorzügen, daß sie sich weder für Politik noch für seinen Beruf interessierte. Nichts wäre ihm lästiger gewesen, als wenn er auch noch zu Hause stundenlange Debatten über tagespolitische Fragen hätte durchstehen müssen.
Grewe zog den Mantel aus und streichelte Cito, der glücklich die Aktentasche abschleckte.
„Vorhin kam ein eigenartiger Anruf", sagte Irene, als Grewe am Abendbrottisch saß. „Jemand wollte einen gewissen Dressler sprechen."
„Sicher falsch gewählt."
„Eben nicht. Er nannte unsere Nummer und sagte, ich sei doch Frau Grewe. Dann fragte er, ob dieser Dressler schon angekommen sei."
„Kenne ich nicht."
Sorgfältig schnitt er das Fleisch vom Kotelettknochen, gab Cito, der, mit den Vorderpfoten auf Grewes rechten Oberschenkel gestützt, jeden Bissen vom Teller bis in den Mund seines Herrn fixierte,

hin und wieder ein Stückchen ab und trank genüßlich sein Bier. Außer jenen Minuten vor dem Hinüberdämmern in den Schlaf, wenn er in entspannter Reglosigkeit das Gefühl absoluter Gleichgültigkeit genoß, zählte für Grewe das Abendessen zu den schönsten Augenblicken. Er zog es durch bedächtiges Zerkleinern der Nahrung in die Länge, ließ sich ausgiebig die belanglosen familiären Neuigkeiten berichten, wurde zusehends aufgeräumter und lehnte sich — wenn Irene und die Kinder längst aufgestanden waren — im Stuhl zurück und rauchte zum Abschluß eine Zigarette.
Heute indes war durch den plötzlichen Mitteldienst auch der abendliche Rhythmus gestört. Irene hantierte an der Geschirrspülmaschine, der Tisch war fast abgeräumt.
Grewe erkundigte sich nach den Kindern.
,,Michael sitzt noch über seinen Schularbeiten, Vera scheint fernzusehen."
Erst in den letzten Jahren, so stellte Grewe fest, hatte er ein neues, nein, überhaupt ein Verhältnis zu den Kindern entwickelt. Als Vera vor dreizehn Jahren geboren wurde, hatte er beruflich noch kaum Fuß gefaßt, und als dann vier Jahre später Michael kam, war er an seinem Schreibtisch und in Versammlungen so sehr mit der Weltrevolution beschäftigt gewesen, daß er kaum bemerkte, wie die Kinder heranwuchsen.
,,Eine Ohnmacht in der Nähe erschüttert uns mehr als tausend Tode in der Ferne" — dieser Spruch, den er irgendwo gelesen hatte, traf auf ihn für mehr als ein Jahrzehnt nicht zu. Das Gegenteil war richtig gewesen, so daß Irene erklärte, eigentlich brauche er

keine Familie, er sei ein Einzelgänger, der nur in seinem Arbeitszimmer, „allein mit jenen Büchern", glücklich sei. Im Grunde hatte sie recht gehabt, doch seit geraumer Zeit war er nicht mehr „allein mit jenen Büchern", womit sie die marxistischen Klassiker meinte, sondern wirklich allein — wie die meisten anderen auch. Die Gewißheiten der Vergangenheit waren zerstört. Glück definierte er nicht mehr als Streben nach Erkenntnis und Veränderung, vielmehr als physisches und psychisches Wohlbefinden, zu dem das Familienleben wesentlich beitrug.

Mittlerweile war es halb zehn. Die Kinder hatten sich verabschiedet und waren nach oben gegangen. Aus Veras Zimmer drang aufgeregte Pop-Musik; Irene schien im Wohnzimmer zu telefonieren. Grewe, der das restliche Geschirr in die Spülmaschine geräumt hatte, wollte sich gerade eine Zigarette anzünden, als es an der Haustür klingelte.

2

„Hallo, Jo —"
Grewe sah nur eine riesige Pelzkappe, unter der weißer Atem hervorquoll. Auf der Eingangsstufe stand eine ausgebeulte Reisetasche.
„Jo, was ist? Kennst du mich nicht mehr?" Wieder brodelte es weiß unter der Mütze.
Der Mann schlug die Füße gegeneinander und rieb sich die blaugefrorenen Finger. Es klang wie das Rubbeln auf einem Waschbrett.
„Du bist noch immer der alte. Siehst vor lauter Büchern die Welt nicht mehr. Ich weiß, ich weiß: ohne Theorie keine Praxis." Dabei hob er, während Grewe ihn noch immer wortlos anstarrte, wie in schuldbewußter Abwehr die Hände. Als sich auf der Straße Schritte näherten, nahm er die Tasche auf, drängte Grewe hastig ins Haus und schloß die Tür. Erst jetzt, im grellen Flurlicht, erkannte dieser den Fremden.
„Jean Bresser! Sie sagten mir damals, du seist nach Frankreich gegangen."
„Stimmt auch. Dann war ich in Italien. Bei Fiat in Turin."
„Bei Fiat? Was um Himmels willen hast du da gemacht?"
„Ein Jahr am Band. Basisarbeit, verstehst du? Unser altes Konzept. Dort halten sie es bis heute durch."
„Komm herein."
Sie betraten den Hausflur, der zu Wohnzimmer und

Küche führte. Vom Treppengeländer blickten die Kinder herab.

„Geht schlafen", rief Grewe. Dann öffnete er das Wohnzimmer. Irene telefonierte noch immer, blickte aber gespannt auf, als sie ihn sah.

„Ein Bekannter ist gekommen. Jean Bresser. Er war vor Jahren einmal bei uns. Im Sommer auf der Terrasse." Er tippte sich, ohne daß Bresser es bemerken konnte, an die Stirn und hob mit Verzweiflungsmiene die Schultern. „Wir gehen zu mir hinauf."

Vorsichtig schloß er die Wohnzimmertür. In der Küche jaulte Cito. Grewe hatte ihn eingesperrt, als es geklingelt hatte.

„Entschuldige, meine Frau telefoniert. Komm."
Sie gingen nach oben.

„Trautes Heim", sagte Bresser ohne Ironie und musterte die Stiche an den Wänden. Aus dem Badezimmer tauchte Vera im Schlafanzug auf. Eilig verschwand sie in ihrem Zimmer.

„Deine Tochter hätte ich nicht wiedererkannt."

„Wir werden alle älter", murmelte Grewe unwirsch, obwohl er gerade diese Floskel am meisten haßte, weil sie für ihn nicht zu gelten schien. Er spürte dies besonders in seinem Verhältnis zu Vera, denn väterliche Gefühle hatten sich bei ihm bis heute nicht eingestellt. Da ihr die Kameraderie zwischen ihnen bewußt war, erwiderte die Tochter augenzwinkernd die tiefe Zuneigung, die er für sie empfand. Es schien, als ob er nicht erwachsen werden könne — nicht im Sinne eines Reifeprozesses, sondern verstanden als Ergebnis natürlicher Alterung,

die in der Regel zunehmende Distanz von den nachfolgenden Generationen bewirkt. Psychologen mochten dafür eine Erklärung haben. Jugendlichkeitswahn vielleicht? Oder Regression? Doch das traf es nicht; Grewe war es auch gleich. Psychologie, für die er sich eine Zeitlang sehr interessiert hatte, galt ihm als Wissenschaft für die Probleme anderer. Seit er Anfang dreißig innerhalb weniger Monate völlig ergraut war, konnte er seine Jugendlichkeit unter der weißen Haarmaske verbergen und fühlte sich an die zu ewigem Leben verdammte Figur in einem Märchen erinnert, das er in der Schulzeit gelesen und das ihm damals Grauen eingeflößt hatte. Sie mußten noch eine Treppe höhersteigen. Am obersten Geländer stellte Bresser seine Tasche ab und verschnaufte.
,,Das Band geht in die Knochen. Ich habe die Kollegen immer bewundert. Fünf Jahre in der Fiat-Mühle, und du bist erledigt."
Grewe stand ungeduldig auf der Schwelle.
,,Ah", rief Bresser und studierte die an der Tür mit Klebeband befestigten Zettel. ,,Gedichte! Von dir?"
,,Alte Sachen. Nichts von Bedeutung."
,,Sag das nicht. Das hier gefällt mir:

    ,blattgrün tropft stille durchs fenster
    die schreie der hungernden
            ersticken in der gardine
    rote blumen verlieren die farbe
    im herbstwind trocknen die gräser
    die schreie der hungernden
            ersticken in der gardine

im funkelnden weinglas
die schreie ersäufen
morgen die gardine waschen'

Eine schöne Satire auf diese beschissene Spießermoral. Wirklich von dir? Vielleicht etwas zu sentimental, zu pessimistisch: ‚rote blumen verlieren die farbe'. Aber von Lyrik verstehe ich nichts. Warum schickst du es nicht dem *Neuen Tag*? Die würden es bestimmt drucken."
,,Ach laß. Das sind alte Geschichten."
Das Gedicht hatte Grewe peinlich berührt. Er hatte es längst vergessen gehabt und fühlte nun schmerzlich, wie sehr es auf ihn zutraf. Welche Wandlung in kaum zehn Jahren!
Bresser, noch immer die Pelzkappe auf dem Kopf, trat ins Zimmer. Er ging tief gebeugt wie ein Sprinter, der gerade davonrennen will und auf dem Teppichboden nur den richtigen Halt für den Start sucht. Grewe indes schien es, als ächze sein ungebetener Gast unter der Last der Weltrevolution wie Atlas unter dem Himmelsgewölbe. Schon damals, als sie sich kennengelernt hatten, gemahnte ihn der Anblick des Buckels an dieses Bild. Offensichtlich war die Last seitdem um vieles schwerer geworden.
,,Leg ab und setz dich."
Bresser schälte sich aus der Felljacke und gab Grewe die Mütze. Sein Gesicht, eingerahmt von einem Bart, der einen bizarren Bogen von Ohr zu Ohr schlug, war gerötet. Er stand unter der Dachschräge mitten im Zimmer und blickte sich um. Wieder rieb er sich die Hände, als müsse er Wäsche rubbeln.

„Gottlob, sie haben unrecht. Du bist noch immer der alte. Ich hätte es auch nicht glauben können." Er steckte die Hände in die Hosentaschen und musterte die Wände, an denen Poster und Plakate hingen.

„Wer sind — sie?" fragte Grewe.
Bresser gab keine Antwort. Er studierte die Zettel, die an den wenigen freien Flächen zwischen den Bücherregalen klebten. „Hier", rief er triumphierend, als habe er eine wichtige Entdeckung gemacht. „Die ewige Wahrheit: ‚Es gibt immer nur eine Entscheidung — für die Oberen oder für die Revolution.'"
„Von wem ist das?"
„Fanon."
„Etwas simpel, findest du nicht?"
„Du hast es selbst angeklebt, also hat es doch Bedeutung für dich — oder? Und darunter das gleiche, aber ein wenig zu existentialistisch: ‚Es gibt nur zwei Möglichkeiten — entweder Selbstmord oder Auflehnung.' Von Camus."
„Zu rigoros, aber schon treffender", sagte Grewe. „Darunter muß noch ein Spruch sein."
„Meinst du den hier? ‚Hütet euch vor den falschen Propheten, die in Schafskleidern zu euch kommen, inwendig aber sind sie wie reißende Wölfe.'"
„Den meine ich."
„Aber Jo, am Ende werden sie wohl nicht doch recht haben?" Bresser drohte belustigt mit dem Zeigefinger.

„Diese Spruchweisheiten widern mich an." Grewe rückte zwei verblichene Sessel an den Tisch, forderte

Bresser auf, Platz zu nehmen, und öffnete den Kühlschrank.

„Whisky oder Bier?"

„Bier. Aber stell es bitte auf die Heizung. Ich hab seit Jahren ein Magengeschwür und muß vorsichtig sein."

Bresser kramte in seiner Reisetasche, bis er endlich eine kleine rote Schachtel fand. Er knackte zwei eingeschweißte Tabletten aus der Plastikfolie, die er aus der Schachtel gezogen hatte. Während er die auf der flachen Hand liegenden weißen Kügelchen mit routiniertem Schwung in den Mund beförderte, wandte er sich zu Grewe um.

„Was hast du vorhin eigentlich gelesen, Jo? Ich konnte es im Bus nicht erkennen." Das Gesicht verschwand unter dem Buckel, in dessen Schatten sich Bresser eine Zigarette drehte. Das Knistern und Scharren gemahnte an das hektische Treiben eines Eichhörnchens.

„Fontane", erwiderte Grewe gereizt. Er fühlte sich unbehaglich. Schon das ständige „Jo" ging ihm auf die Nerven. Sollte die Zweiteilung seines Vornamens denn nie ein Ende nehmen? Zu Hause, in der Redaktion, im Freundeskreis — überall, wo er sich in den letzten Jahren wenn auch nicht immer wohl, so doch sicher gefühlt hatte, wurde er Achim genannt. Das „Jo" war nur seinen einstigen Gesinnungsgenossen vorbehalten gewesen, ein Kapitel, das er längst abgeschlossen zu haben glaubte: Achim — der Bürgerliche, Jo — der heimliche Revolutionär.

Er übergoß die Eiswürfel, bis sie im goldgelben Long John ertranken.
Reichte es nicht, daß ihm die Wände des Arbeitszimmers den zähen Rest seines Widerspruchs jeden Tag vor Augen führten? Marx und Engels blickten väterlich auf sein Whiskyglas, Mao — überdimensional — lächelte weise im Hintergrund. Jahrelang hatte er Besucher eingeteilt in die Kategorien Wohnzimmer und Arbeitszimmer. Genossen lenkte er sofort hinauf, vorbei an der bürgerlichen Gemütlichkeit, die er schamhaft verbarg; Bekannte jedoch — Freunde hatte er damals nicht — wollte er mit dem revolutionären Weltgericht dort oben nicht erschrecken. Unten Biedermann, oben Brandstifter. Für die einen Achim, für die anderen Jo. Sollte das Versteckspiel etwa von neuem beginnen?
Die Eiswürfel begannen zu schmelzen. Der Whisky tat seine wohlige Wirkung.
Irene hatte schon oft darauf gedrungen, endlich das Arbeitszimmer renovieren zu lassen — den „ungemütlichsten Raum des Hauses", wie sie ihn nannte; doch es waren nicht nur finanzielle Gründe, so berechtigt sie auch stets waren, die Grewes Widerstand herausforderten. Der Raum, mit fast dreißig Quadratmetern einer der größten des Hauses, war fast noch so eingerichtet wie kurz nach dem Einzug: auf primitiven Metall- und Spanplattenregalen bog sich die Bibliothek (auch sie übrigens sorgsam eingeteilt — unten im Wohnzimmer alles Belletristische, hier oben alles Politische); Dutzende von grauen Aktenordnern bargen ein umfangreiches Archiv; unter dem Kippfenster — Grewe zufolge „direkt

beim Mond" — stand ein riesiger Schreibtisch, umringt von drei kleinen Beistelltischen, die mit Büchern, Schreibmaschine und Radio beladen waren; in der Mitte des Zimmers ächzte ein alter Küchentisch unter der Last von Zeitschriften und unsortierten Papieren; direkt neben dem Waschbecken, das hinter einem Kaminvorsprung verborgen war, deuteten eine ausrangierte Polstergarnitur — komplett mit Sofa und Sesseln — sowie ein Rauchtisch eine wohnliche Note an. Sie waren, ebenso wie der Kühlschrank, die einzige Neuerung der letzten Jahre. Wenn ihm auch Poster und Plakate, die Zettel mit Sprüchen und Statistiken jetzt nichts mehr bedeuteten, so fühlte sich Grewe doch wohl in diesem Raum mit den fleckigen Wänden und Deckenrissen. Er wehrte sich gegen eine Verkleidung mit nordischer Fichte oder gar Eiche rustikal, wollte das anarchische Arrangement trotz allem nicht eintauschen gegen genormte Ordnung.
„Hast du irgend etwas Eßbares hier?" fragte Bresser.
„Am besten Schokolade. Ich habe ständig das Gefühl, mein Magen habe ein Loch."
Mit seinem Bart und den abstehenden Ohren erinnerte er Grewe an eine jener Holz- und Porzellaneulen, mit denen Irene Wohn- und Schlafzimmer verziert hatte und die von Schränken und Regalen auf die arglosen Besucher heruntergestarrten. Selbst im Bett verfolgten die Glotzaugen jedes Manöver, wodurch Grewe schon manches Mal aus der Fassung geraten war, was dem Eulentick seiner Frau indes keinen Abbruch tat.
„Schokolade —?" Er kramte im untersten Fach des

Kühlschranks zwischen Gurkengläsern und Würstchendosen. Früher, als er noch bis tief in die Nacht angestrengt und begeistert gearbeitet hatte, brauchte er hin und wieder eine Zwischenmahlzeit.

„Wie ist es mit Pralinen? Hier ist ein halber Kasten." Der Himmel mochte wissen, wie er dort hingekommen war.

„Schokolade stopft besser. Aber Pralinen werden es auch machen."

Grewe schauderte, als er sah, wie Bresser ein Praliné nach dem anderen in den Mund schob, dazu Bier trank und Tabakkrümel kaute.

„Weshalb bist du gekommen?" fragte er angewidert.

„Sehr gut — die Pralinen", sagte Bresser. Der Bart, den er in periodischen Abständen zwischen linkem Ohr und Kinn zwirbelte, zuckte. „Du mußt uns helfen, Jo. Wir haben eine große Aktion vor."

„Wer ist wir?"

„Später. Die Sache soll in der nächsten Woche über die Bühne gehen."

„Was auch immer ihr vorhabt — ich mache nicht mit. Schon seit Jahren habe ich zu Leuten wie dir keinen Kontakt mehr. Ich bin längst ausgestiegen, verstehst du?" Grewe war aufgestanden und ging, das Whiskyglas in der Hand, aufgeregt hin und her.

„Ich weiß, Jo", sagte Bresser, und seine Stimme hatte ihren jovialen Ton verloren. „Sie haben mir alles gesagt. Ich bin bestens im Bilde. Tut mir leid, daß ich dir vorhin diese Komödie vorspielte. Ich wollte nur wissen, wie tief der Bruch geht. Okay, du stehst jetzt auf der anderen Seite der Barrikade.

Doch es wird dir nichts nützen, du hängst zu sehr drin." Er prostete Grewe spöttisch zu.
„Ich stehe hinter keiner Barrikade mehr. Die Zeiten sind für immer vorbei. Ich bin allein und will nur meine Ruhe", sagte Grewe bitter.
„Wie auch immer. Du kommst nicht mehr heraus. Wenn du nicht freiwillig mitmachst, werden wir dich zwingen, so sehr ich es auch bedauern würde."
„Mach dich nicht lächerlich." Im Whiskyglas klirrten frische Eiswürfel, die Grewe wieder in Long John ertränkte.
„Hast du ‚Custos' vergessen?" Bresser zog einen fleckigen blauen Schnellhefter aus der Reisetasche.
„Und dein Buch? Wie hieß es doch gleich — ‚Marktwirtschaft ohne Schleier'?"
„‚Schein und Wirklichkeit'."
„Soweit ich weiß, benutzen sie es noch immer als Schulungsmaterial."
„Dem Verfassungsschutz wird es bekannt sein."
„Auch deinem Chefredakteur? Und den Leuten beim Fernsehen?"
Grewes Hand umklammerte das Glas, bis die Knöchel weiß wurden. Ihn schwindelte. Als befürchte er einen Absturz ins Bodenlose, suchte er mit der rechten Hand Halt an der Tischkante.
„Du schweigst beredt. Soll ich dir etwas von ‚Custos' vorlesen?" Desinteressiert blätterte Bresser in dem Schnellhefter wie ein Bankangestellter in Kontoauszügen. „Das hier vielleicht: ‚Wer über die Wahlergebnisse in Ostblock-Staaten spottet, in denen 98 bis 99,9 Prozent der Stimmen auf die Liste ‚Nationaler Einheitsfronten' entfallen, sollte sich die Wahl-

ergebnisse bei uns etwas genauer betrachten: hier entfallen ebenfalls 98 bis 99,9 Prozent der Stimmen auf die Liste einer ‚bürgerlichen Einheitsfront', denn alle im Parlament vertretenen Parteien sind sich grundsätzlich über die Wahrung der ‚freiheitlich-demokratischen Grundordnung' und der ‚sozialen Marktwirtschaft' einig und beschwören auf dieser Grundlage ständig die ‚Solidarität der Demokraten'. Sie sind somit mehr oder minder linke, rechte oder in der Mitte stehende Fraktionen einer einzigen großen bürgerlichen Ordnungspartei. Differenzen haben sie nur bezüglich der Ausgestaltung dieser Ordnung und der unterschiedlichen Einsicht in die Notwendigkeit bestimmter, die Grundlagen aber nicht verändernder Reformen. Bei Wahlen gibt es daher keine Alternative zwischen entgegengesetzten Programmen, sondern lediglich zwischen dieser oder jener Flickschusterei am Bestehenden, diesem oder jenem Versprechen.' — Nun? Glaubst du, daß dein Chefredakteur diese Ansicht teilt? Meinst du, du bist noch länger für das Fernsehen tragbar, wenn sie erfahren, was du vor wenigen Jahren geschrieben hast? Hör zu: ‚Zwei imperialistische Weltkriege, die allein aus den Gesetzen der bürgerlichen Wirtschafts- und Gesellschaftsordnung hervorgegangen sind und nicht den Marxisten angelastet werden können, sowie zahlreiche Eroberungskriege und militärische Aktionen zur Niederwerfung sich erhebender Völker sind die blutige Bilanz der Diktatur der Bourgeoisie, dieser auf ‚Vernunft' und ‚Gerechtigkeit' sich gründenden Ordnung. Ihrer Logik entspricht es, alle als ‚Terroristen' zu brandmarken, die sich gegen ihre auf Ge-

walt gestützte Herrschaft auflehnen; sie bejammert und verurteilt die Wirkungen, verschweigt aber deren Ursachen. Sie weinte damals bittere Tränen über die ‚unschuldigen Opfer' in Vietnam, über die ‚Sinnlosigkeit des Krieges' und stellte damit den Aggressor und das Opfer der Aggression auf eine Stufe. Die institutionelle oder von außen hereingetragene bürgerliche Gewalt wird begrüßt, verteidigt oder mit den fadenscheinigsten Argumenten beschönigt, die ihr notwendig entspringende revolutionäre Gegengewalt aber wird verdammt — das ist der bürgerliche Humanismus, eine grandiose Heuchelei.'
— Nun, Jo? Wie gefällt dir das? Deine Polemiken waren immer hervorragend. Ich habe dich oft dafür bewundert."
Bresser schloß behutsam den Schnellhefter, als berge dieser gläserne Kostbarkeiten und nicht Pamphlete unter dem Pseudonym ,,Custos". Grewes Entsetzen hielt sich indes in Grenzen. Für ihn lag das alles so weit zurück, als sei es nie gewesen. Schon oft hatte er die Barmherzigkeit seines Gedächtnisses gepriesen, auf die Dauer aber ließ sich die Vergangenheit doch nicht betrügen.
Damals, in den späten sechziger Jahren, hatte er sich als Partisan der Feder gefühlt, hatte die apokalyptischen Reiter der Weltrevolution über den Schreibtisch gejagt — immer schneller, immer hektischer, aus Angst, die stets mitreitenden Zweifel könnten ihn aus dem Sattel werfen und wieder hinabstoßen in jene Leere, die er endlich überwunden wähnte. Glücklich war er auch damals nicht gewesen, aber besessen — und diese Droge hatte eine betäubende

Wirkung gehabt. Sie dämpfte den Ekel vor den ständig sich wiederholenden Parolen, den Abscheu vor den gläubigen Gesichtern in den Versammlungen, wo man ihn als „fortschrittlichen Journalisten" feierte, den Widerwillen gegen die plumpe Vertraulichkeit, mit der sie ihn duzten und als „Genossen" ansprachen. Die Angst vor der Leere trieb ihn immer tiefer hinein in die Zirkel der selbsternannten Avantgarde der Revolution, obwohl er deren Sieg insgeheim mehr fürchtete — eine völlig überflüssige Sorge, wie er später erkannte — als den Verlust seines Arbeitsplatzes. Damals kam es ihm lediglich darauf an, sich restlos aufgeben zu können, sich in der Besessenheit zu vergessen, das bohrende Ich zu betäuben. Und die Droge tat ihre Wirkung. Er schrieb flammende Leitartikel für eines ihrer unsäglich schlecht gemachten Agitationsblättchen, das sich großsprecherisch „Zentralorgan" nannte, und verfaßte ein Buch über Kapitalismus und marxistische Ökonomie, das ihm in ihren Reihen den Ruf eines bedeutenden Ideologen einbrachte.

Doch die Zweifel nagten weiter. Auf einer China-Reise, die er im Auftrag seiner Zeitung unternahm, waren sie schließlich unverhofft ans Ziel gelangt. Noch heute erinnerte sich Grewe an alle Einzelheiten des absurden und grauenhaften Erwachens in jener Stadt, die im jahrelang als Zentrale der Weltrevolution galt. Durch schwere rote Veloursvorhänge hatte sich der Morgen gequält. Mit Daumen und Zeigefinger hatte sich Grewe, aufgetaucht aus Fieberträumen, in die speichelüberflutete Mundhöhle vorgetastet und gegen den vorletzten unteren

Backenzahn gedrückt. Er hatte keinen sich hervorhebenden Einzelschmerz gefühlt; der ganze Kiefer war ein Flammenmeer gewesen. Stöhnend hatte er sich aus dem Bett gewälzt und mit den Zehen nach seinen Sandalen geangelt. Dann war er aufgestanden und ans Fenster gegangen. Die Changan-Avenue glich zu jener Stunde einem mondscheinglänzenden Fluß, auf dem endlose Kolonnen von Fahrrädern wie Lastenkähne schwammen. Es regnete. Die Radfahrer huschten über die viel zu breite Fahrbahn, pausenlos klingelnd, obwohl keine Fußgänger ihren Weg kreuzten. Wünschten sie sich gegenseitig eine erfolgreiche Produktionsschlacht? „Fest entschlossen sein, keine Opfer scheuen und alle Schwierigkeiten überwinden, um den Sieg zu erringen!" — so lautete damals die Parole. Grewe hatte das Fenster geöffnet und sich hinausgebeugt. Links, die Changan-Avenue hinauf, hinter dem Telegrafenamt und dem Kulturpalast der Nationalitäten gegenüber dem Tienanmen, dem Tor zum Himmlischen Frieden, mußte Maos Haus stehen. Der große Vorsitzende schlief sicherlich noch. Der Pfiff einer Lokomotive zuckte über Bäume und *hutongs*, die kleinen Gassen mit den roten Ziegelhäusern. Grewe schloß das Fenster. Sechs Jahre lang hatte er am Schreibtisch, in Vorträgen und Diskussionen für den Kampf des chinesischen Volkes gefochten — und nun war er am Ziel seiner Wünsche, in Peking, und ging mit pochenden Zahnschmerzen in einem Zimmer des „Hotels der Nationalitäten" auf und ab. Auf dem Tisch stand noch immer die graue Reiseschreibmaschine, das Folterinstrument des gestrigen

Abends, dem er unter Aufbietung der letzten Kräfte fünfzig Zeilen über den Empfang des Außenministers bei Tschou En-lai abgerungen hatte. Sollten doch die Kollegen in der Redaktion daraus machen, was sie wollten. Grewe fingerte die vorletzte Schmerztablette aus dem blauen Röhrchen und ließ sich ins Bett fallen. Nach zweimaligen Versuchen gelang es ihm, die Nachttischlampe anzuknipsen. Es war 5.20 Uhr. Das sich durch die Lücken der Veloursvorhänge zwängende Licht und der milchige Schein der Lampe verliehen den Gegenständen runde Konturen. Verschlissene Plüschmöbel, ein wackliger kreisrunder Tisch, darauf eine grüne Thermosflasche mit Tee, eine große Schale mit wachsweichen Karamelbonbons, ein Teller, randvoll gehäuft mit Äpfeln, Birnen und Bananen. An der Wand ein grellbunter querformatiger Kunstdruck von Schaoschan, dem Geburtsort Maos. Kleinbürgerlicher Mief. Die Tablette, die achte in zehn Stunden, tat ihre Wirkung; Grewe tauchte zurück in feuchte Fiebertiefen.

Zum erstenmal seit vielen Jahren waren damals private Erinnerungen an die Ufer seines Bewußtseins gespült. Er hatte sich als Vierzehnjährigen gesehen, bekleidet mit einer hellblauen Popelinehose, auf einem Fahrrad mit gelben Ballonreifen, hatte die dornige Hecke erkannt vor dem neblig-blauen Herbstwald, dem Schauplatz abenteuerlicher Streifzüge. Feucht glänzten die milchig verschleierten Schlehen, deren süßsaurer Geschmack den Speichel zusammenzog, Spinnenweben kitzelten auf Wangen und Stirn. Ein plötzlicher Sturz: die mit Schlehen vollgestopften Hosentaschen schlugen leck, bis zu den Knien weiteten sich blaue und rote Flecken in konzentrischen Kreisen. Dann war eine hölzerne Brücke aufgetaucht, braun-schwarz geteert. Das Geländer war aus mächtigen Stämmen gezimmert, die den Ellenbogen vierkantige Stütze gaben. Er stand auf den Stegbohlen, konnte aber nur seine Füße erkennen, daneben zwei Beine, die nylonglänzend unter einem Faltenrock verschwanden. Nicht das Schuhquartett hatte in diesem Erinnerungsbild dominiert, sondern der Blick auf schaumweiße Wellen, die über Steine und schlängelndes Pflanzengrün rauschten. Der Bach war schmal, links und rechts grenzten Wiesen und Weidenbäume, deren Zweige das Wasser schatteten wie riesige Flügel. Die Brücke, die er in jenem Bett in Peking wieder betreten hatte, schien vorwärtszustürmen, unaufhaltsam wie eine steuerlose Lokomotive, so daß er den Gegenwind zu spüren glaubte. Die Augen verloren sich im aufgewühlten Untergrund des Baches, Äste trieben entgegen, die Brücke raste über sie hinweg, immer schneller, immer schwindelerregender — ein sich zum Orkan steigerndes Brausen.

Schwitzend hatte sich Grewe damals mit beiden Händen in das Laken gekrallt, hatte die Augen aufgerissen und befürchtet, mit dem Bett gegen die Wand zu rammen. Erst der Blick auf das blasse Braun des Fußbodens vermochte Angst und Übelkeit zu bannen. Doch als er so dalag mit fieberndem Kiefer und flachem Bauch, der sich durchdrückte auf die Wirbelsäule, wurde ihm schmerzhaft bewußt, daß er allein war in der Hauptstadt der Weltrevolu-

tion, allein mit seinem Körper, seinen Erinnerungen und Qualen. Diese Erkenntnis hatte ihn durchzuckt wie ein elektrischer Schlag. Vergeblich hatte er sich gegen die Leere gestemmt, die ihn niederpreßte auf die heiße Matratze.
Seit jener Nacht in Peking begann die Droge zusehends an Wirkung zu verlieren. Grewe kam sich vor wie ein Einsiedlerkrebs, der sein unbrauchbar gewordenes Gehäuse verläßt und sich aufmacht zu einer neuen Heimstatt — nackt und wehrlos, ohne Ziel, getrieben von der vagen Hoffnung, es könne ihm allmählich ganz von selbst ein schützender neuer Panzer wachsen.

„Sind dir nie Zweifel gekommen?"
„Zweifel —? Woran?" Bresser, erstaunt über die unvermittelte Frage, blickte hinüber zu Grewe, der ihm den Rücken zugekehrt hatte und aus dem Fenster starrte.
„Zweifel an deiner Überzeugung."
„Nein, aber an der Weisheit mancher Entscheidung."
„Ist das nicht dasselbe?"
„Keineswegs. Menschen können irren. Die Idee ist richtig."
„Auch sie wurde von Menschen erdacht und entwickelt."
„Schon. Aber sie hat sich in der Praxis als wahr erwiesen. Wir können uns der Wahrheit nur annähern und aus den Fehlern lernen. Du weißt doch: die absolute Wahrheit ist die Summe unendlicher relativer Wahrheiten."
„Wieder eine dieser Gleichungen."

„Was meinst du damit?"
Grewe wandte sich um. „Marxismus, Revolution, Sozialismus — alles Gleichungen, wie in der Mathematik: ‚Das Sein bestimmt das Bewußtsein', ‚Wo es Unterdrückung gibt, da gibt es Widerstand', ‚Diktatur des Proletariats bedeutet Demokratie für die Mehrheit des Volkes und Diktatur über die Minderheit der Ausbeuter' —"
„Willst du das bezweifeln?"
„Die Formeln töten das Denken und Fühlen. Sie saugen das Blut aus den Adern und das Mark aus den Knochen, bis nur der Kopf übrigbleibt und eine leere Hülle, die einmal ein warmer Körper war. Was sind wir denn? Wo ist dein Ich? Aufgegangen in Gleichungen, die keinen Rest mehr übriglassen."
„Was stört dich daran? Mit Formeln läßt es sich gut leben, sie bieten Sicherheit und sind verläßlich. Lieber diese Gleichungen, wie du es nennst, als die Leere der Hoffnungslosigkeit."
„Damit hast du mehr recht, als du ahnst", sagte Grewe bitter.
„Außerdem gehen die Gleichungen auf. Mach doch die Gegenprobe. Siehst du nicht, wie x und y reagieren? Druck erzeugt Gegendruck. Die Arbeiterklasse wehrt sich — die Bourgeoisie verteidigt sich."
Bresser zwirbelte seinen Bart.
„Diese ganze Selbstquälerei ist doch nur Flucht. Für andere denken und handeln statt für sich selbst. Aus dem Mitleiden hat sich längst blinder Haß entwickelt. Wir fliehen vor unseren persönlichen Problemen, betäuben uns, weil wir nicht lieben können.

Lieben, verstehst du? Wer nicht lieben kann, kann nicht leben. Kannst du lieben?"
"Auf solche Fragen gebe ich keine Antwort."
"Unser Haß ist konkret, Haß auf die Ausbeuter und Unterdrücker, aber unsere Liebe ist abstrakt. Sie gilt nicht einem Menschen, sondern der ganzen Menschheit." Grewe stürzte den Rest des Whiskys hinunter, als könne er dadurch den Schmerz der wieder aufgebrochenen Wunden lindern. Sein plötzlicher Ausbruch kam ihm unwirklich vor — absurd und sinnlos wie ein Monolog vor dem Spiegel. Ihm schien, als habe Irene eine riesige Eule vor ihm in den Sessel gesetzt, die jetzt eifrig ihr tabakverschmutztes Gefieder putzte und ihn mit starren Augen fixierte. "Wir leiden an derselben Krankheit wie die Christen: Sie können nur abstrakt hassen, wir nur abstrakt lieben. Bei ihnen heißt es nicht, liebe deinen Fernsten, sondern liebe deinen Nächsten wie dich selbst. Im Grunde geht es ihnen dabei wie uns. Sie können das Böse nicht begreifen und wir nicht die Liebe. Beides entspringt ein und derselben Wurzel, beides ist totalitär. Diese elende Alternative des Entweder-Oder. Gott oder Teufel, Fortschritt oder Reaktion. In Wahrheit haben sie alle Angst vor dem Leben, vor dieser schmutzigen Wirklichkeit. Marxismus oder Moraltheologie — wo ist da der Unterschied?"
Die Eule löste sich aus ihrer Erstarrung.
"Du vergißt den Fortschritt, mein Lieber. Wenn alle so dächten wie du, wären wir noch heute im Mittelalter."
"Verleumde nicht das Mittelalter!" sagte Grewe.

„Fortschritt! Im Zeitalter der Konzentrationslager und der Vergasungen, des Gulag und des Völkermords, des atomaren Overkill und des Massenhungers sprichst du von Fortschritt! Wo, glaubst du, wird für den Historiker des Jahres 3 000 der Fanatismus sein, wo die Unterdrückung des Menschen durch den Menschen? Im 13. oder im 20. Jahrhundert?"
„Deine Gedanken sind defätistisch und gefährlich."
„Ich versuche nur, die Wahrheit zu ertragen."
Die Eule stellte ihre Putzarbeit ein, das Gefieder glänzte von Ohr zu Ohr.
„Nun gut. Dann wirst du sicherlich auch meine Wahrheit aushalten. Ich muß mich für einige Tage bei dir einquartieren. Bis die Sache vorüber ist."
„Welche Sache?"
„Du wirst es rechtzeitig erfahren."
„Und was soll ich meiner Frau sagen?"
„Sag ihr, dein Freund suche einen Job. Es ist nicht einmal gelogen. Wenn alles gelaufen ist, werde ich für eine gewisse Zeit in die Bürgerlichkeit tauchen — du kennst das ja." Er blickte Grewe spöttisch an und stopfte sich ein Praliné in den Mund. „Dir wird schon etwas einfallen. Also, Jo, wo kann ich schlafen?"
„Aber —"

3

Die Tür wurde abrupt geöffnet. Cito stürmte herein, sprang jaulend an seinem Herrn hoch und wandte sich dann den Schuhen des Fremden zu.
,,Beißt er?" fragte Bresser ängstlich und zog die Füße unter den Sessel.
,,Bis heute hat er es nicht getan", sagte Grewe bedauernd.
,,Wieder will jemand diesen Herrn Dressler sprechen. Sind Sie das vielleicht?" Irene stand im Zimmer, nur wenige Schritte von der Tür entfernt, als hindere sie eine unsichtbare Macht daran, näherzutreten.
,,Ja, das Gespräch ist für mich. Guten Abend, Frau Grewe. Entschuldigen Sie, daß ich bei Ihnen so hereingeplatzt bin. Jo wird es Ihnen erklären. Das Telefon ist im Wohnzimmer, nicht wahr?" Bresser nahm wieder die Sprinterhaltung ein und wäre von Cito beinahe zu Fall gebracht worden.
Als er die Treppen hinuntereilte, begleitet von wütendem Gekläff, überwand Irene den Widerwillen und schritt auf Grewe zu. Dieser prüfte mißmutig den Pegelstand der Whiskyflasche.
,,Sagtest du nicht, er heiße Bresser?"
,,Dressler ist sein Pseudonym, glaube ich. Weiß der Teufel, wer ihn so dringend sprechen will."
,,Was will er von dir?"
,,Er sucht Arbeit. Ich habe ihm angeboten, einige Tage bei uns zu bleiben. Vielleicht kann ich ihm im Verlag etwas verschaffen — im Lektorat."
,,Sucht ihn die Polizei?"
,,Wie kommst du darauf?" Grewes Stimme klang

heiser. Schon oft hatte ihn Irenes sechster Sinn verwirrt. Ihre Vorliebe für Eulen schien mehr zu sein als nur eine ästhetische Marotte.
,,Bresser ist ein guter alter Bekannter. Er hat studiert, Germanistik glaube ich, und war jetzt einige Zeit in Italien. Ein neuer Anfang ist immer schwer. Ich hoffe, daß ich ihm behilflich sein kann." Die Eiswürfel ragten wie Skelette aus dem Whisky. Grewe füllte das Glas mit den letzten Tropfen auf.
,,Offensichtlich ein sehr alter Bekannter", sagte Irene. Sie blätterte in dem fleckigen Schnellhefter, der neben dem Pralinenkasten auf dem Tisch lag. ,,Habt ihr in vergangenen Zeiten geschwelgt?"
,,Ja", sagte Grewe hastig. ,,Kannst du dich nicht mehr an ihn erinnern? Er war vor Jahren einmal bei uns. Zusammen mit seiner Freundin. Wir feierten auf der Terrasse —"
,,War sie nicht die Tochter eines Arztes? Ja, ich entsinne mich. Ein schrecklicher Abend. Ihr hattet nur über Politik geredet. Ich glaube, sie langweilte sich damals noch mehr als ich."
Irene hatte recht. Der Abend war nicht gerade amüsant gewesen. Er hatte Bresser schon fast zwei Jahre gekannt, ehe er ihn zu sich nach Hause einlud. Bresser hatte ihn eines Tages in der Redaktion angerufen und ein Treffen vorgeschlagen, um sich mit ihm über seine Artikel zu unterhalten. Sie hätten großen Eindruck auf ihn gemacht, besonders weil sie in einer bürgerlichen Zeitung erschienen seien. Im übrigen könne er ihm vielleicht wertvolle Informationen geben. Grewe waren derartige Begegnungen stets lästig, auch damals, als er noch an eine Mission

glaubte. Er war bereit zu kämpfen — aber nur allein und ohne private Verwicklungen. Das Treffen ließ sich jedoch nicht umgehen, und er konnte eine gewisse Neugier nicht leugnen, als er an jenem Vormittag in dem vereinbarten Restaurant einen Kaffee bestellte und auf den Anrufer wartete. Bresser war pünktlich gewesen. Unter dem Arm trug er eine Aktenmappe, aus der etliche Zeitschriften ragten. Als Grewe das bleiche Gesicht sah, den offenen Mantel, der achtlos über den gebeugten Schultern hing, fand er seine Befürchtungen bestätigt. Am liebsten wäre er aufgestanden und gegangen. Doch Bresser, unsicher in der gutbürgerlichen Umgebung, hatte ihn bereits fixiert. Es gab kein Entrinnen mehr. ,,Verzeihung, sind Sie Herr Grewe?" Das Erstaunen über das ungewohnte Gegenüber war beiderseitig. Als sie sich gesetzt hatten, zog Bresser einen Stoß Zeitschriften und Broschüren aus der Mappe und schob ihn hinüber bis zur Kaffeetasse. ,,Von den Genossen", sagte er, als ob für Grewe damit alles geklärt sei. Dieser — in einer Mischung aus Feigheit und Eitelkeit — nahm die Rolle des Eingeweihten an. Doch während Bresser, aufgeregt eine Zigarette nach der anderen drehend, von der Organisation erzählte, ihrem Kampf an der Universität und der ,,Arbeit unter den Massen", wurde sich Grewe zunehmend der Distanz zwischen ihnen bewußt. Obwohl der Altersunterschied kaum mehr als fünf Jahre betragen mochte, trennten ihn doch Welten von jener Generation. Zwar kämpfte er für die gleichen Ideale, verstand auch ihre Sprache, aber sie erschienen ihm wie zornige, naive Kinder.

Offenbar war es sein Schicksal, immer zwischen den Stühlen zu sitzen. In der Schulzeit, jenem Alptraum der Ereignislosigkeit, war er mit seinen mehr von Gefühl als von Verstand geleiteten Protesten auf Unverständnis gestoßen, in der Redaktion — unter Gleichaltrigen — war er der revolutionäre Außenseiter, der lediglich dank anerzogener Diplomatie Schlimmeres für sich verhütete, und von der nachfolgenden Generation trennte ihn nicht nur der bürgerliche Habitus, sondern die Praxis des Erwerbslebens. Es war ihm, als sei er aus allen Zeiten gefallen. Damals, im Restaurant, hätte er für unmißverständliche Klarheit sorgen können, doch die Lust am Risiko, am — wie er glaubte — kalkulierten Abenteuer überwog: Er ließ sich von Bresser hineinziehen in den Zirkel bleicher Asketen, nahm teil an ihren Veranstaltungen mit den stets gleichen Ritualen, unterzeichnete Resolutionen und hielt Vorträge, schrieb unter Pseudonym Artikel für ihr ,,Zentralorgan''. Er wußte, daß Bresser — ein begabter Organisator, der sein Talent für eine so aussichtslose Sache vergeudete — ihm mißtraute, daß er ihn lediglich benutzte, um in jenem bedeutungslosen Zirkel Karriere zu machen. Grewe indes war es gleich gewesen. Ihn interessierte nicht ihre Organisation, er gefiel sich in der Rolle des Mentors, die sie ihm bereitwillig zuerkannten. Ein Mißverständnis auf beiden Seiten.

Als er Bresser dann zu einem privaten Besuch einlud, hatte die Droge der Besessenheit bereits an Wirkung verloren. In einem Anflug von Sadismus inszenierte er einen bürgerlichen Terrassenzauber, der ein für allemal klarmachen sollte, daß seine Welt nichts gemein hatte mit ihrem revolutionären Zirkelleben. Irene, der ansonsten das Arrangement des äußeren Rahmens oblag, wunderte sich über Grewes Geschäftigkeit. Er hatte Partyfackeln an Bäumen und Sträuchern befestigt, den Balkon mit Lampions drapiert, sich um die Tischblumen gekümmert, das Dessert bestimmt, ihr Kleid ausgesucht und sorgsam die Servietten gefaltet. Die Rechnung ging auf: Bresser war, ebenso wie seine Begleiterin — ein Mädchen mit großen sanften Augen, dem man ansah, daß es die Blue jeans und den unförmigen Pullover nicht aus Überzeugung trug, — über alle Maßen verwirrt. Doch während Bresser, den tückisch gemixten Cocktail hinunterstürzend, sich verzweifelt in politische Gespräche zu flüchten versuchte, legte sie die Maske revolutionärer Askese alsbald ab, gab dem Entzücken ungeniert Ausdruck und begann über ihr bürgerliches Zuhause zu plaudern und über die Hoffnung auf eine ähnliche Zukunft. Zwei Kinder wolle sie haben und einen Garten und natürlich auch einen Hund . . . Bresser wurde immer erregter, fiel seiner Freundin ins Wort, sprach von „kleinbürgerlicher Perspektive", schlang das Essen hastig hinunter und blickte grimmig in die Fackeln, deren Schein die verkrüppelten Reihenhausbäume tanzen ließ. Grewe war zufrieden. Er schenkte Bresser, der nur an Bier — das übliche Versammlungsgetränk — gewöhnt war, gnadenlos von dem schweren Wein nach, warf ihn, so oft es ging, aus der politischen Gesprächsbahn und ließ zwischen Hauptgericht und Dessert Tschaikowski erklingen. Mit Genugtuung sah er, daß sich Bressers Freundin von Irene Zigaretten geben ließ und für den Rest des Abends auf das Selbstdrehen verzichtete — eine Tätigkeit, die ihr ein ebenso großes Opfer abzuverlangen schien wie das Tragen schmuckloser Kleidung.

Bresser jedoch hatte unverdrossen weitergedreht, als bürgen die Tabakkrümel den Geist der Weltrevolution, von dem er sich einen Vorrat für die nächsten Versammlungen anlegen müsse. Von den flehenden Blicken seiner Freundin unbeirrt, ließ er die revolutionären Massen über Gläser und Obstteller marschieren. Bald waren alle verstummt außer ihm, lauschten den Zikaden, die die Herausforderung seines Stakkatos annahmen, und beobachteten die rot blinkenden Positionslichter eines Flugzeugs, das lautlos unter dem Mond dahinglitt. Kurz vor Mitternacht gab Bresser auf. Er schwankte bleich aus der Toilette, sammelte die Rauchutensilien ein und gab seiner Freundin einen herrischen Wink. Sie folgte ihm mit bedauerndem Achselzucken. Grewe wünschte eine glückliche Heimfahrt und beobachtete mit sichtlichem Vergnügen, wie beide gestikulierend ins Auto stiegen und schließlich, nach zwei Fehlstarts, in die Stadt fuhren — zurück in die Studentenbude mit den kahlen Wänden, dem harten Matratzenlager und der heimlichen Sehnsucht.

„Es war ein Freund. Ich hatte ihn gebeten, mich hier anzurufen", sagte Bresser. Er war schon am oberen Treppenabsatz von Cito knurrend erwartet worden und stand nun atemlos in der Tür. „Er will

mir ein Zimmer besorgen. Leider hat es noch nicht geklappt."
Irene nahm den Hund auf den Arm. "Hoffentlich können Sie hier schlafen." Sie musterte die Deckenrisse und die braunen Wasserflecke an den Wänden. "Die Renovierung ist längst überfällig, aber Achim will nichts davon wissen. Auf jeden Fall muß vorher noch gründlich gelüftet werden."
"Ich hoffe, ich mache Ihnen keine Ungelegenheiten." Grewe war es, als klänge Triumph aus der Floskel.
"Was macht eigentlich Ihre Freundin, mit der Sie uns einmal besucht haben?"
Bresser errötete. "Sie meinen Clara? Sie ist seit fünf Jahren verheiratet — mit einem Apotheker. Soweit ich weiß, wohnen sie irgendwo auf dem Land und haben zwei Kinder."
"Und Sie? Haben Sie Ihr Studium inzwischen abgeschlossen? Germanistik, sagte Achim —"
"Literaturwissenschaft. Ich wollte über Beckett promovieren. Aber, um ehrlich zu sein, ich habe Beckett bis heute nicht verstanden."
Kein Wunder, dachte Grewe. Marxismus und Beckett — Beckett und Bresser!
"Ich bin dann einige Jahre nach Frankreich gegangen. Meine Mutter ist Französin. Zuletzt war ich bei Freunden in Italien und habe dort gearbeitet."
Grewe staunte, wie mühelos es Bresser gelang, die Wahrheit ohne direkte Lügen zu verschleiern. Er wußte, daß sich jener nach der Auflösung des Zirkels terroristischen Kreisen angeschlossen hatte und damals rechtzeitig vor dem Zugriff der Polizei nach

Frankreich geflohen war. Er wäre nicht überrascht gewesen, wenn er sein Foto eines Tages auf einem jener Fahndungsblätter entdeckt hätte.

„Jetzt suche ich Arbeit und hoffe, daß mir Jo dabei behilflich sein kann. Bei seinen Verbindungen —"

„Ich werde sehen, was sich machen läßt." Grewe leerte das Whiskyglas und blickte hinüber zu Bresser, der die Seiten des blauen Schnellhefters wie Spielkarten durch die Finger schnurren ließ. Tabakkrümel rieselten zu Boden.

„Ich hoffe, daß es Ihnen bei uns gefällt. Sollten Sie noch etwas benötigen, wenden Sie sich bitte an Achim. Sie müssen mich jetzt leider entschuldigen. Mein Dienst beginnt sehr früh." Irene warf einen letzten mißbilligenden Blick auf Wände und Regale und verließ das Zimmer. Cito, der sich vergebens gegen die Trennung von seinem Herrn wehrte, sandte noch im Mittelstock ein fiepsendes Klagen hinauf. Es klang wie ein Stoßgebet.

„Eine reizende Frau", sagte Bresser.

4

Er lauschte den Geräuschen der Nacht — hin und wieder ein vorüberfahrendes Auto, die Stimmen Betrunkener, hastiges Schuhgeklapper, das ferne Bellen eines Hundes. Grewe drehte sich zur Seite. Durch die oberen Reihen der Jalousie zwängte sich weißes Mondlicht. Er konnte nicht einschlafen. Über sich, im Arbeitszimmer, vernahm er dumpfe Schritte. Dann rauschte das Wasser, gluckerte hinunter durch die Rohre, bis der Hahn abgedreht wurde und das Rauschen in einem Gurgeln erstarb. Ihm war, als höre er das Knarren des Sofas. Offenbar bettete Bresser den Buckel zur Ruhe. Die ungewohnten Geräusche aus seinem Zimmer lösten in Grewe ein Gefühl der Fremde und Einsamkeit aus. Ich bin gefangen im eigenen Haus, dachte er.
Irene atmete schwer und gleichmäßig. Der schmale Lichtstrahl ließ ihr Gesicht glänzen. Eine Haarsträhne, die auf der rechten Wange lag, bewegte sich im Rhythmus des Atems. Für einen kurzen Augenblick war er versucht, ihr Gesicht zu streicheln, unterließ aber die Geste der Zärtlichkeit — aus Angst, sie könne ihn mißverstehen.

"im funkelnden weinglas
die schreie ersäufen
morgen die gardine waschen"

Damit hatte Bresser ungewollt den Nerv getroffen. Nie wäre es Grewe, als er jene Verse geschrieben hatte, in den Sinn gekommen, daß eines Tages ausgerechnet er ihr Adressat sein könnte. Damals schien noch alles in Fluß zu sein, gleichsam auf Abruf hatte er gelebt. „morgen die gardine waschen" — wie absurd war ihm das erschienen! Als er sich vor zwölf Jahren eine der vielen Scheiben jener sechszeiligen Reihenhausblöcke gekauft hatte, war er mit Irene davon ausgegangen, nur eine Zwischenstation von absehbarer Dauer erreicht zu haben — nicht zuletzt auch in bezug auf die Wohngegend, denn außer günstigen Verkehrsverbindungen zeichnete sich die in einem Boom hastig erbaute Trabantenstadt lediglich durch den Wunsch ihrer Bewohner aus, möglichst häufig zu verreisen. Stets waren in einigen Häusern Jalousien oder Rolläden heruntergezogen, und erst im letzten Sommer hatte ein Siedlungsfest abgesagt werden müssen, da kaum jemand dagewesen war, um die notwendigen Vorbereitungen zu treffen. Der Kontakt der Bewohner untereinander war bis heute äußerst gering, obwohl die meisten zur gleichen Zeit eingezogen waren. Es mochte daran liegen, daß sie fast alle Ende dreißig oder Anfang vierzig waren, somit „mitten im Leben" standen und eifrig danach strebten, ihren bescheidenen Wohlstand zu mehren. Grewe selbst rechnete sich — „rein klassenmäßig", wie er nachdrücklich betonte — durchaus zu diesem arrivierten Kleinbürgertum; dessen geistige Enge und kleingärtnerische Geschäftigkeit waren ihm aber aufs tiefste verhaßt. Genugtuung, gespeist aus Mitleid, keineswegs aus Hochmut, von dem er sich freiwähnte, bereitete es ihm daher jedesmal, wenn ihn sein Nachbar, ein Programmierer, hartnäckig mit „Dr. Grewe" titulierte, obwohl er den akademischen Grad nie erworben hatte. Auf diese Distanz, die die

Ehrfurcht des aufgestiegenen Handwerkers vor geistig Arbeitenden verriet, legte Grewe noch heute Wert, wenn sich mittlerweile auch vieles in seinem Leben geändert hatte: Die Hoffnung, rasch Karriere zu machen und durch einen Korrespondentenposten sich auch aller finanzieller Schwierigkeiten zu entledigen, hatte sich bereits kurz nach dem Einzug zerschlagen. Zwar war es ihm gelungen, eine einträgliche Nebenbeschäftigung beim Fernsehen zu finden, doch all dies war weit entfernt von seinen ursprünglichen Zielen. Das Scheitern jener politischen Bewegung, der er seit mehr als einem Jahrzehnt verbunden gewesen war, wog wesentlich schwerer als die beruflichen Rückschläge, die damit freilich in einem ursächlichen Zusammenhang standen. Grewe fühlte sich seit dieser Zeit wie einer, der nach langem Krankenlager Körper und Umwelt neu entdecken muß und ständig befürchtet, seine Kräfte reichten nicht aus, um diesen Eroberungsprozeß zu bewältigen. Ihm schien, als sei er zurückgeworfen in seine Kindheit, und es war wohl kein Zufall, daß ihn nachts jetzt des öfteren Alpträume aus der Schulzeit plagten. Irene hatte diese Entwicklung mit Besorgnis, freilich auch nicht ohne Schadenfreude, registriert, denn Grewes politische Gewißheiten waren ihr stets fragwürdig, zuweilen unheimlich gewesen. Sie gehörte zu jenen Menschen, die ihre Ziele von vornherein in überschaubaren Grenzen halten, so daß ein Scheitern zwar andauernde Wehmut, nicht aber explosive Zusammenbrüche auszulösen vermag. Beide spürten, daß ihr Leben nun an einem Punkt angelangt war, der über die Zukunft entschied. Und während sie, ausgestattet mit praktischem Sinn, sich immer besser einzurichten verstand, schien auch er die Dauerhaftigkeit des gegenwärtigen Zustands hinzunehmen.

„rote blumen verlieren die farbe" —

Grewe drehte sich wieder auf den Rücken. Ein Windstoß rüttelte an der Jalousie. Dann raschelte es, als taste eine Katze vorsichtig mit der Pfote über Papier. Es schien zu schneien. Er wollte Klarheit in seine Gedanken bringen, ergründen, welche „Aktion" Bresser und dessen obskure Komplicen planten, ausloten, wieweit er überhaupt erpreßbar sei — doch es gelang nicht. Das Unbehagen über den plötzlichen Einbruch in die Privatsphäre, die Angst vor dem Ungewissen verhinderten nüchternes Überlegen; außerdem ließ der Whisky Langzeitwirkung spüren.

Ruhelos wälzte er sich auf die linke Seite und suchte eine kühle Kissenecke. Cito, von den Gemütsbewegungen seines Herrn alarmiert, sprang am Bett empor, gähnte laut und leckte Grewes heraushängende Hand. Dann schüttelte er sich und kletterte beruhigt zurück in den Korb, dessen Binsengeflecht ächzte wie morsche Schiffstaue. Irene schreckte auf. Sie blickte zum Wecker und murmelte: „Zwei Uhr zwanzig." Nach dieser vorwurfsvollen Feststellung schlief sie sofort wieder ein. Grewe, irritiert von den ungewohnten Beobachtungen, gab das Grübeln auf. Er fiel in einen traumlosen Schlaf.

5

„Läuft bei euch jeder Morgen so präzise ab?" fragte Bresser.
Grewe, um diese Zeit alles andere als gesprächig, schenkte sich Kaffee ein.
„Wirklich eine hervorragende Organisation. Deine Frau und die Kinder brauchten vom Aufstehen bis zum Verlassen des Hauses noch nicht einmal dreißig Minuten. Ich wollte, auch bei uns würde alles so reibungslos klappen." Er schwieg bedeutungsvoll, doch Grewe widmete sich stumm dem Aufschneiden eines Brötchens.
„Ich wußte gar nicht, daß deine Frau unterrichtet. Du hast sie uns damals immer vorenthalten. Sicher wäre sie eine gute Genossin geworden. Aber, wer weiß, vielleicht wird sie es noch?"
Statt des Kaffees hätte Grewe jetzt einen kräftigen Schluck Whisky gebraucht. Das Geschwätz ging ihm auf die Nerven. Schon beim Aufwachen hatte er gewußt, daß dieser Morgen verloren war, denn der penetrante Geruch der selbstgedrehten Bresserschen Zigaretten war bis ins Schlafzimmer gedrungen.
„Wenn es keinen Hunger gäbe und keine Kriege, dann würde ich dich glücklich nennen, Jo. Eine nette Frau, nette Kinder, ein schönes Haus — so sollte es sein, überall und für alle. Dafür lohnt sich der Kampf. Aber die Wirklichkeit —"
„Spar dir die Moralpredigten, sie langweilen mich."
„Es könnte alles so einfach sein." In Bressers Stimme

klang Wehmut, als wolle er schluchzen. ,,Mit Frauen habe ich nie Glück gehabt. Sie sind so kompliziert und unberechenbar — selbst die Genossinnen. Clara zum Beispiel ist mir immer ein Rätsel gewesen. Im Kampf an der Universität war sie zäh und kompromißlos. Aber zu Hause war nichts mit ihr anzufangen. Wir hatten ständig Streit wegen irgendwelcher Nichtigkeiten. Ich glaube, sie haßte mich. Vielleicht war das Bürgerliche in ihr zu stark."
,,Wahrscheinlich wollte sie leben, statt sich zu opfern."
,,Auch sexuell stimmte es nicht. Wahre Liebe gibt es nur zwischen Kampfgenossen. Clara war kalt."
Welch absurde Philosophie, dachte Grewe. Sie widersprach völlig seinen klassenüberschreitenden Erfahrungen. Wenn nicht der widerliche Zigarettengeruch gewesen wäre, hätte er Mitleid mit Bresser gehabt.
,,Ach, Jo, du bist zu beneiden — wenigstens in dieser Hinsicht." Und dann begann er plötzlich mit bewegter Stimme zu deklamieren:

,,Was wir heftig lange wünschen müssen,
Und was wir nicht zu erhalten wissen,
Drückt sich tiefer unserm Herzen ein;
Rebensaft verschwendet der Gesunde,
Und erquickend schmeckt des Kranken Munde
Auch im Traum der ungetrunkne Wein."

Grewe, der peinlichen Bekenntnisse überdrüssig, sagte scharf: ,,Jetzt sag endlich, was du willst. Warum bist du hergekommen?"
Bresser schluckte, dann blickte er ihn mit starren Augen an. Er verwandelte sich wieder in die Eule

des gestrigen Abends und zupfte in seinem Bartgefieder.

„Ich wollte in einem Klima der Offenheit mit dir reden. Bei gegenseitigem Vertrauen —"

„Erpresser pflegen weder offen noch vertrauensvoll zu sein."

„Immerhin verbindet uns manches aus der Vergangenheit."

„Leider."

„Nun gut. Ganz wie du willst. Du weißt, daß wir individuellen Terror ablehnen. Ein unzweckmäßiges Mittel im politischen Kampf. Nur die Massenbewegung —"

„Lenins Meinung kenne ich. Wie lautet eure?"

„Zur Zeit haben wir keine revolutionäre Situation."

„Hat es sie bei uns seit 1945 jemals gegeben?"

„Die Massen sind passiv, weil sie keine Führung haben. Doch die Widersprüche existieren objektiv. Es gilt, sie zuzuspitzen. Wir glauben nicht an eine plötzliche Wende, unsere Kräfte sind viel zu schwach. Aber sie sollen wissen, daß wir noch da sind. Wir wollen ein Zeichen setzen und den Staatsapparat in Bewegung bringen. Ihre Fehler sind unsere Chance."

„Eine etwas magere Hoffnung, findest du nicht?"

„Wir müssen erst einmal aus der Defensive herauskommen. Dann werden wir weitersehen."

„Und wie sieht die Offensive aus?"

„Ein Schlag auf höchster regionaler Ebene. Bei den derzeitigen Kräfteverhältnissen wird er Auswirkungen bis zur Spitze haben."

„Ein Mord?"

„Nein. Das wäre absolut schädlich. Was wir brauchen, ist Sympathie. Uns kommt es lediglich auf die Propaganda an."
„Findest du nicht, daß ihr euch in der Zeit geirrt habt? Die siebziger Jahre sind längst vorbei."
„Die Fehler von damals werden wir nicht wiederholen. Wir haben die Psychologie der Massen studiert."
„Studiert erst euch selbst. Ihr seid ein Teil von ihnen. Ja, ja, ich weiß: der Widerspruch zwischen Führung und Massen. ‚Avantgarde' —" Grewe, nach dem zweiten Brötchen sichtlich besser gelaunt, stieß verächtlich den Rauch seiner Morgenzigarette durch die Nase. „Kommt dir das Ganze nicht kindisch vor?"
„Politik ist Kampf. Und Kampf ist Leben."
„Ein absurdes Indianerspiel."
„Vor einigen Jahren hast du noch anders gesprochen."
„Aber nicht gedacht. Ich hatte immer das Gefühl, einem Phantom nachzujagen. Wie ein Priester, der Zeichen für die Liebe Gottes sucht."
„Und was ist die Alternative? Die Hände in den Schoß legen und dem Elend seinen Lauf lassen?" Der Buckel geriet in Wallung.
„Lieber die Hände im Schoß als katastrophale Fehler zu begehen."
„Das hatte sich Pontius Pilatus auch gedacht. Die Philosophie des Kleinbürgers."
Grewe stand auf und begann den Tisch abzuräumen.
„Also: was wollt ihr von mir? Ich habe nicht mehr

viel Zeit. In einer Stunde muß ich in der Redaktion sein."

„Ich sagte schon gestern, du sollst uns lediglich behilflich sein. Du kennst dich in den Medien aus. Selbst bei einer offiziellen Nachrichtensperre kommst du an Informationen, die für uns wichtig sind. Wenn unsere Operation angelaufen ist, müssen wir ständig am Ball bleiben. Ihrer Propaganda wollen wir unsere entgegensetzen."

„Ihr überschätzt meine Möglichkeiten."

„Wir müssen jede Chance nutzen."

„Und wenn es schiefgeht und sie dich hier finden?"

„Das ist dein Risiko. Ebenso wie deine Vergangenheit."

„Meine Rolle ist also passiv?"

„Keine Angst, du kannst die Hände im Schoß lassen. Uns kommt es nur auf deine Beobachtungen an. Solltest du aber versuchen uns hereinzulegen, lassen wir dich hochgehen. ‚Aktiver Sympathisant' — so heißt es doch?"

„Kenne ich jemanden von deinen Leuten?"

„Von den unmittelbar Beteiligten nicht. Aber sie alle kennen dich — zumindest dein Buch."

„Solche Aktionen, wie ihr sie plant, habe ich nie gutgeheißen."

„Das sind taktische Fragen. Aber deine ökonomische Analyse ist bis heute gültig." Bresser spreizte die Finger der linken Hand und betrachtete aufmerksam die Nägel, als ließe sich aus ihnen die Zukunft lesen. „Im übrigen scheinst du mich zu überschätzen, Jo. Die Rolle, die ich bei diesem Unternehmen spiele, ist fast so gering wie deine. Im Grunde genommen bist du meine Rolle."

„Wollten sie dich damit auszeichnen oder degradieren?"

„Du kannst es dir aussuchen."

„Armer Jean Bresser."

Grewe kam das mysteriöse Unternehmen immer dilettantischer vor, und der Part, den sie ihm dabei zugedacht hatten, belustigte ihn eher, als daß er ihm Sorgen bereitete. In ihm regte sich jenes Gefühl väterlicher Überlegenheit, das er damals empfand, als er zusammen mit Irene Bressers Gegeneinladung gefolgt war. Sie hatten sich, um den Gastgebern entgegenzukommen, genauso salopp gekleidet wie jene an dem Sommerabend auf der Terrasse, stürzten damit aber Bresser und Clara in fast noch größere Verwirrung, denn diese hatten sich ebenfalls auf die Gäste einzustellen versucht und empfingen sie in festlichem Anzug und Abendkleid. Bresser murmelte etwas von „bürgerlicher Verkleidung" und saß den ganzen Abend steif und unbeholfen in seiner engen Jacke da, alle Augenblicke an der ungewohnten Krawatte herumfingernd. Grewe, amüsiert über die Verlegenheit, inspizierte mit zur Schau getragener Jovialität die spartanisch eingerichtete Wohnung, wies genüßlich darauf hin, wie praktisch doch Poster als Tapetenersatz seien, half Clara mit Komplimenten und demonstrativem Appetit über die angebrannten Frühlingsrollen hinweg und prostete Bresser, der offensichtlich auch in dieser Hinsicht eine Kopie des Terrassendesasters nicht scheute, mit billigem Wein erneut in rasche Übelkeit. Nachdem der Abend den erhofften Erfolg gebracht hatte, verabschiedeten sie sich. Grewe beantwortete Claras Achselzucken mit einem aufmunternden Lächeln, und noch im Treppenflur, als sie hinter der bereits geschlosssenen Tür erregte Stimmen hörten, hatte sich seine Zufriedenheit zum Triumph gesteigert.

Jetzt empfand er zwar nicht das gleiche Hochgefühl wie damals, aber doch die Überlegenheit dessen, der, angelangt auf dem Grund der Leere, jegliches Engagement — besonders in der Politik — als nutzlose Kraftanstrengung belächelt. Einen Terrorakt, wie ihn Bresser und dessen Komplizen offensichtlich planten, hätte er selbst vor zehn Jahren nur in Gedankenspielen gutgeheißen, denn physische Gewalt war ihm stets zuwider gewesen, wenn er sie auch, unter genau definierten Bedingungen, allmählich als zwangsläufig und notwendig anerkannt hatte. Es war ein weiter Weg gewesen von Tolstois christlichem Pazifismus mit dessen Imperativ „Du sollst dem Bösen nicht widerstehen" über Sartres Existentialismus hin zu Maos Lehre, daß politische Macht nur aus dem Lauf der Gewehre komme. Noch während der Schulzeit hatte er diese Stationen, unreflektiert und in emotionaler Radikalität, passiert, und es schien ihm bezeichnend für den Kreislauf des Lebens zu sein, daß er sich nun, nach enttäuschenden Erfahrungen, wieder den Ursprüngen seiner philosophischen Überlegungen näherte. Das Gefühl, nicht erwachsen werden zu können, mochte hierin seine Wurzel haben, denn, zurückgeworfen in die Leere, schien das Suchen kein Ende zu nehmen.

„Wann startet euer Unternehmen?" fragte Grewe,

und seine Stimme hatte den Ton der Selbstgefälligkeit verloren.
,,Deine Fragen wiederholen sich. Wenn die Sache angelaufen ist, wirst du es erfahren. Im übrigen empfehle ich dir, deine Familie nicht unnötig zu beunruhigen. Klappt alles, wie wir es geplant haben, wird sie nicht das Geringste bemerken. Ich werde anschließend verschwinden, wie ich gekommen bin — ein alter Freund, der Hilfe suchte."
,,Und was willst du hier die ganze Zeit über machen?"
,,Warten, bis alles vorbei ist. Ein bißchen Beckett lesen. Vielleicht kann ich mich auch im Haus nützlich machen." Die Eulenohren ragten steil aus dem Bartgefieder, das durch eifriges Zupfen in Unordnung geraten war. ,,Ich werde nicht gerade draußen Schnee schippen. Aber selbst das wäre wohl ungefährlich. Eure Nachbarn würden sicherlich keinen Verdacht schöpfen. Ich stehe auf keiner Fahndungsliste, und die Terroristenfurcht ist längst abgeklungen. Hier würde mich niemand suchen — in dieser Reihenhaussiedlung."
,,Und wer garantiert mir, daß du nicht eines Tages wiederkommst — mit einem neuen Auftrag?"
,,Diese Aktion, mein lieber Jo, läßt sich bestimmt nicht wiederholen."
,,Ich will es hoffen."
Grewe räumte das Geschirr in die Spülmaschine. Für Cito, der auf dem Wohnzimmerteppich die Wintersonne genoß, gehörte das Geklapper der Teller, Tassen und Bestecke zum allmorgendlichen Ritual. Etwas steifbeinig erschien er in der Küchen-

tür und blickte Grewe erwartungsvoll an. Nachdem dieser ihm ein Stück Hundeschokolade gegeben hatte, zog er sich, ohne Bresser eines Blickes zu würdigen, wieder auf den Sonnenplatz zurück. Er wenigstens läßt sich nicht aus dem Rhythmus bringen, dachte Grewe. Fast war er versucht, Bresser einige Verhaltensmaßregeln bezüglich des Hundes mitzuteilen, doch dann kam es ihm albern vor. Sollte doch Bresser seine Erfahrungen machen.

„Ich muß jetzt gehen", sagte er. „Es ist wohl am besten, wenn ich dir einen Hausschlüssel gebe."

„Deine Frau war bereits so freundlich", sagte Bresser. „Ich glaube aber nicht, daß ich heute fortgehen werde. Erst muß ich euren Tagesablauf studieren. Ich werde einige Telefongespräche erledigen. Selbstverständlich bezahle ich sie euch." Er zündete sich eine der selbstgedrehten Zigaretten an. „Viel Vergnügen in der Redaktion, Jo. Ich freue mich schon auf heute abend." Die Eulenaugen blitzten boshaft. Grewe schlug wortlos die Haustür zu und eilte zur Bushaltestelle.

Zweiter Teil

1

Er steckte den ,,Stechlin" in die Aktentasche und blickte, als er die S-Bahn verließ, in die vollgestopften Münder, die noch immer ,,Essen mit Spaß" versprachen. Grewe war wie so oft, wenn er sich seinem Arbeitsplatz näherte, von beklemmender Unruhe befallen — ein Gefühl, gegen das er seit nunmehr zwölf Jahren vergeblich kämpfte. Hatte ihn früher die Sorge geplagt, seine geistige Doppelexistenz könne aufgedeckt worden sein und werde, während er in jeder Hinsicht völlig unvorbereitet war, mit jäher Entlassung beendet, so befürchtete er nun ein Mißverständnis, das — gleichsam als späte Sühne — zum selben Resultat führte. Mehr noch als die Vorstellung jener grausamen Absurdität aber quälte ihn in letzter Zeit das dumpfe Gefühl, versagt zu haben und in einer Sackgasse gestrandet zu sein. Doch was auch immer das gerade vorherrschende Motiv sein mochte, der Gang in die Redaktion war stets unerquicklich, und jedesmal wenn ihn die Rolltreppen am späten Vormittag hinauf in das geschäftige Treiben spülten, wurde sich Grewe schmerzlich bewußt, wie sehr Freiheit und Geld einander bedingten. Philosophische Diskurse über die Verdinglichung und den

Waren-Charakter der Werte vermochten zwar am Schreibtisch das Bewußtsein des Mangels intellektuell zu lindern, während der einsamen Rolltreppenfahrten erschienen sie ihm indes wie barmherzige Vertröstungen auf ein besseres Jenseits, dessen er nie teilhaftig werden würde.

„Ohne Marie geht's nie", pflegte seine Großmutter zu sagen. Sie war eine resolute Geschäftsfrau gewesen, die ein fast sinnliches Verhältnis zum Geld hatte. Selbst beim Kartenspiel — Grewe erinnerte sich an abendliche Sechsundsechzig-Runden mit seinem Cousin und wechselnden Dienstmädchen — ließ die Großmutter genüßlich ihren gewonnenen Pfennigbatzen durch die Finger rinnen, ehe sie ihn anschließend unter beide Enkel aufteilte. Ihre Philosophie war denkbar einfach und gipfelte in dem Satz: „Der Teufel scheißt immer auf den größeren Haufen." Diese Erkenntnis gab sie, zum Entsetzen der Verwandtschaft, bei jeder sich bietenden Gelegenheit zum besten. Für die Großmutter schieden sich die Menschen in Reiche und Arme — eine Einteilung, gegen die sich Grewe damals heftig wehrte, weil ihm die Trennungslinie eher zwischen Klugen und Dummen zu verlaufen schien. Jetzt war er sich dessen keineswegs mehr so sicher. Zwar lehnte er es nach wie vor ab, die Attribute gut und böse auf die simple Art der Großmutter den Kategorien reich und arm zuzuordnen — den moralischen Akzent setzte er eher umgekehrt —, doch die Eigenschaften klug und dumm schienen ihm sehr wohl in direkter Verbindung zu den materiellen Verhältnissen zu stehen, denn es war offensichtlich leichter, einen klugen Reichen als einen klugen Armen und entsprechend schwieriger, einen dummen Reichen als einen dummen Armen zu finden. Immer häufiger mußte Grewe auch an jenen Ausspruch der Großmutter denken, der ihn seinerzeit noch in klassenkämpferische Emotionen getrieben hatte, ihm heute aber als bittere Wahrheit galt: ,,Daß Geld nicht glücklich macht, behaupten nur die, die es nicht haben." Das Gefühl materieller Abhängigkeit bedrückte ihn schon vor Beginn der Berufstätigkeit, und die Aussicht, dieses Los bis zum Rentenalter tragen zu müssen, war außer dem Verlust aller politischen Hoffnung eine wesentliche Ursache seiner Alltagsdepressionen. Wie selbstbewußt hatte demgegenüber die Großmutter mit ihrem florierenden Pensionsbetrieb auftrumpfen können, als sie noch im Alter von sechzig Jahren durch Heiratsannoncen angelockte potentielle Liebhaber abblitzen ließ! Sie führte die nervösen Kandidaten durch die stattlichen Waldungen und gab hinterher vor versammelter Familie das Ergebnis ihrer Prüfungen bekannt: jener habe ,,nichts im Kreuz", dieser ,,ein zu kurzes Hemd", der andere habe ,,die Hosen heruntergelassen" und sei ,,nackt" gewesen. Durch derartige Mitteilungen hatte Grewe, der damals Abschied von der Kindheit nahm, die hartnäckige Überzeugung gewonnen, Liebe und Geld seien zwei Seiten einer Medaille, und als er bei Tolstoi las, die Ehe sei die häusliche Prostitution, interpretierte er diesen Satz in der Weise, daß er den billigen Wermut des Vaters auf dessen wöchentliche Zahlungen an die Mutter zurückführte. So war es nicht verwunderlich, daß er sich, wie er meinte, sein erstes Liebesabenteuer erkaufte — mit einer Tafel Schokolade, die er dem verdutzten Dienstmädchen noch vor der Umarmung auf den Waschtisch legte. Natürlich hatte es seine Geste völlig mißverstanden und mit einem entzückten „Ach, wie süß" als zarten Ausdruck der Unschuld gedeutet. Das Mädchen belohnte ihn mit einfühlsamer Zärtlichkeit, deren er sich noch heute wehmütig erinnerte, lehrte ihn die Finessen des Fingerspiels und entließ ihn, sichtlich zufrieden, von dem kleinen Venushügel, den er noch etliche Male besuchen durfte.

Die Großmutter hatte ständig zwei Dienstmädchen beschäftigt, jedes zwischen siebzehn und zwanzig, die es jedoch selten länger als drei Jahre in der Pension aushielten, da sie der Nachstellungen der überwiegend älteren Gäste bald überdrüssig wurden. Im Sommer zog häufig noch ein drittes Mädchen in die zweite Kammer ein, die nicht beheizt werden konnte und daher die meiste Zeit über leerstand. Da irgendeines von ihnen nach Abschluß der Hochsaison kündigte oder von der Großmutter entlassen wurde, blieben während der Winterzeit zwei Dienstmädchen in der großen Kammer wohnen, die dem elterlichen Schlafzimmer gegenüberlag und Grewes Phantasie unablässig beschäftigte. Das Getuschel und Gekichere von der anderen Seite des Flurs erregte ihn so sehr, daß er sich abends oftmals aus dem Schlafzimmer stahl, einen Gang zur Toilette vortäuschte, in Wahrheit aber an der Kammertür stehenblieb und durchs Schlüsselloch lugte. Nicht selten gelang es ihm, einen der nackten weißen

Körper, die sich vor dem altmodischen Waschtisch bewegten, mit den Augen abzutasten, bis er endlich mit pochenden Schläfen zurück in sein Bett wankte. In jenem Stadium der heimlichen Exkursionen, das bei ihm frühzeitig begonnen hatte und mit dem ersten Abenteuer in der Kammer seinen Abschluß fand, hatte er Dinge erlebt, von denen die meisten Schulkameraden noch nichts ahnten. So war er an einem Spätsommerabend — wie so oft — auf die etwa fünf Meter von der Kammer entfernte Tanne geklettert, von deren Spitze sich das Geschehen hinter dem gardinenlosen Fenster mühelos verfolgen ließ. Seit einigen Tagen war ein neues Mädchen im Haus — eine Brünette, die das Haar zu einem Knoten gebunden hatte und um den Hals ein Samtband trug, an dem ein silbernes Kreuz hing. Festgeklammert an dem harzigen Stamm, dessen Rinde Knie und Unterarme aufscheuerte, beobachtete er gespannt, wie sie sich entkleidete. Jede Frau, so hatte er festgestellt, zelebrierte das Ritual auf ihre Weise. Allen gemeinsam aber war der Blick in den Spiegel, als prüften sie beim Ablegen der Kleidungsstücke die Wirkung auf einen imaginären Liebhaber. An jenem Abend war es nicht die Schönheit des Fleisches gewesen, was Grewe in atemlose Erregung versetzt hatte, sondern das überraschende Verhalten der beiden nackten Körper. Während die Brünette, nur das schwarze Samtband um den Hals, den Knoten löste und das auf die Schultern fallende Haar bürstete, näherte sich ihr von hinten das andere Dienstmädchen, das schon seit mehr als zwei Jahren im Hause war. Es legte seine Arme um die Hüften der Zimmergenossin, die sich langsam umdrehte und die Zärtlichkeit mit einem Streicheln erwiderte. Bald konnte er nur noch ein Knäuel ineinander verschlungener Leiber erkennen, die sich auf dem Bett unter der Dachschräge wälzten, zuckend wie Frösche, die er im Teich der Großmutter fing und an einem Bein festhielt.

Obwohl noch nicht fünfzehn Jahre alt, war er bei den Dienstmädchen beliebt und stand im Ruf, ein „ganz Schlimmer" zu sein. Er entwickelte daher beträchtliches Talent, dieser Rolle gerecht zu werden, die sie ihn mit sichtlichem Wohlgefallen spielen ließen. Seine ersten Triumphe auf der erotischen Bühne feierte er in der Küche zwischen 14 und 15 Uhr, wenn sich die Großmutter hingelegt hatte, die Mutter in die Stadt zum Einkaufen oder zum Friseur gegangen war und die Mädchen das Geschirr der rund vierzig Gäste abwuschen. Um diese Zeit war in der Pension alles still. Nur das Geklapper der Teller und Bestecke drang herauf in den ersten Stock, in dem die Eltern wohnten. So oft er konnte, stahl sich Grewe damals von den Schularbeiten fort und ging hinunter. Er setzte sich, eine Zigarette in der Hand, auf den breiten Küchentisch, beobachtete die Mädchen beim Abwaschen, hörte ihren Gesprächen zu und wartete darauf, daß eines von ihnen den Raum verließ. Entsprechend dem jeweils erreichten Grad der Vertrautheit näherte er sich der Zurückgebliebenen, umfaßte ihre Brüste, tastete sich — wenn Widerstand ausblieb — in tiefere Regionen vor und probte leidenschaftliche Umarmungen. Meistens hatte er Erfolg. Sollten seine Bemühungen jedoch, was recht selten geschah, bereits im Ansatz mit einer Ohrfeige entmutigt werden, so wartete er auf das zweite Mädchen und die sich stets ergebende neue Gelegenheit, sei es in der Vorratskammer, sei es im Keller, zu dem direkt von der Küche eine steile Holztreppe führte. Obwohl fast alle behaupteten, einen Freund zu haben, wunderte er sich, daß die Mädchen seinem pubertären Drang so rasch nachgaben und er nur an wenigen Tagen enttäuscht die Schularbeiten wiederaufnehmen mußte. Treue galt ihm bald als eine der schillerndsten Vokabeln; seine spätere, fast krankhafte Eifersucht entsprang sicherlich nicht zuletzt jenen Küchen- und Kellererlebnissen.

Kehrte er erfolgreich zurück in die elterliche Wohnung, waren seine Leidenschaften keineswegs gestillt, sondern in höchstem Maße entflammt, denn trotz aller Küsse und Umarmungen ließ ihn noch niemand die letzte Schwelle seiner Unschuld überschreiten. Dies blieb jener Brünetten vorbehalten, die nicht nur in ihrer stets wechselnden Haartracht erstaunlichen Einfallsreichtum bewies. Es war an einem der Sonntage gewesen, an denen jeweils nur ein Mädchen Dienst hatte. Da den Gästen an diesem Tag Kaffee und Kuchen bereits gleich nach dem Mittag serviert wurden, endete die Arbeit mit dem Abwasch und begann erst wieder mit der Vorbereitung des Abendessens; zu dieser Zeit hatten sich dann auch die anderen Dienstmädchen einzufinden. An jenem Sonntag waren die Eltern mit der Großmutter, arglos alle drei, zu einer Gastronomie-Messe gefahren, so daß Grewe und die Brünette allein im Haus blieben. Schon am Morgen hatten beide gewußt, worauf der Tag hinsteuerte, und Grewe, dem die Stunde der Entscheidung unerbittlich näherrückte, wäre am liebsten geflohen. Noch in der Nacht hatte er sich alle Phasen jenes Augenblicks ausgemalt, doch nun kam er sich vor wie einer, der in lähmender Ohnmacht zur Richtstätte geführt wird. Auch die Brünette — ihren Namen hatte er längst vergessen — schien befangen zu sein angesichts der Unausweichlichkeit. Schweigend begegneten sie einander am Morgen, schweigend machten sie die Küche sauber, wechselten ab und zu tiefe Blicke und gingen dann schweigend hinauf in die Kammer. Erst als sie langsam die Tür abschloß, fühlte sich Grewe befreit von seiner dumpfen Angst; der Delinquent verwandelte sich in den Henker. Er legte die Schokolade, die er unter dem Flurteppich vor dem elterlichen Schlafzimmer deponiert hatte, auf den Waschtisch und ging auf das Mädchen zu. Die Brünette nahm ihn lächelnd in die Arme, streichelte seinen Kopf, und mit einem tiefen Seufzer, den er nicht zu deuten wußte, führte sie ihn zum Bett. Es war ein heißer Augusttag. Das Fenster stand weit offen, und in der Tanne, deren Stamm er noch vor wenigen Tagen sehnsüchtig umklammert hatte, gurrte eine Taube. Das Mädchen, in dem weißen Kittel an eine Krankenschwester gemahnend, stand wieder auf. Es ging zum Waschtisch, löste den Knoten und zog sich aus. Grewe sah, wie das silberne Kreuz rhythmisch gegen das Brustbein schlug. Als die Brünette langsam zum Bett zurückkehrte, erhob er sich. Zitternd suchte er ihre Lip-

pen, spürte das Fleisch in seinen Händen brennen, während sie ihn sanft entkleidete. Das Gurren der Taube schwoll zu einem Crescendo an, und kurz darauf hatte auch er sich in einen zuckenden Froschleib verwandelt, bis ihn das Fallbeil erlöste. Die Lektionen jenes Augusttages waren ihm unauslöschlich im Gedächtnis geblieben, und noch heute erinnerte er sich seiner Lehrmeisterin mit Dankbarkeit und zärtlicher Wehmut. Damals indes mußte er erstmals die Leiden der Liebe erfahren, denn wenn es auch noch einige variantenreiche Nachmittage — vornehmlich in der leerstehenden kleinen Kammer — gegeben hatte, so waren diese Freuden doch nicht ungetrübt gewesen. Die Brünette, für die das Abenteuer keineswegs eine von vielen Affären war, sondern die seine leidenschaftliche Zuneigung offensichtlich teilte, hatte ihn überschätzt. Sie stellte Anforderungen, die zu erfüllen er nicht imstande war. Nur selten bewilligten die Eltern, ahnungslos noch immer, einen abendlichen Kino-Besuch, doch das war nicht, was sie sich eigentlich vorgestellt hatte. Ihr stand, wie allen Dienstmädchen in jenem Alter, der Sinn nach Tanzvergnügen. Ohne Geld aber konnte er ihr nicht zur Flucht aus dem Alltag verhelfen; sie mußte vorliebnehmen mit Waldspaziergängen und Umarmungen auf der kleinen Holzbrücke, die Jahre später in einem Pekinger Hotel wieder an die Ufer seines Bewußtseins trieb.
Schmerzhaft erkannte er, daß er sich zu weit vorgewagt hatte, daß er nichts war als ein pubertierender Pennäler, unfähig, einem Kammer-Erlebnis solide Formen zu geben. Als sie ihm den Laufpaß gab und,

in einem Anflug von Verzweiflung, wechselnde Abenteuer mit finanzkräftigen Gästen suchte, glaubte er, den Schmerz nicht ertragen zu können. Wenn er spät abends ihre Schritte auf dem Flur hörte, lag er starr im Bett, gepeinigt von Visionen, die seinen Körper lähmten. Erst als sie kündigte, lockerte sich die Klammer. Er tauchte auf aus den Tiefen tränenloser Nächte, und die Wunden, die ihm viel zu früh geschlagen worden waren, heilten überraschend schnell. Das Dienstmädchen-Kapitel war beendet; die Exkursionen galten fortan nicht mehr der Schönheit des Fleisches, sondern der Überwindung der qualvollen Leere. Marx, den er mit siebzehn Jahren entdeckte, erregte ihn bald mehr als das Samtband der Brünetten, die übrigens — wie er fast ein Jahrzehnt später erfuhr — den Sohn eines Metzgers geheiratet hatte, dem sie vier Kinder gebar. Nur Irene sollte es eines Tages gelingen, sein siegesgewisses Gleichgewicht zu erschüttern und ihn erneut an den Abgrund der Leere zu stoßen — um den Preis erniedrigender Verfolgungen, denn seine Eifersucht kam erst zur Ruhe, nachdem sie alle Brücken abgebrochen hatte und er sich, Irenes endlich sicher, ganz der Weltrevolution widmen konnte.

„Achim, da war ein Gespräch für dich. Du sollst sofort zu Hause anrufen." Glockmann blickte ihn kurz über den Rand der Brille an. Dann beugte er sich wieder über den schwarzen Einlaufkorb, in dem sich die Fernschreiben türmten. Während er den Stoß abtrug und die Agenturmeldungen wie ein Patiencespieler verschiedenen Komplexen zuordnete

— hier Nahost, dort EG, auf der Federschale Afrika, davor Lateinamerika —, hing Grewe den Mantel in den Schrank.

„Ist etwas los?"

„Alles ruhig. Was soll denn los sein?"

Grewe ging wortlos zum Schreibtisch. Für einen Augenblick hatte er geglaubt, Bressers Komplicen hätten bereits ihren Coup gelandet. Doch Glockmann verrichtete das morgendliche Sortieren mit der gleichen Routine und dem gleichen Desinteresse wie Wenzel, der in der anderen Ecke des Zimmers den innenpolitischen Korb leerte und seine Patience legte — Rentendebatte, Kernenergie, Kanzler-Interview, Steuerreform ...

Er mußte lange warten, ehe jemand den Hörer abnahm.

„Endlich!" Bresser schien sehr aufgeregt zu sein.

„Jo, was soll ich machen? Der Hund ist weggelaufen. Ich hatte ihm die Terrassentür aufgemacht, weil er offensichtlich mußte. Er hatte mich ständig angebellt. Jetzt ist er verschwunden. Jemand muß die Gartenpforte offengelassen haben." Die Stimme klang verzweifelt.

Grewe, belustigt über die Absurdität seiner ursprünglichen Befürchtung, sagte: „Laß Pforte und Terrassentür offen. Er kommt von allein zurück. Sicherlich war wieder eine Katze im Garten."

„Es tut mir leid, Jo. Ich werde künftig besser aufpassen."

„Schon gut." Er hängte den Hörer ein.

Mittlerweile waren die Patiencen des Weltgeschehens — oder was Journalisten dafür halten — gelegt.

Wenn er an die Hoffnungen dachte, mit denen er diesen Beruf ergriffen hatte, stellte er erstaunt fest, welchen Grad der Gleichgültigkeit ein Mensch ertragen kann. Seine Arbeit kam ihm so sinnlos vor wie der Versuch eines Kindes, die Sterne am Abendhimmel zu zählen, und dennoch gab es Kollegen, die selbst nach zehnjähriger Erfahrung noch immer von einer Mission beseelt waren — nicht von der Hoffnung auf die Veränderung der Welt, wenn auch die missionarische Besserwisserei bei allen am Anfang gestanden haben mochte, sondern vom Glauben an die Information. Überzeugt von deren aufklärerischer Kraft, hantierten sie Tag für Tag mit Schere, Stift und Schreibmaschine in der hartnäckigen Annahme, sich und ihren Lesern wenn auch nicht die ganze Realität der Welt, so doch zumindest deren wesentliche Aspekte vor Augen zu führen. Sie merkten nicht, daß sie längst ertrunken waren in der Flut der Informationen, daß sie desto dümmer wurden, je mehr sie zu wissen schienen. Sicherlich kannte selbst ein Mensch im Mittelalter, so beschränkt sein Horizont auch gewesen sein mochte, das Leben und dessen Zusammenhänge besser. Sie jedoch saßen in der Proszeniumsloge und schlossen aus ihren bevorzugten Sitzen, daß das tägliche Marionettentheater, das sich Weltpolitik nannte, die Hauptvorstellung sei. Fasziniert vom Spiel der Akteure, waren sie blind für die Drähte, die über der Bühne bewegt wurden, buhten oder klatschten Beifall und beschrieben die Details, als seien sie Indizien, die es im Prozeß um den Beweis der Realität nur aneinanderzureihen gelte. Grewe hatte es aufgegeben, hinter dem Puppenspiel eine dirigierende Vernunft zu suchen. Er vermochte weder an den Gott der Barmherzigkeit zu glauben, was er manchmal bedauerte, noch an Hegels Weltgeist und auch nicht mehr an das marxistische Gesetz des Fortschritts. Für das, was die Marionetten bewegte, hatte er nur eine Erklärung, die weniger der Philosophie als der Jurisprudenz entlehnt war: die normative Kraft des Faktischen. Der Sinn des Lebens ist das Leben — diese Tautologie war das Ergebnis mehr als zwanzigjährigen Suchens, der Abschied von der Welt als Wille und Vorstellung. Politiker galten ihm seitdem als Kulissenschieber, Journalisten als Fassadenmaler — gleichgültig, ob bürgerlich oder sozialistisch, denn das Geheimnis der Drähte blieb beiden verschlossen, mochte die Paßform ihrer Schlüssel auch verschieden sein.

„Es ist Zeit — die Konferenz beginnt." Wenzel, einen Stoß Zeitungen unter dem Arm, blies zum täglichen Gipfeltreffen der Selbstüberschätzung.

„Achim, geh du. Ich hab noch etwas zu erledigen." Auch Glockmann gehörte nicht mehr zu den Missionaren und unterwarf sich dem Ritual nur, weil seine Position es erforderte.

Da Grewe sich in der Runde ohnehin wieder einmal sehen lassen mußte, tat er Glockmann den Gefallen. Vielleicht, so dachte er, war auch etwas von Bressers Leuten durchgesickert. Doch als er den Paternoster verlassen hatte und das Konferenzzimmer betrat, reute ihn sein Entschluß. Kopfschmerzen und Müdigkeit — die Symptome der Leere — stellten sich ein, noch ehe er Platz genommen hatte. Eingesponnen in das Geraschel und Gemurmel von rund vierzig Redakteuren, die Tag für Tag zur selben Zeit aus ihren auf fünf Stockwerke verteilten Waben herbeischwirrten, saß Grewe in seinem schwarzen Kunstledersessel und verfolgte gelangweilt den Bienentanz. Noch nie, obwohl er seit nunmehr zwölf Jahren im Hause war, hatte er sich ernsthaft daran beteiligt. Als er noch die Flammen der Weltrevolution lodern sah, hatte er mit dem Messer des Glaubens die Zeit getötet und die Karriere dem stummen Zorn geopfert. Fünf der sechs Uhren über der riesigen Weltkarte, vor der Stettner, Pfefferminzbonbon kauender Chefredakteur, den Geist bürgerlicher Liberalität wehen ließ, hatten Grewe damals eine andere Zeit verkündet: Peking, Kairo, Moskau, Rio, New York — was galt da schon die heimische Stunde angesichts kämpfender Völker im Würgegriff der Supermächte? Er hatte sich eingereiht in die Guerilla-Truppe auf den Bergen Mexikos, hatte das Gewehr geölt im afrikanischen Busch, Dschungelpfade in Indochina vermint, in Schanghai Produktionsschlachten gegen den Revisionismus geschlagen, war in den Untergrund getaucht von San Franzisko bis Leningrad. Später zeigten ihm die Uhren nur die Monotonie der verrinnenden Zeit, sechsfaches Gleichmaß in *local time*.

Er versuchte sich vorzubereiten auf seine TV-Moderation im Dritten Programm — jeden zweiten Samstag harmlose Dampfplaudereien über Kultur und Wissenschaft, die er einem Zufall, wenn nicht einem Mißverständnis verdankte. Von einem Redakteur, der einige seiner Artikel gelesen hatte, war er damals ins Studio zu einer Diskussionssendung über China eingeladen worden. Sie hatten sich vorher in der Fernsehkantine getroffen, und Manstein — ein etwa fünfzigjähriger Mann mit flackernden Augen und fahrigen Bewegungen — versicherte ihn pausenlos seiner Wertschätzung, als müsse er an ihm etwas wiedergutmachen. Nach der Sendung lud er Grewe erneut in die Kantine ein und vertraute ihm bei einer Flasche Cognac sein Geheimnis an: er sei Mitglied der alten KPD gewesen, 1951 aus dem Osten geflohen und habe, nach wechselnden Berufen, im Fernsehen Unterschlupf gefunden, wo er heute stellvertretender Abteilungsleiter sei. Er habe, so sagte er bitter und leerte das vierte Glas, die alten Ideale verraten und führe einen bürgerlichen Lebenswandel. Grewe kam sich vor wie ein Beichtvater, der, selbst von Zweifeln gepeinigt, einem irrenden Amtsbruder die Absolution erteilen sollte. Der Aufbruch der Jugend und seine, Grewes, Artikel hätten ihm aber die Augen geöffnet, fuhr Manstein fort, sich das fünfte Glas einschenkend. ,,Ich glaube, Sie sind der geeignete Mann für unser Samstagabend-Magazin", hatte er dann unvermittelt gesagt. ,,Wir suchen einen Moderator. Sind Sie zu Probeaufnahmen bereit?" Grewe, gerade in sein Reihenhaus eingezogen, war zu jener Zeit ständig auf der Suche nach einträglichen Nebenbeschäftigungen und hatte eingewilligt — eher belustigt als überrascht. Er maß der Sache keine Bedeutung zu, und selbst nach den Probeaufnahmen — er hatte sich vor eine Landkarte stellen und irgendeinen Text aufsagen müssen — war er davon überzeugt gewesen, nie wieder etwas von dem abtrünnigen Glaubensbruder zu hören. Um so überraschter war er gewesen, als Manstein vierzehn Tage später in der Redaktion anrief und ihm freudig mitteilte, man habe sich für ihn als Moderator entschieden. Grewe nahm an, und es stellte sich heraus, daß die Aufgabe leichter war als erwartet. Zu vorbereiteten Beiträgen hatte er lediglich verbindende Textübergänge auszuarbeiten, die politisch völlig unverfänglich waren und seinem heimlichen Ruf als Chefideologe keinen Abbruch taten. Wider Erwarten entwickelte sich die Sendung zu einem Erfolg, was Manstein, jedesmal wenn er Grewes ansichtig wurde, mit der im Flüsterton gehaltenen Bemerkung quittierte: ,,Der Sozialismus wird siegen!" — als sei ihm damals in der Kantine Absolution von allen bürgerlichen Sünden erteilt worden.

Grewe machte sich für die nächste Sendung Notizen, gab die Bemühungen aber bald auf. Seine Gedanken ertranken in der Konferenzsuada, der er diesmal wohl auch mit Hilfe des ,,Stechlin" nicht hätte standhalten können.

,,Herr Grewe, für Sie." Einer der Lokalredakteure, die ihre Stammplätze direkt neben der Tür nahe am Telefon hatten, schwenkte plötzlich den Hörer.

Es war Bresser.

,,Jo, er ist da!" Es klang, als verkünde er den Anbruch des Sozialismus.

,,Wer?"

,,Der Hund. Er ist eben zurückgekommen."

,,Wie schön." Grewe legte auf, tat so, als sei er zu einem Termin gerufen worden, und verließ erleichtert den Bienenstock.

2

Bresser stand an der Terrassentür und blickte hinaus. Dünne Schneeflocken legten sich wie Staub auf Rosenstöcke und Sträucher. Jenseits des Gartens, über der löchrigen Thujenhecke, erschien eine Frau auf dem Balkon. Sie schüttelte hellblaue Kissen aus und gemahnte an Frau Holle. Plötzlich hielt sie inne, hängte ein Kissen über die Brüstung und verschwand. Goldmarie schien gekommen zu sein. Oder Pechmarie? Es war, wie sich wenig später herausstellte, der Briefträger. Er schob sein gelbes Fahrrad durch die Siedlung, lehnte es gegen Zäune und Hecken und wurde verfolgt von wütendem Gekläff. Auch Cito sprang gegen die Scheibe der Terrassentür. Seine Schnauze zog feuchte Spuren über das Glas. Bresser gelang es, ihm mit einem Stück Schokolade das Bellen abzukaufen. Unwirsch knurrend, als zürne er der eigenen Bestechlichkeit, zog sich der Hund auf das Sofa zurück.
Bresser blickte zur Uhr. Es war kurz vor zwölf. Der Anruf, auf den er gewartet hatte, war ausgeblieben. Von Cito argwöhnisch und gierig zugleich fixiert, setzte er sich in den Sessel. Zu einem erneuten Schokoladenbakschisch war er indes nicht bereit; statt dessen drehte er sich eine Zigarette. Ob etwas schiefgegangen war? Sie hatten Kontakte zu festen Zeiten vereinbart. Der Anruf war um fast eine Stunde überfällig.
Er stand auf und musterte die Bibliothek. Es dauerte lange, ehe er hinter die Ordnungsprinzipien kam, denn eindeutige Kriterien ließen sich nicht aus-

machen. Es begann mit geographischer Einteilung —
im Osten von Rußlands Klassikern über Mnacko
und Lem zu Havel und Kohout, im Westen von
Strindberg bis Lorca —; doch die Landkarte wies so
viele weiße Flecke auf, daß der Kartograph offenbar
kapituliert und andere Gestaltungsmöglichkeiten
gesucht hatte. An eine stattliche Lyrikgalerie schlossen
sich moderne Dramatiker an: Albee, Williams,
Miller, Osborne, Anouilh, Giraudoux — Erinnerungen
an die fünfziger und sechziger Jahre. Je
mehr sich die Regale dem rechten Ende der Wand
näherten, desto rätselhafter wurde die Ordnung.
Anscheinend war hier die Ecke der aktuellen Favoriten,
denn in einer fast dreißigbändigen Fontane-Reihe,
billige Taschenbücher mit grellbuntem Einband,
sprang sofort die Lücke ins Auge, die nur der
,,Stechlin" gerissen haben konnte. Daneben standen
Bücher, deren Autoren Bresser fast alle unbekannt
waren. Auf gut Glück zog er einen Band
heraus und blätterte darin. An einer Stelle blieb er
hängen: ,,Wenn man sich einsam fühlt, gibt man
einer ungemütlichen Umgebung den Vorzug." Seine
Umgebung, so fand er, war trotz allem recht gemütlich.
Er schob das Buch zurück ins Regal, wobei er
fast eine blaue Porzellaneule umgestoßen hätte.
Als er wieder im Sessel saß und sich eine neue Zigarette
drehte, schrak der Hund auf und stürzte, geifernd
und mit fliegenden Ohren, hinaus in den Flur.
Im gleichen Moment klingelte es. In der Annahme,
es sei der Briefträger, öffnete Bresser die Tür. Sofort
bereute er seinen Leichtsinn. Vor ihm stand ein
etwa vierzigjähriger Mann, die linke Hand in einer

Lammfelljacke vergraben, und sah ihn erstaunt an. Auch Bresser war überrascht, denn für einen Augenblick schien ihm, als sähe er sich dem eigenen Spiegelbild gegenüber. Der Mann hatte Haar und Bart nach gleicher Art frisiert wie er, und auch die Pelzkappe, die er in der Rechten trug, kam ihm äußerst vertraut vor.
„Ist Herr Grewe noch da?"
„Nein. Er ist schon seit zwei Stunden fort."
„Und Frau Grewe?"
„Sie kommt erst gegen dreizehn Uhr."
„Schade." Der Mann zog ein kleines Buch aus der Jackentasche. „Ich sollte ihm den Katechismus bringen."
„Den Katechismus?"
„Entschuldigen Sie, ich habe mich noch nicht vorgestellt. Mein Name ist Starke. Ich bin der Gemeindepfarrer."
Bresser zog ungläubig die Brauen hoch.
„Achim, ich meine, Herr Grewe, hatte mich um ein Exemplar des Katechismus gebeten. Er sagte, er brauche es für eine Fernsehsendung."
„Ach so." Bresser lächelte. „Jo hat mir nichts davon gesagt." Und, als sei das Entschuldigen jetzt an ihm, fügte er hinzu: „Ich bin gestern gekommen und werde wohl einige Tage bleiben. Wir kennen uns noch aus alten Zeiten. Vielleicht hat Achim Ihnen von mir erzählt. Dressler —"
„Ich kann mich nicht erinnern."
„Nun ja, das ist alles auch schon lange her."
Höflichkeit ist die beste Tarnung, dachte Bresser und sagte, in der festen Überzeugung, es werde nur

als rhetorische Geste verstanden: ,,Kommen Sie doch herein, Herr Pfarrer." Zu seiner Verblüffung aber nahm jener die Einladung tatsächlich an, säuberte sorgfältig die Schuhe, hing Pelzkappe und Felljacke an die Garderobe und schlug, als sei er der Hausherr, die Tür hinter sich zu. Dann beugte er sich hinab zu dem Hund, der freudig an seinen Beinen emporsprang.

,,Sie sind wohl häufig hier zu Gast?" Bresser ging voraus ins Wohnzimmer und fühlte sich so fremd wie gestern an der Bushaltestelle.

,,Wir haben uns vor einigen Jahren auf einem Siedlungsfest kennengelernt. Seitdem plaudern wir gern — die Grewes und ich. Besonders mit Achim habe ich manchen Strauß ausgefochten."

,,Wie Don Camillo und Peppone?"

,,So mochte es am Anfang gewesen sein. Doch jetzt sind wir weiter. Trinken Sie etwas?" Der Pfarrer öffnete die in die Schrankwand eingelassene Bar. ,,Achim wird bestimmt nichts dagegen haben", sagte er, als er Bressers erstauntes Gesicht sah. ,,Unsere Seelen sind einander so verwandt, daß sie sich sogar an der gleichen Whiskymarke laben. Nehmen Sie auch einen?"

,,Nein." Bresser hatte es die Sprache verschlagen.

Der Pfarrer goß sich Long John ein und setzte sich.

,,Auf Ihr Wohl, Herr —?"

,,Dressler."

Auf der Marmorplatte des Tisches lag der Katechismus. Der Pfarrer stellte das Glas auf den Goldbuchstaben ab.

„Was haben Sie vorhin damit gemeint: ‚Jetzt sind wir weiter'?"
„Wir streiten nicht mehr über Religion und Marxismus."
„Sondern?"
„Überhaupt nicht. Wir sind uns einig, daß nur eine Frage zählt: Ob das Leben einen Sinn hat."
„Und wie lautet die Antwort?"
„Es hat keinen Sinn — außer dem, den man sich selbst gibt."
„Das sagen Sie als Pfarrer?"
„Nun sind Sie schockiert, nicht wahr? Da Sie einer von Achims alten Freunden sind, nehme ich an, daß auch Sie einmal im Marxismus den Sinn gefunden haben."
„Bis heute." Bresser setzte energisch den Zigarettendrehapparat in Bewegung. Was ging andere sein Seelenleben an — es war schon schwer genug, allein mit sich selbst ins reine zu kommen.
„Seien Sie froh. Nichts ist schlimmer zu ertragen als die Leere." Der Pfarrer hob das Glas und schaukelte die goldbraune Flüssigkeit wie ein Kind in der Wiege.
„Und welchen Sinn haben Sie sich gegeben?"
„Mein Sinn besteht darin, andere in ihrem Sinn zu bestärken."
„Etwas wenig für Ihren Beruf, finden Sie nicht? Wenn ich richtig informiert bin, ist Ihr Auftrag doch eigentlich weiter gefaßt."
„Viel zu wenig, da haben Sie recht. Aber wir alle ändern unsere Positionen wie Kiesel im Bach. Als ich die Weihen empfing, hätte ich nie erwartet, eines Tages so zu denken wie heute. Wäre dies der Fall

gewesen, hätte ich bestimmt das Priesterseminar verlassen. Doch nun? Glauben ist Gnade und keine Willenssache. Ich kann nur warten."
,,In der Religion mag es Gnade geben. Wir verlassen uns auf den Verstand." Bresser pickte mit dem Zeigefinger die Tabakkrümel von der Marmorplatte. Ihn mutete das Gespräch so unwirklich an, als schaue er einem Film zu, in dem er gegen seinen Willen mitwirkte. Jeden Augenblick mußte der Anruf kommen — aus einer Welt, in der nur Fakten zählten, Fakten, die das Leben veränderten.
,,Sind Sie sich dessen so sicher?"
,,Wessen?" Der Film schien kein Ende zu nehmen.
,,Des Verstandes. Schließlich sind wir mehr als ein Gehirn auf zwei Beinen. Manches wäre sicherlich einfacher, wenn wir es wären. Doch auch dann hätte ich meine Zweifel. Vielleicht erinnern Sie sich an Luther: Auch Konzilien haben sich geirrt und können sich irren — natürlich auch Päpste und Zentralkomitees, Politbüros und Parteiführer. Denken Sie an Stalin."
,,Der Marxismus ist eine Wissenschaft —"
,,Ich weiß — und die Religion ist eine göttliche Offenbarung. Darauf ziehen wir uns immer zurück, wenn menschliche Schwächen unsere Ideen beflecken. Spricht das nun für oder gegen diese Ideen?" Da Bresser keine Antwort gab, fuhr er fort: ,,Achim meint, die menschlichen Schwächen sprächen gegen die Ideen. Wenn er recht hätte, wäre alles sinnlos. Aber noch kann ich seine Überzeugung nicht teilen. Es ist der einzige Punkt, an dem wir uns grundsätzlich unterscheiden. Thomas von

Aquin sagte: ‚In uns lebt nicht allein die Lust, die wir mit den Tieren, sondern auch die Lust, die wir mit den Engeln gemein haben.' Ich glaube, wenn es die Ideen nicht gäbe — gleichgültig, ob es der Marxismus oder die Religion ist, und im Grunde gibt es nur diese beiden Positionen —, dann wäre es noch schlechter um uns bestellt. Wenn es nicht das Gute als Postulat gibt, dann regiert bald nur noch das Böse."
„Warum erzählen Sie mir das alles?" Bresser wollte der absurden Vorstellung endlich ein Ende machen.
„Ich will Sie in Ihrem Sinn bestärken."
Die Antwort verwirrte ihn. Bedurfte er schon des Beistandes? Er dachte an das überfällige Telefongespräch.
„Wie meinen Sie das?" Mißtrauen ließ seinen Adamsapfel tanzen.
„Sie glauben noch an etwas, das größer ist als Sie."
„Mein Glauben ist eben eine Wissenschaft und keine Gnade."
„Sind Sie sich da so sicher?" Der Pfarrer glättete den Bart, und wieder war es Bresser, als säße er seinem Spiegelbild gegenüber.
Ein breiter Sonnenstrahl brach durch die Gardine, streifte das Whiskyglas und wanderte über die Goldbuchstaben des Katechismus. Bresser schwieg, und auch der Pfarrer schien an einer Vertiefung des Themas nicht mehr interessiert zu sein. Beide waren versunken in den Anblick der in ihren Händen ruhenden Gegenstände — in das leere Glas der eine, in die Zigarettendrehmaschine der andere. Cito, aufgeschreckt durch die Stille, sprang vom Sofa, schüt-

telte sich und trottete steifbeinig zur Terrassentür, wo er, laut gähnend, sitzenblieb.
Der Pfarrer, dem der Alkohol die Wangen gerötet hatte, räusperte sich. ,,Sind Sie eigentlich auch Journalist?" Es klang, als erkundige er sich nach Intimem — etwa, ob Bresser Alkoholiker, Homosexueller oder Bettnässer sei.
,,Ich habe in mehreren Lektoraten gearbeitet. Jetzt bin ich stellungslos. Ich war längere Zeit in Italien und bin erst vor kurzem zurückgekehrt. Jo will mir bei der Arbeitssuche behilflich sein."
Die Verstellung fiel ihm schwerer, als er vermutet hatte. Er war nicht darauf vorbereitet gewesen, vor einem Fremden den Bittsteller zu spielen. Unruhig blickte er zur Uhr. Es war kurz vor halb eins. Hatten sie ihn vergessen? Abgeschoben wie einen lästigen Hund? Zuzutrauen wäre es ihnen.
,,Es wird nicht leicht sein."
,,Was?" Verwirrt blickte er zu dem Pfarrer, der das leere Whiskyglas in der Hand drehte, als sei es ein Rosenkranz.
,,Einen Arbeitsplatz zu finden. Soweit ich informiert bin, wird zur Zeit besonders in der Verlagsbranche scharf kalkuliert. Die Energiekrise hat auch die Papierpreise hochschnellen lassen, und das schlägt durch bis in die Lektorate."
,,Es muß nicht unbedingt Lektoratsarbeit sein. Ich bin flexibel."
,,Vielleicht kann ich Ihnen helfen."
Bresser, gepeinigt von der Vorstellung, man habe ihn im Stich gelassen, hörte nicht, was der Pfarrer sagte. Gedankenverloren drehte er sich eine Zigarette.

„Nur für eine Übergangszeit. Bis Sie etwas gefunden haben. Für zwei, drei Monate wäre es eine Ganztagsarbeit, danach halbtags. So sieht es auch der Stellenplan vor."
„Welcher Stellenplan?"
„Der Pfarrei. Sicher, es ist nichts Großartiges. Aber zur Überbrückung . . . Es geht um unsere Bücherei. Sie ist bisher ehrenamtlich betreut worden. Zweimal in der Woche haben Mitglieder der Gemeinde abwechselnd die Bibliothek geführt. Ihr Zustand ist dementsprechend. Es ist höchste Zeit, daß sie neu geordnet und katalogisiert wird."
„Ich habe keine Ahnung von religiösem Schrifttum."
„Keine Sorge, Herr Dressler. Wir sind fortschrittlicher, als Sie vermuten. Christliche Erbauungsliteratur ist längst aus der Mode. Schließlich wollen wir, daß die Bücher gelesen werden, nicht, daß sie verstauben. Sogar Mao finden Sie in unserer Bibliothek. ,Kenne deine Feinde, und du kannst tausend Schlachten schlagen unbesiegt' — das ist doch von ihm, nicht wahr?"
„Eine altchinesische Weisheit. Er hat sie oft zitiert."
„Auch Mao ist jetzt aus der Mode gekommen. Sehr zu Unrecht. Bei uns hat er Zuflucht gefunden, denn ich bin überzeugt von seiner Renaissance."
„Im Vatikan wird man anders darüber denken."
„Die Hierarchie hat nichts mehr mit heiliger Ordnung zu tun. Ich wünschte, der Papst würde Mao lesen. Er könnte von ihm lernen, daß charismatische Bewegungen zu verstaatlichten Orden degenerieren, wenn sie sich in der Macht einrichten. Nur

eine permanente Revolution kann sie wieder zum Leben erwecken — das gilt für das Christentum wie für den Marxismus."
„Eine etwas gewagte Parallele, finden Sie nicht?"
„Nur formal. Die Gemeinsamkeiten sind größer, als sich beide Seiten eingestehen. Bei Markus heißt es: ‚Der Sabbath ist für den Menschen da und nicht der Mensch für den Sabbath.' Das könnte ebensogut von Mao stammen. Sie brauchen für ‚Sabbath' nur ‚Sozialismus' einzusetzen. Es ist der gleiche Geist."
„Das hat Jo auch gesagt. Er nennt es eine Krankheit."
„Ich weiß. Vielleicht hat er recht. Aber ich glaube, daß wir ohne diese Krankheit nicht leben können. Es ist die Krankheit des Menschen."

3

Als Grewe die Haustür öffnete, stand sein Entschluß fest. Noch während des Abendessens, im Beisein Irenes und der Kinder, würde er Bresser ein Ultimatum stellen: wenn jener nicht am nächsten Vormittag verschwunden sei, werde er die Polizei benachrichtigen. Wie beim Schach, wenn er sich in eine ausweglose Position gedrängt sah, wollte er die Chance im Vabanquespiel suchen. Als Einsatz für die Hoffnung, sich endgültig der Vergangenheit zu entledigen, war er bereit, seine Existenz zu setzen. Aber was hieß schon Existenz? Ein festgefahrenes Leben ohne Überraschungen, absehbar bis zum Rentenalter. Vielleicht würde sein Entschluß — gleichgültig, wie Bresser darauf reagierte — die Wende bringen.

Er zog den Mantel aus und begrüßte Cito, der jaulend an seinen Beinen emporsprang.

„Das Essen ist fertig. Sag bitte Michael und deinem Freund Bescheid", rief Irene aus der Küche.

„Wo sind sie denn?"

„Im Keller."

Grewe trat in die Küche und schloß die Tür. Er wollte Irene erklären, was es mit Bresser auf sich hatte, doch er sah, daß jetzt nicht die Zeit dafür war. Er bereute, daß er sie gestern nacht nicht geweckt hatte. Den ganzen Tag hatte er darüber nachgedacht, wie er sie informieren könnte. Ein Telefonanruf war ihm zu gefährlich gewesen. Wer weiß, wie Bresser reagiert hätte. Es wäre auch nutzlos gewesen, denn was hätte sie schon unternehmen können.

„Bresser — oder Dressler, wie er sich nennt — ist nicht mein Freund", sagte er. „Er ist es nie gewesen."

„Wie auch immer. Ihr wart Gesinnungsgenossen, und ich habe nichts gegen ihn. Er ist jetzt umgänglicher als damals auf der unsäglichen Gartenparty. Trägst du bitte den Salat ins Eßzimmer?"

Es war hoffnungslos. Grewe hielt die Schüssel in der Hand und wollte über die Erpressung sprechen, doch Irene öffnete ihm die Tür.

„Wenn du in den Keller gehst, denk an die Getränke."

Cito eilte vor ihm die Treppe hinunter und blieb winselnd an der Eisentür stehen, hinter der krächzende Schlagermusik zu hören war.

„Jean hat das alte Radio repariert!" rief Michael und stürzte freudestrahlend auf Grewe zu. „Darf ich den Apparat behalten? Du wolltest ihn doch wegwerfen, und jetzt geht er wieder."

„Hallo, Jo, wie hat die Arbeit geschmeckt? Gibt es etwas Neues?" Bresser rollte die aufgekrempelten Hemdsärmel herunter und strich sich mit dem Schraubenzieher eine Haarsträhne aus der Stirn.

„Nichts Neues", sagte Grewe tonlos. „Das Essen ist fertig."

„Darf ich das Radio behalten?"

„Meinetwegen. Jetzt stell das Ding aber ab."

„Jean hat mir auch gezeigt, wie man Fahrradschläuche flickt." Michael deutete stolz auf eines der Heizungsrohre unter der Decke, von dem, befe-

stigt an einem Haken, ein schwarzer Schlauch herabhing. Er prüfte ihn mit Daumen und Zeigefinger.
,,Die Luft hält. Meinst du, daß ich es nun allein kann?"
,,Aber sicher, Mike. Du bist sehr geschickt." Bresser nahm das Jackett, das er über einen ausrangierten Küchenstuhl gehängt hatte, und zog es an. ,,Morgen machen wir weiter." Kumpelhaft legte er den Arm um Michaels Schulter.
Grewe spürte, wie ihm das Blut in den Kopf schoß. Seine Schläfen pochten. Er hatte gewußt, daß es eines Tages so kommen würde. Seit langem war er Michaels handwerklichem Interesse hilflos ausgeliefert. Er selbst war für praktische Dinge völlig unbegabt und hatte sich schon als Kind vor Hammer, Kneifzange und Schraubenzieher gefürchtet, die ihm sein Vater in die Hand drückte, wenn dieser, auf einer Leiter stehend, irgend etwas reparierte. Zwischen ihnen hatte sich nie eine persönliche Beziehung entwickelt, denn der Vater hatte ihn seine Verachtung deutlich spüren lassen, wogegen er sich durch intensive Lektüre und frühzeitiges Schreiben zu schützen trachtete. Daß er mit seinem eigenen Sohn jetzt das umgekehrte Schicksal zu durchleiden hatte, erschien ihm wie eine späte Rache des Vaters. Immer wenn er Michael in seinem kümmerlichen Werkzeugkasten stöbern sah, den er sich kurz nach dem Einzug widerwillig zugelegt hatte, ahnte er, daß der Tag nicht mehr fern war, an dem dieser unter spöttischem Grinsen Regale an die Wände dübeln, Leitungen verlegen und Sanitärarmaturen auseinandernehmen würde — Arbeiten, die dank

Irenes diplomatischem Geschick bisher stets einer der freundlichen Hobbybastler aus der Nachbarschaft erledigte.

Cito sprang an Bresser empor und leckte ihm die Hand. Sogar der Hund, dachte Grewe, hat mich verraten.

,,Ich wußte gar nicht, daß du so gut mit Kindern umgehen kannst", sagte er. ,,Es paßt gar nicht zu deinem — nun, sagen wir, zu deinem abenteuerlichen Leben."

,,Wir waren zu Hause drei Brüder. Ich war der älteste. Mike erinnert mich an meinen jüngsten Bruder."

,,Hast du viele Abenteuer erlebt, Jean? Du mußt mir davon erzählen. Versprichst du es mir?"

,,Morgen, Mike. Aber so spannend ist es nicht. Dein Vater hat übertrieben."

Morgen — Bresser würde sich wundern. Grewe verließ den Keller als erster.

Als sie am Tisch saßen, breitete Bresser plötzlich die Arme aus, als wolle er den Segen erteilen, und deklamierte:

> ,,Tiefer sinket schon die Sonne,
> Und es atmet alles Ruhe,
> Tages Arbeit ist vollendet,
> Und die Kinder scherzen munter."

Irene lachte. ,,So poetisch? Ich dachte, Beckett hätte Ihnen die Literatur verleidet."

,,Friedrich Schlegel. Ich fand es in einem der Lyrikbände." Er wies auf die Regale hinter seinem Rücken. ,,Die schönsten Gedichte sind in der Frühromantik entstanden — an der Grenze zwischen humanistischer Klassik und verschwommenem Mystizismus. Ich hoffe, ich bringe es noch zusammen:

>Grüner glänzt die grüne Erde,
>Eh' die Sonne ganz versunken;
>Milden Balsam hauchen leise
>In die Lüfte nun die Blumen,
>Der die Seele zart berühret,
>Wenn die Sinne selig trunken.
>Kleine Vögel, ferne Menschen,
>Berge himmelan geschwungen,
>Und der große Silberstrom,
>Der im Tale schlank gewunden;
>Alles scheint dem Dichter redend,
>Denn er hat den Sinn gefunden;
>Und das All ein einzig Chor,
>Manches Lied aus Einem Munde."

Grewe legte sich Salat auf den Teller. ,,Sag nur nicht, daß Schlegel ein Vorläufer des Sozialismus gewesen sei."

,,Warum nicht? ,Und das All ein einzig Chor' — das Ziel ist das gleiche, findest du nicht?"

,,Tote können sich nicht wehren. Ich weiß nicht, ob man sie deswegen bedauern oder beneiden soll. Auf jeden Fall ist es schamlos, wie sie ausgebeutet werden. Wußtest du, daß Schlegel zum Katholizismus übertrat und zuletzt im österreichischen Staatsdienst stand — unter Metternich?"

Alle schwiegen im fünffachen Messer- und Gabelgeklapper. Grewe tauschte einen Blick mit Vera, die ihm verständnisvoll zublinzelte. Bresser aß ungerührt. Sollte er ihm jetzt das Ultimatum stellen?

„Wolfgang war heute vormittag hier", sagte Irene.
„Welcher Wolfgang?"
„Starke. Er hat dir den Katechismus gebracht."
„Ein interessanter Mann", sagte Bresser.
„Du hast ihn gesehen?"
„Wir haben uns längere Zeit unterhalten. Für einen Pfarrer ist er erstaunlich progressiv."
„Seit wann gilt Ungläubigkeit als progressiv? Mich würdest du kaum so nennen."
„Er bestärkt andere in ihrer Überzeugung, statt sie ihnen zu zerstören. Übrigens hat er mir einen Job angeboten."
Grewe senkte die Gabel wie eine Feldstandarte.
„Einen Job —?"
„Ich soll die Pfarrbibliothek wieder auf Vordermann bringen."
„Das muß man Starke lassen — wenn sich mit unorthodoxen Ideen Karriere machen ließe, wäre er bestimmt schon Kardinal. Am geistigen Futtertrog der Herde ein Atheist! Ich nehme an, er kennt deine Überzeugung?"
„Er will mich in meinem Glauben bestärken — so ähnlich drückte er sich aus."
„Was ist ein Atheist? Mehr als ein Pfarrer?"
Michael blickte Bresser bewundernd an.
„Nein, nein, mein Junge. Ein Atheist glaubt nicht an Gott."
„Und trotzdem willst du mit Onkel Wolfgang die Bibel lesen?"
„Herr Dressler braucht nicht die Bibel zu lesen, er soll die Bücher in eine Liste schreiben und dann in die Regale einordnen", sagte Irene.

„Wie ich Wolfgang kenne, stehen bestimmt auch Marx und Lenin in der Bibliothek." Grewe sah hinüber zu Bresser, der sich die Mundwinkel mit der Serviette abtupfte.
„Vielleicht. Er sprach nur von Mao."
„Ja, ja: ‚Kenne deine Feinde —'"
„Das waren seine Worte."
„Alles dieselbe Krankheit."
„Welche Krankheit?" fragte Michael.
„Iß, Junge. Dein Vater ist heute schlecht gelaunt." Irene warf Grewe einen zornigen Blick zu. „Schmeckt es Ihnen, Herr Dressler?"
Wieder verstummten alle. Grewe kam sich vor wie ein Taucher in einer Glocke, der verzweifelt um Hilfe schreit, dessen wilde Handbewegungen aber völlig mißverstanden werden. Ausgerechnet Irene, die ihm mit ihrer, wie es schien, angeborenen Monogamie traumwandlerische Sicherheit gab und seine heimlichen Abenteuer mit ferngelenkter Impotenz bestrafte, ließ ihn im Stich. Wo blieb ihr eulenhaftes Gespür für falsche Töne und leise Erschütterungen?
„Wir müssen uns beeilen", sagte sie unvermittelt. „Helen hat vorhin angerufen. Wir sollen auf einen Sprung zu ihnen kommen. Ich habe Herrn Dressler gebeten, uns zu begleiten. Da er sich für Technik interessiert, wird er in Georg einen anregenden Gesprächspartner haben."
„Wenn Jo nichts dagegen hat —"
„Ich dachte, du seist anderweitig beschäftigt —"
„Alles erledigt, mein Lieber. Meine Angelegenheiten kommen voran." Bressers Bart spreizte sich über den Wangengrübchen. Kurz nach dem Besuch

des Pfarrers war der Anruf, wenn auch verspätet, endlich gekommen.

„Hättest du nicht absagen können? Ich bin entsetzlich müde." Grewe sagte die Wahrheit. Das Desaster dieser Stunde, in der er eigentlich sein Ultimatum hatte stellen wollen, lähmte ihn. Die Aussicht, hilflos mitanzusehen, wie Bresser den vertrauensseligen Institutsleiter eines Forschungsreaktors aushorchte, tat ein übriges.

„Wie hätte ich das wissen können, mein Schatz? Du wirst sehen, wie schnell du wieder munter wirst — bei Helen." Sie sagte dies ohne jeglichen ironischen Unterton, doch Grewe fühlte sich schmerzhaft getroffen. Nie hatte er herausfinden können, ob Irene um die längst abgestorbene Affäre zwischen Helen und ihm wußte, und diese Ungewißheit lastete auf ihm wie eine quälende, nicht gebeichtete Sünde.

„Die Halsteins sind sehr nette Leute — aufrichtig und unkompliziert. Ich bin überzeugt, daß es Ihnen dort gefallen wird, Herr Dressler."

„Morgen erzählst du mir aber bestimmt von deinen Abenteuern, ja? Du hast es mir versprochen, Jean."

Grewe sann verzweifelt auf rasche Linderung der Qual. Er legte die Serviette auf den Tisch und erhob sich.

„Kinder, beeilt euch. Ihr müßt ins Bett", hörte er noch auf der Treppe Irene sagen, ehe er endlich im Badezimmer war.

4

Die Halsteins wohnten im gleichen Vorort, ebenfalls in einem Reihenhaus, aber am anderen Ende der Trabantenstadt, die sich wie eine Geschwulst immer tiefer in Felder, Äcker, Wiesen und Wälder fraß. Die Grewes, obwohl erst vor zwölf Jahren eingezogen, galten bereits als Alteingesessene, während ihre Freunde zu den Neusiedlern zählten. Das Viertel, in dem jene wohnten, wurde daher auf den Ortstafeln mit dem Zusatz ,,Neu-'' markiert, während sie postalisch und geographisch zum Ortsteil ,,Alt-'' gehörten. Die Zeit schien sich hier selbst einzuholen, und alle Einwohner, gleichgültig, wie lange sie schon in dem Agglomerat von Beton, Hecken, Krüppelbäumen und gescheitelten Straßen ausgeharrt hatten, fragten sich gespannt, welche Steigerungsform von ,,neu'' sich der rührige Gemeinderat wohl noch werde einfallen lassen, denn hinter der Siedlung, die erst vor wenigen Monaten bezogen worden war, entstand bereits die nächste, noch größere.
Was für die Grewes vor zwölf Jahren ein beliebter Wanderweg hinaus ins Grüne gewesen war, hatte sich längst zu einem steineren Irrgarten entwickelt, für Fußgänger unzumutbar und für Autofahrer eine nervenauftreibende Rallye, deren Ziel, obzwar im Straßenplan deutlich fixiert, in desto größere Ferne zu rücken schien, je näher man sich ihm wähnte. Grewe schätzte sich schon glücklich, wenn sie sich bis zum Haus der Halsteins nur ein einziges Mal verfuhren. Diese Zufallstreffer gelangen jedoch höchst selten; normalerweise benötigten sie zwei bis drei

Anläufe, ehe sie bei ihren Freunden eintrafen, was umgekehrt auch bei jenen der Fall war. Sackgassen, ständig sich ändernde Einbahnstraßen, gesperrte Wege, neue Zufahrten machten den kleinen Stadtplan, den die Gemeinde zweimal im Jahr verteilen ließ, zu Makulatur, kaum daß er erschienen war. „Wie habt ihr hergefunden?" und „Kommt zügig heim" waren in der Trabantenstadt gängige Begrüßungs- und Abschiedsfloskeln. Für Gäste und Gastgeber hatten diese Umstände neben ihren alltäglichen Schrecken freilich auch nicht von der Hand zu weisende Vorteile: ein Zuspätkommen bedurfte keiner fragwürdigen Rechtfertigungsversuche mehr, und die Hausfrauen konnten zur Vorbereitung getrost eine Viertelstunde länger einplanen, als das Eintreffen des Besuches eigentlich verabredet worden war. Auf diese Weise wurde die Zeit wieder ein körperlich spürbares Erlebnis — sei es, daß sie im verzweifelten Suchen davoneilte, sei es, daß sie im quälenden Warten verrann.

Als er sich mit Irene und Bresser in das Labyrinth einfädelte, dachte Grewe, daß die Affäre mit Helen noch schneller zu Ende gegangen wäre, hätte sie damals schon hier gewohnt. Bei derartigen Abenteuern kommt es schließlich auf die ökonomische Ausnutzung der Zeit, auf absolute Pünktlichkeit und präzise Vereinbarungen an — Tugenden eines Generalstabs, die im Dschungel der Kreuzungen und blinden Straßen auf verlorenem Posten gestanden hätten. Grobe Pfadfindermethoden eignen sich nicht für verbotene Amouren, deren oberstes Gebot das Wissen um den kürzesten Weg ist. Hier wäre die

gestohlene Zeit im Wirrwarr der Asphaltbänder zerronnen, und obendrein hätte niemand für Geheimhaltung bürgen können — die Voraussetzung aller Eskapaden.
Bresser wischte sich ein Loch in das beschlagene Seitenfenster, doch was der trübe Schein der Peitschenlampen preisgab, war nicht der Mühe wert. Holzzäune, verschneite Vor- oder Hauptgärten, zweigeschossige Reihenhäuser, hin und wieder ein hinter Gardinen hervorquellendes warmes Licht. Seit sie von der Hauptstraße abgebogen waren, begegnete ihnen nur selten ein fahrendes Auto. An den Bordsteinen ruhten die Wagen wie Perlen auf einer Schnur. Zweimal mußte Grewe wenden, zurückstoßen und sich erneut vorwärtstasten durch Schneematsch und verlorene Kieshaufen — die Zeugen hastigen Baufortschritts —, ehe sie endlich in der Malvenstraße landeten.
„Na, war es schwer?" fragte Helen.
„Der übliche Horrortrip." Unwirsch stellte Grewe Bresser vor, dessen Heiterkeit ihn schon im Auto verbittert hatte. Erst als er das Radio angedreht hatte, war jener verstummt, und schweigend hatten sie den Rest der Fahrt beendet.
„Apropos Horror. Erinnert mich daran: Georg muß euch nachher eine phantastische Geschichte erzählen."
Sonderbar, dachte Grewe, wie einfach doch die Lüge ist. Noch vor drei Jahren hatte Helen ihm zuliebe alles aufgeben, hatte fliehen wollen von einem gehaßten Mann, und jetzt ging das Leben weiter, als sei nichts geschehen. Wer hatte hier wen betrogen?

Oder betrogen sie sich am Ende selbst? Nein, er liebte Irene, an ihr waren sie beide gescheitert. Stets war sie dabeigewesen, wenn sie sich irgendwo trafen, sich hektisch umarmten und hastige Küsse tauschten, die auf den Lippen brannten wie ein Kainsmal. Nein, er hatte Helen betrogen, nicht Irene. Doch die Lüge, die zwischen allen stand, die Lüge, die so einfach schien, machte ihm noch immer zu schaffen. Wenn sie sich trafen, fühlte er sich beobachtet; Worte und Bewegungen kontrollierte er, als warte jemand nur auf eine verräterische Äußerung, eine entlarvende Geste. Dabei hätte zu derlei Befürchtungen keine Veranlassung bestanden. Die Affäre war ausgebrannt, die Asche ohne den geringsten Funken. Helen hatte sich abgefunden und begegnete ihm mit heiterer Gelassenheit. Grewe blieb dennoch auf der Hut.
,,Irene und Achim — wie immer? Und was trinken Sie, Herr Dressler?" Georg wies auf die Flaschengalerie im glitzernden Schlund der Bar.
,,Ein Bier, bitte."
Als sie im braungepolsterten Halbrund Platz genommen hatten, sah Grewe, wie sich Bresser verstohlen in der Innentasche des Jacketts zu schaffen machte. Endlich zog er die Hand heraus, hielt sie geschlossen, als berge sie einen verletzten Vogel, führte die Faust zum Mund, öffnete sie blitzschnell und spülte mit einem Schluck Bier etwas hinunter. Der Kehlkopf tanzte hinter der Haut wie ein Korken. Bressers Gesicht verzog sich zu einer Grimasse, die Ekel und Schmerz ausdrückte. Anscheinend litt er wieder unter Magenkrämpfen und hatte eine Ta-

blette genommen. Er lächelte, als er Grewes Blick auffing, doch jener wandte sich kühl ab.

,,Helen sagte vorhin, du hättest eine Horrorgeschichte erlebt."

,,Gott bewahre! Nicht ich, eine unserer Assistentinnen. Die Ärmste leidet noch heute darunter." Georg ließ die Eisberge in seinem Glas klirren. ,,Sie hat vor kurzem Safari-Urlaub in Kamerun gemacht. Eines Morgens, während sie noch in ihrem Hotelzimmer schlief, wurde sie von einem Insekt in die Wange gestochen. Da sie sich gegen die bekanntesten Tropenkrankheiten hatte impfen lassen, schenkte sie dem Stich keine Beachtung. Anfangs schmerzte die Wange zwar ein wenig, doch dann ging der Schmerz in einen Juckreiz über, und bald hatte sie den Vorfall vergessen. Einige Tage nach ihrer Rückkehr schwoll die Wange jedoch an. Rings um den Stich des Insekts bildete sich eine schwärzliche Beule. Sie ging sofort zum Arzt, der eine Blutvergiftung vermutete und ihr eine Spritze gab. Außerdem verschrieb er ihr eine Salbe zum Einreiben. Die Schwellung ging tatsächlich zurück. Eines Nachts jedoch erwachte sie mit einem pochenden Schmerz. Sie eilte ins Badezimmer. Die Wange war wieder geschwollen. Sie wollte die Beule mit der Salbe einreiben. Doch als sie vor dem Spiegel stand, sah sie, wie die Beule plötzlich aufplatzte und kleine rote Spinnen herausschlüpften und über ihre Wange liefen."

,,Ein Alptraum!" Irene stellte mit zitternder Hand das Glas auf den Tisch.

,,Seit Georg mir diese gräßliche Geschichte erzählt

hat, verspüre ich ständig einen Juckreiz in meiner rechten Wange", sagte Helen. ,,Es ist wie eine fixe Idee."
Bresser, der sich kurz an den Magen gefaßt hatte, fand als erster die Fassung. ,,Ich wußte gar nicht, daß Spinnen Eier in ein Nest legen. Ich dachte, sie trügen sie in einem Kokon bei sich."
,,Es ist eine bei uns unbekannte Spinnenart", sagte Georg. ,,Zum Glück ist sie ungiftig. Der armen Frau ist mithin nichts geschehen. Aber den Schock wird sie wohl nie vergessen."
,,Eine schlimme Geschichte." Grewe zündete sich eine Zigarette an. ,,Exotischer Horror. In unseren Breiten gibt es andere Schrecken."
,,Was meinst du damit?" fragte Helen.
Doch Grewe starrte schweigend in den Tabakdunst, hinter dem sich Bresser über seine Drehmaschine gebeugt hatte.
,,Ich nehme an, Jo denkt an die Fallstricke des Alltags, die täglichen Verletzungen und stillen Morde. Die Politik liefert Horrorgeschichten im Übermaß."
Bresser entfernte die Tabakkrümel von der Zunge und hielt Grewes düsterem Blick stand.
Helen hatte sich erhoben. Sie kniete vor einer geöffneten Tür des Wandschranks. Ihre nackten Schultern schoben sich zusammen, als sie eine Tüte aufriß. Noch immer hatte sie eine aufreizende Figur, stellte Grewe fest, der jede ihrer Bewegungen verfolgte. Eigenartig, daß sie keine Begierde mehr in ihm weckte. Damals hatte ihn ihr Hals erregt, dieser sanfte Bogen, der an die Unschuld eines Fohlens erinnerte, er war besessen von der Vorstellung ihrer

nackten Brüste und der festen Schenkel, die vom Stoff ihrer Kleider umspannt wurden wie von aufdringlichen Händen.

„Mit Politik dürfen Sie ihm nicht kommen. Das ist zur Zeit das Letzte, was ihn interessiert, nicht wahr, Achim?" Sie füllte Pistazien in eine Schale. Als sie sich über den Tisch beugte, sah Grewe ihre straffen Brüste. Das Dienstmädchen kam ihm in den Sinn und die Tafel Schokolade, die er damals verschämt auf den Waschtisch gelegt hatte.

„Es ist keine Frage des Interesses", sagte er leise. „Man kann ihr nicht entfliehen."

Georg nickte zustimmend. Alkohol und Wärme hatten sein Gesicht gerötet. Das herabhängende Wangenfleisch glich den Lefzen eines alternden Schäferhundes. Er hatte das Jackett ausgezogen, die Krawatte gelockert und die Hemdsärmel bis zu den Ellenbogen aufgerollt. Aus dem weißen Haarpelz der Unterarme schimmerte die Haut im blassen Rot gekochter Krebse. Seit ihm Helen von der plumpen Zärtlichkeit und der brutalen Wollust dieses Körpers erzählt hatte, empfand Grewe Mitleid mit Georg. Zu Beginn ihrer Affäre war er seinem Freund noch mit innerer Abscheu begegnet, hatte Ekel empfunden vor den Schweißringen unter den Achseln und dem Wulst über dem Gürtel. Jetzt tat er ihm nur leid, denn er wußte um die Verletzbarkeit hinter der Pose energischen Auftretens und um die Selbstzweifel unter dem Glanz beruflicher Erfolge.

„Unser Institut erhält immer häufiger Drohbriefe", sagte Georg. „Natürlich handelt es sich bei den meisten um Spinner. Aber man kann nie wissen —. Die Unsicherheit nimmt jedenfalls zu."

„Endzeit allerorten. Das ist doch mein ständiges Reden." Irene befürchtete den Beginn einer jener endlosen politischen Diskussionen, die nichts zurückließen als überquellende Aschenbecher und verräucherte Gardinen. Verzweifelt versuchte sie, das Gespräch in angenehmere Bahnen zu lenken. „Herr Dressler ist vor kurzem aus Italien zurückgekehrt. Wollen Sie uns nicht von Ihren Erlebnissen berichten?"

Doch Bresser war längst auf einer anderen Fährte. „Drohbriefe sagen Sie?" Er schien unliebsame Konkurrenz zu wittern.

„In der Mehrzahl harmlose Kernkraftgegner. Sie stoßen erst heute — nach fast zwanzig Jahren — darauf, daß es in ihrer Nähe einen Reaktor gibt. Diese Leute sind verstört, weil sie unwissend sind. Der Tschernobyl-Effekt. Man muß sie aufklären. Ein sträfliches Versäumnis, das sich jetzt rächt. Kopfzerbrechen bereiten uns die anderen."

„Die anderen?"

„Ich weiß nicht, wie ich sie nennen soll. Die Politischen vielleicht. Sie kommen nicht mit irgendwelchen moralischen Argumenten daher, die meistens nur auf mangelnder Kenntnis der Technik beruhen, sondern sie zielen aufs Gesellschaftliche. ‚Handlanger des Kapitals' nennen sie uns, ‚bürgerliche Pseudowissenschaftler', ‚Lohnsklaven der Bourgeoisie'. Sie sind nicht gegen die Kernkraft an sich, sondern gegen die kapitalistischen Macht-

strukturen, die dahinterstehen. ‚Atomkraft für das Volk' heißt eine ihrer Parolen."
„Wissen Sie den Namen dieser Gruppe?" Bresser zupfte erregt in seinem Bartgefieder.
„Es müssen verschiedene sein. Die einen nennen sich ‚Proletarische Front', die anderen ‚Revolutionäre Aufbaugruppe', wieder andere ‚Sozialistische Basisaktion'. Ich kann sie mir nicht alle merken. Der Tenor ist aber immer der gleiche. Ebenso das marxistische Kauderwelsch — entschuldige, Achim."
„Mich kannst du damit nicht mehr treffen." Grewe lächelte. Er hatte registriert, wie Bressers Mundwinkel bei der Aufzählung der proletarischen Kernkraftanhänger zuckte. Anscheinend gehörten die atomaren Volkskämpfer ins revisionistische Lager.
„Vielleicht fühlt sich Herr Dressler angesprochen."
„Spinner gibt es überall. Der Materialismus ist eine Wissenschaft und keine Spielwiese für Psychopathen."
„Wirklich?"
Doch Bresser achtete nicht auf Grewe, und auch Georg, froh, endlich einen aufmerksamen Zuhörer gefunden zu haben, ließ sich nicht vom Thema abbringen. Bald waren die beiden in ein Gespräch über den Inhalt der Drohbriefe, über die Sicherheit von Reaktoren und die Zukunft Schneller Brüter vertieft.
Da es auch Helen und Irene offenbar gelungen war, den Alltäglichkeiten hinreichend interessante Aspekte abzugewinnen, sank Grewe zurück in die Polster und gab sich, erleichtert darüber, an der Unterhaltung weder der einen noch der anderen teil-

nehmen zu müssen, seiner Lieblingsbeschäftigung hin — dem Beobachten. Schon seit einiger Zeit neigte er der Ansicht Tolstois zu, daß Konversationen vornehmlich dem Zweck dienen, den Verdauungsapparat in Bewegung zu halten, wenn nicht gar ihn in Gang zu setzen. Je intensiver er die sich stets wiederholenden Tischplaudereien unter diesem Gesichtspunkt verfolgte, desto mehr sah er sich in seiner Auffassung bestätigt. Es kam ihm vor, als sei jeder Gesprächsteilnehmer eingeschlossen in einer Kugel, in der es unablässig rumorte und schmatzte; ehe jedoch die Geräusche die dünne Hülle sprengten, wurden die Kugeln hinausgerollt, und Därme und Blasen begannen von neuem mit ihrer Tätigkeit, was sich an Lautstärke und Stimmungslage des jeweiligen Diskutanten unmittelbar ablesen ließ. Auch heute konnte Grewe zahlreiche Indizien zur Stützung seiner angereicherten Tolstoi-These sammeln. Besonders Georg verließ häufig das Zimmer und kehrte mit frischem Drang in den Sessel zurück; Bresser indes schlug unruhig ein Bein über das andere und erhob sich erst kurz vor dem Platzen der Kugel. Bei seinen Party-Beobachtungen hatte Grewe eine weitere Entdeckung gemacht. Er fand heraus, daß sich die Menschen bei der Art des Trinkens in zwei Gruppen einteilen ließen — in die Kategorie der Dracula- und in die Kategorie der Schnuller-Trinker, wie er sie nannte. Dracula-Typen zogen, wenn sie das Glas an den Mund führten, die Oberlippe hoch und schienen mit den Zähnen das Gefäß zerbeißen zu wollen. Jene, die zur Schnuller-Kategorie gehörten, formten Ober- und Unterlippe zu einem eiförmigen Rund, durch das sie die Flüssigkeit sogen. Beide Gruppen waren keineswegs starr gegeneinander abgegrenzt, es gab vielmehr fließende Übergänge; ein Schnuller-Trinker konnte sich im Verlauf des Abends ohne weiteres der Dracula-Methode bedienen — je nach Stimmungs- und Verdauungslage. Das Trinken auf Schnuller-Art zeugte von Ausgeglichenheit, auch von Gedankenleere und entspannter Langeweile, während Dracula-Trinker erregt waren, nervös darauf warteten, sich in ein Gespräch einzuschalten, oder in ihrer Kugel rotierten. Helen, so stellte Grewe fest, wechselte an diesem Abend von einer Kategorie in die andere. Offenbar behagte ihr die Doppelunterhaltung nicht, sie schien aber nicht zu wissen, wie sie die Separierung aufheben sollte. Bei Bresser und Georg überwog die Beißgebärde, nur Irene rundete gleichmäßig die Lippen.

Diese Betrachtungen ließen Grewe die Erpressung, wenn nicht vergessen, so doch als irreal erscheinen. Die Beklommenheit, die ihm im Auto und kurz nach der Ankunft fast den Atem genommen hatte, war melancholischer Gleichgültigkeit gewichen. Jäh erwachte jedoch das Gefühl der Bedrohung, als Bressers Blicke ihn zufällig trafen. Er beugte sich nach vorn, stellte das Whiskyglas auf den Tisch und tauchte in ihre Unterhaltung.

Anscheinend waren sie bei der Frage nach der ,,gerechten Gesellschaft" angelangt, denn Georg führte die ,,Natur des Menschen" ins Feld, was Bresser erwartungsgemäß mit der Bemerkung parierte, etwas Derartiges sei eine bürgerliche Erfindung. Grewe erinnerte sich, welches Mao-Zitat jetzt unweigerlich folgen würde, und kam dem zuvor. „Bei deinen Klassikern wirst du keine eindeutige Antwort finden. Wenn Mao erklärt, daß die äußeren Ursachen nur vermittels der inneren Bedingungen wirken können, und wenn Marx schreibt, daß das Reich der Freiheit keineswegs das Böse abschafft, sondern nur die Produktionsverhältnisse verbessert, dann ist das letzte Wort über die ‚menschliche Natur' wohl noch nicht gesprochen."

Bresser setzte zu einem Einwand an, doch Grewe ließ sich nicht beirren. „Das Tiefsinnigste zu dem sterilen Streit um die ‚ideale Gesellschaft' hat Schopenhauer geschrieben. Er erzählt das Dilemma von Stachelschweinen, die an einem kalten Wintertag nahe zusammenrücken, um sich durch gegenseitige Wärme vor dem Erfrieren zu schützen. Bald jedoch schmerzen sie die Stacheln, und sie rücken wieder auseinander. Als sie erneut frieren, wiederholt sich der Vorgang, so daß sie ständig zwischen zwei Leiden hin- und hergeworfen werden, bis sie endlich die Entfernung voneinander finden, in der sie es am besten aushalten können. Durch dieses Gleichnis wird deutlich, daß es nie eine ‚ideale Gesellschaft' geben wird. Ein zu dichtes Zusammenrücken, quasi der Sozialismus, wird bald unerträglich, so daß jeder in der Entfernung vom anderen sein privates Glück sucht. Rücken aber alle, wie im Kapitalismus, zu weit auseinander, dann gehen sie im eiskalten Wasser des Egoismus unter und suchen wieder die Nähe. Diese Bewegung findet nie ein Ende."

„Blanker Nihilismus —" Bressers Zähne blitzten, als er das Glas an die Lippen führte.

„Realismus, mein Lieber. Im Gegensatz zum Tier sagen dem Menschen keine Instinkte, was er muß, und im Gegensatz zum Menschen früherer Zeiten sagen ihm heute keine Traditionen mehr, was er soll. Durch die Technik hat er sich eine zweite Natur geschaffen, mit der er nicht mehr fertig wird. Die Neurotisierung der Menschheit schreitet zügig voran. Ein Irrläufer der Evolution. Und du und deinesgleichen helfen kräftig mit."

„Aber Kinder, streitet euch nicht!" Helen stand auf und strich den Rock, der die Oberschenkel hochgerutscht war, zurück über die Knie. „Ich habe eine Kleinigkeit zum Essen vorbereitet. Georg, hilfst du mir bitte?"

Auch Bresser eilte hinaus.
Irene blickte zur Uhr; es war kurz vor Mitternacht. Grewe nickte. „Es hat wieder gereicht. Zu Hause muß ich dir unbedingt über —" Er verstummte, als Bresser zurückkehrte.

„Ein interessanter Abend", sagte er. „Gespräche mit Fachleuten zahlen sich aus." Er legte die Hände auf die bartlosen Gesichtsteile, als wolle er sie kühlen.

„Laßt es euch schmecken." Helen verteilte kleine braune Servietten, die sie blitzschnell zu Dreiecken faltete. Grewe, der sich einen Lachsstreifen gabelte, hielt kurz inne, als er sah, daß die Schweißringe unter Georgs Achseln bis zur Brust vorgestoßen waren. Deo-Stift-Fabrikanten würden verzweifeln, wenn sie das Versagen ihrer Produkte so direkt

erleben müßten wie ich, hatte Helen einmal bei einem ihrer hektischen Treffen bemerkt.
Bresser tupfte sich die Mundwinkel ab und setzte zum letzten Dracula-Schluck an. Offensichtlich war er mit sich und dem Abend zufrieden; die Unterhaltung hatte ihn diesmal davor bewahrt, in die Fallen bürgerlichen Party-Vergnügens zu torkeln.
„Es hat mich gefreut, Ihre Bekanntschaft gemacht zu haben", sagte er in einem Ton ungezwungener Höflichkeit, der Grewe verblüffte. „Es wäre schön gewesen, wenn sie sich fortsetzen ließe."
„Wieso gewesen? Haben Sie mein Angebot schon vergessen?" fragte Georg enttäuscht.
„Natürlich nicht, Herr Halstein." Bresser versuchte, sein verräterisches Ungeschick mit einem Lächeln zu überspielen. „Sie werden noch von mir hören."
Für Grewe klang es wie eine Drohung, doch Georg lachte und klopfte Bresser arglos auf die Schulter.
„Das will ich hoffen, Herr Dressler."
Helen und Georg blieben im Hauseingang stehen, als ihre Gäste zum Wagen gingen. Der Lack glänzte im weißen Licht des Mondes, das senkrecht herunterfiel. Es hatte gefroren, und Grewe kratzte mit einem Plastikschaber die vereisten Scheiben auf.
„Kommt rasch heim", rief Helen. Sie drückte sich fröstelnd an Georg, der die Hemdsärmel herunterstreifte.
Nach zwei Fehlstarts bekam Grewe den Wagen in Gang. Knirschend rollten die Räder über harte Kieshaufen und gefrorene Pfützen. Bresser hauchte gegen das Seitenfenster. Er winkte in Richtung des Hauses, konnte aber niemanden mehr ausmachen.

„Nette Leute", sagte er. „Vielleicht sollte ich Halsteins Angebot doch wahrnehmen."
„Was für ein Angebot?"
„Er hat mich zu einer Besichtigung des Reaktors eingeladen. Es ist sicherlich nicht uninteressant, die Arbeit dort kennenzulernen — von der Forschung bis zu den Sicherheitsmaßnahmen."
Grewe blickte erschrocken zu ihm hinüber. Dann zuckte er mit den Schultern und schaltete das Radio ein. Schweigend steuerte er durch das Labyrinth.

Das Zittern verstärkte sich. Die Eule begann zu schwanken, als wolle sie die Porzellanflügel ausbreiten und sich erheben. Grewe ließ die Bettkonsole nicht aus den Augen, um sich bei einem Absturz rechtzeitig in Sicherheit zu bringen. Doch dann wurde auch sein Körper erschüttert. Er fiel ins Bodenlose, die Augenlider zuckten, durch den Kopf flutete ein Rauschen, bis es keuchend und stöhnend aus Mund und Nase brach. Als sich Irenes Finger von seinen Schulterblättern lösten, tastete er nach der Eule. Sie stand noch an ihrem Platz und starrte ungerührt herab.

Wieder einmal hatte Irenes Begierde, die allen sexualtheoretischen Erkenntnissen zum Trotz die langen Ehejahre überdauert hatte, sich sogar eher steigerte als abnahm, den Sieg davongetragen. Wie zwei Körper, die sich so genau kannten, stets aufs neue brennen konnten, blieb Grewe ein Rätsel. Nie sprach er mit ihr über dieses Wunder, aus Furcht, die Zauberkraft könnte versiegen. Das Monogamische, das sie so selbstverständlich verkörperte und Irene für andere Männer aussichtslos anziehend machte, beschämte ihn. Er beneidete sie um die auf einen einzigen Punkt, seinen Körper, fixierte Wollust. Zwar war es ihm noch nie in den Sinn gekommen, Irene einer anderen Frau wegen zu verlassen, aber schon oft hatte er erlebt, was es bedeutete, wenn „das Fleisch schwach wird". Selbst in der S-Bahn konnte es ihm geschehen, daß er während der Lektüre durch einen zufälligen Blick oder eine Geste

aufs tiefste verwirrt wurde und sich bald nichts sehnlicher wünschte, als jene Frau, der er gegenübersaß, im selben Augenblick zu besitzen. Er lotete den Blick aus, und meistens war dessen Antwort positiv, denn noch beim Aussteigen fanden sich ihre Augenpaare zu einer Liebkosung. Fast immer war es eine Kleinigkeit, die ihn erregte — eine bestimmte Art des Lächelns, das Geräusch der Strümpfe beim Übereinanderschlagen der Beine, der Ausdruck der Hände, ein kokett freigelegtes Ohr. Helen hatte ihn durch die Ökonomie der Bewegungen gefesselt, die bei aller aufreizenden Geschmeidigkeit mathematischen Gesetzen zu folgen schienen. Ihr Gang glich dem Gleitflut einer Schwalbe, und nicht das Umarmen des nackten Körpers, sondern das Wechselspiel der Gliedmaßen versetzte ihn damals in höchste Erregung.
Zum letztenmal hatte er auf einer Journalisten-Reise durch Israel diesen Zustand erlebt, der jedoch bald als Farce endete. Sie waren eine Gruppe von achtzehn Redakteuren gewesen, eingeladen von einem Touristik-Unternehmen, das sie in acht Tagen vom See Genezareth durch die Judäische Wüste bis nach Eilat am Roten Meer trieb. Derartige Touren, die fast jeden Monat in der Redaktion feilgeboten wurden, nahm Grewe nur selten an, weil er Reisejournalisten besonders verabscheute. Sie waren in der Mehrzahl exzessive Trinker, von lärmendem Frohsinn und desinteressiert an allem, was über Bettenkapazität, Strände und Freizeitangebote hinausging. Nur eine der sieben Kolleginnen entsprach nicht seinen Befürchtungen. Bereits am Heimatflug-

hafen war sie ihm aufgefallen. Sie hielt sich fern von der lachenden Meute, die schon im Flugzeug das Wiedersehen begoß, und blätterte später während der Wüstenfahrten, wenn die anderen ihren Rausch ausschliefen, in archäologischen Führern. Mit ihren hochgesteckten, von drei braunen Kämmen festgehaltenen Haaren erinnerte sie ihn an Jadwiga, seine alte Klassenlehrerin aus der Volksschulzeit; anfangs hielt er sie daher für das Mauerblümchen, das zu jeder Gruppe gehört. Je länger jedoch die Reise dauerte, je stiller und kleinmütiger Hitze, Staub und Durst die nur noch am Abend grölenden Zecher werden ließen, desto mehr blühte sie auf. Erst später stellte er fest, daß lediglich der Kontrast ihn zu diesem Fehlurteil verleitet hatte; sie war und blieb eine Jadwiga.
Auf der Felsenfestung Massada aber, unweit des Toten Meeres, war er noch überzeugt gewesen von ihrer Wandlung. Da ihm die Saufgelage, an denen er sich an den ersten beiden Tagen aus Verzweiflung und Langeweile beteiligt hatte, zuwider waren, hielt auch er sich abseits der Gruppe, und so konnte es nicht ausbleiben, daß sie bald wie zwei Verbündete nebeneinander gingen und ein Gespräch anknüpften. Vor dem Palast des Herodes nahm sie die Sonnenbrille ab und erklärte ihm Geschichte und Architektur der Ruinen. Die Begeisterung, mit der sie dies tat, hätte ihn warnen sollen; doch er war fasziniert gewesen vom feuchten Schimmer ihrer Augen, den er als Ausdruck zarter Melancholie deutete. Der Schimmer verlieh ihr etwas Abgründig-Geheimnisvolles, und wieder verspürte er jene Begierde, gegen

die er sich nicht zu wehren vermochte. Erleichtert, dem Außenseiterdasein entronnen zu sein, erwiderte sie seine Blicke mit schüchternem Lächeln. Schweigend saßen sie nebeneinander im Bus, und als er die Kämme löste und das Haar auf ihre roten Schultern fallen ließ, rückte sie ganz nah heran. Sie erzählte ihre Lebensgeschichte, der er, versunken im feuchten Schimmer, gelangweilt zuhörte. Ilona hieß sie, hatte ein Medizinstudium abgebrochen und war jetzt Ressortleiterin bei *Familie und Heim,* einer jener hausbackenen Frauenzeitschriften, die er noch als Lektüre seiner Mutter kannte — ein erneutes Warnzeichen, das die Begierde ihn nicht beachten ließ.

Noch am selben Abend trafen sie sich in seinem Hotelzimmer. Stumm ließ sie sich entkleiden, doch plötzlich löste sie sich aus der Umarmung, beugte den nackten Oberkörper nach vorn und hielt die Hand wie einen Spucknapf unter das Gesicht. Als sie sich wieder aufgerichtet hatte, war Grewe verwirrt. Der feuchte Schimmer war aus den Augen gewichen, sie erinnerten ihn jetzt an die Eulen im ehelichen Schlafzimmer. ,,In gewissen Augenblicken sind Haftschalen lästig", sagte sie verlegen und tastete wie eine Blinde nach seinem Körper. Grewe trug sie ins Bett und tat verdrossen sein Bestes. Anschließend ließ er sie über den Teppich irren, bis sie, verzweifelt zwinkernd, die Kontaktlinsen auf dem kleinen Tisch in der Mitte des Raumes fand. Zu seiner Verwunderung war sie glücklich, und mit einem Gefühl der Bitterkeit sah er den feuchten Schimmer in ihren Augen, als sie ihn verließ. Gottlob dauerte die Reise nur noch zwei Tage; ihre Nachstellungen jedoch währten bis in die Gegenwart. Sie schrieb ihm in die Redaktion, zeigte Verständnis für sein beharrliches Schweigen, teilte mit, daß sie das Medizinstudium wieder aufgenommen habe, und dankte „für alles".

Wenn er glänzenden Augen seitdem auch ein gewisses Mißtrauen entgegenbrachte, so blieb er doch vor weiteren Anfechtungen nicht gefeit. Es konnte geschehen, daß ihm an einer Kollegin oder einer Sekretärin plötzlich eine Frisur, eine Geste oder ein Blick auffiel, und schon betrachtete er sie mit anderen Augen, obwohl sie bereits seit Jahren in der gleichen Redaktion arbeiteten. Es dauerte indes nie lange, bis sich sein Fleisch beruhigte, denn nichts haßte er mehr als verwirrte Gefühle am Arbeitsplatz. Immer aber blieb ein Stachel zurück, und es gelang ihm nicht mehr, jener Frau ungezwungen zu begegnen. Er glaubte nicht an Freundschaft zwischen Mann und Frau, wie sie zwischen Männern üblich ist, und hielt daher auf Distanz — aus Furcht, der Drang nach Erfüllung könnte übermächtig werden.

„Was wolltest du mir über Dressler sagen?" Irene fuhr mit den Fingern zärtlich über seine Lippen.
Wenn sie wüßte, wie ich sie um ihre zielgerichtete Wollust beneide, dachte er.
„Er versucht mich zu erpressen."
Durch die Schlafzimmerdecke drang gedämpft das Geräusch von Schritten.
„Hörst du ihn?" Grewe deutete mit dem Zeigefin-

ger nach oben. ,,Und wir liegen hier wie Familie Biedermann."
,,In dieser Situation ein etwas unpassender Vergleich, findest du nicht?" Irene lachte. Sie richtete sich auf und zog den Pyjama an.
Als Grewe ihr alles berichtet hatte, blieben sie schweigend nebeneinander liegen. Oben rauschte es in der Wasserleitung; auch Bresser schien nicht zur Ruhe zu kommen. Der Zigarettenrauch ballte sich über ihren Köpfen zu einer wabernden Wolke, die sich langsam senkte.
,,Wieviel Zeit bleibt uns noch?"
,,Sie wollen den Coup in der nächsten Woche starten. Einen Termin hat Bresser natürlich nicht genannt. Nehmen wir Montag als den frühesten Zeitpunkt, dann bleiben uns vier Tage."
,,Hast du irgendeinen Plan?"
,,Nein", sagte er tonlos. ,,Heute abend wollte ich ihm ein Ultimatum stellen: wenn er morgen früh nicht verschwunden sei, würde ich zur Polizei gehen. Aber du weißt ja, wie der Abend verlaufen ist."
,,Das wäre unklug gewesen. Du hättest alles aufs Spiel gesetzt, und sie wären gewarnt worden."
Grewe drückte die Zigarette aus.
,,Zunächst solltest du die Redaktion einweihen", sagte Irene. ,,Geh zu Stettner und sprich mit ihm. Dann müssen wir Starke und die Halsteins warnen. Sie dürfen nicht in die Geschichte hineingezogen werden. Bressers Kontakte müssen wir unter Kontrolle haben."
,,Und was soll dann geschehen?"

„Nichts. Wir warten ab."
„Bis sie zugeschlagen haben?"
„Auch die Polizei muß eingeschaltet werden — oder wer immer dafür zuständig ist."
„Und was wird aus Bresser?"
„Er ist unsere Geisel. Wir drehen den Spieß um."
„Ich glaube nicht, daß sie das sonderlich beeindrucken wird. Bresser ist kein Faustpfand. Vielleicht ist er nur ein Lockvogel. Es ist mir ohnehin schleierhaft, was sie mit seinem Einsatz bezwecken."
„Bisher hat deine Reaktion ihnen recht gegeben."
„Bisher —" Zum erstenmal seit Bressers Ankunft war das Gefühl der Beklommenheit von ihm gewichen. Dankbar spürte er Irenes Körper, den gleichmäßigen Atem, der warm über seine Wange strich.
„Und wenn sie dir in der Schule Schwierigkeiten machen?"
Irene lachte. „Mach dir darum keine Sorgen. Mein Direktor weiß, wer ich bin. Ich bin nicht du, mein Schatz."
„Morgen werde ich Stettner informieren", sagte Grewe. „Es gibt wohl keinen anderen Weg." Er küßte Irene auf die Stirn und löschte das Licht.

Dritter Teil

1

Hin und wieder, wenn das Schwarz aufriß, wurde ein Teil des Mondes sichtbar — ein heller Fetzen, der die Regale an der gegenüberliegenden Wand groteske Schatten werfen ließ. Das Licht reichte nicht aus, um Büchern und Plakaten deutliche Konturen zu verleihen; sie blieben Flecke an der Wand, die nur durch die Erinnerung den Schrecken des Unverhofften verloren. War das Fenster wieder in Finsternis getaucht wie ein blindes Auge, dann dominierten die Geräusche. Das Kratzen und Rascheln an der Scheibe verband sich mit dem gleichmäßigen Rauschen in den Heizungsrippen. Die auf das Fenster fallenden Flocken schienen rasch zu schmelzen; unaufhörlich tropfte es in die Rinne. Ab und zu löste sich eine Lawine, rutschte polternd über die Dachpfannen, stürzte hinab und schlug dumpf auf der Terrasse auf. Von der Straße drang das Rauschen eines Autos, das sich den Weg durch riesige Lachen zu bahnen schien.
Bresser lag regungslos auf dem Sofa und starrte in die Finsternis. Die Schmerzen hatten sich von der Bauchhöhle in den Rücken gefressen. Aus Angst, die Luft könne ihm wegbleiben, atmete er mit hal-

ber Kraft. Seine Hände, gefaltet wie zum Gebet, lagen auf der Bettdecke; gegen ihre Innenflächen stach die Plastikfolie, in die die Tabletten eingeschweißt waren. Er wartete auf ihre Wirkung und ließ den breiigen Rest eines Schokoladenriegels durch die Speiseröhre gleiten. Es war nicht die erste Nacht, die er in lähmender Einsamkeit durchwachte, doch dies schien der Tiefpunkt zu sein. Nicht einmal Heimweh nach besseren Zeiten ließ ihn in erlösende Träume fliehen. Alles war klar und kalt und jämmerlich: ein ungebetener Gast in einem fremden Zimmer, fröstelnd auf einem Sofa, starr vor Schmerz und Gleichgültigkeit. Nichts ist erbärmlicher als ein verzweifelter Revolutionär. War das die Niederlage gegen das zähe Leben, das Tag für Tag weitergeht und seine Richtung nicht ändert? Wo blieb die Hoffnung? Alles vergebens? Nein, ja nicht kapitulieren. Mit dem Rücken zur Wand gibt es nur einen Weg: vorwärts. Im Finstern aber kann man nicht kämpfen, man ist allein. Schon als Kind hatte er Angst gehabt vor der Dunkelheit. Doch jede Nacht geht vorüber. Er blickte auf die Leuchtziffern der Uhr. Es war kurz vor halb fünf. Noch zwei Stunden, dann würde auch in diesem Haus wieder das Leben beginnen.

Die Schmerzen hatten nachgelassen. Er legte die Tabletten auf den Stuhl neben dem Sofa und schälte sich langsam aus der Decke. Durch den aufgerissenen Wolkenvorhang schien der Mond. Er sah aus wie eine weiße Kugellampe. Bresser öffnete das Kippfenster. Es regnete. Schneeklumpen rutschten über die Glasscheibe in die Tiefe. Vom Fensterrah-

men fielen Tropfen auf den Schreibtisch. Bresser schob die daraufliegenden Papiere zur Seite. Sie fühlten sich feucht und schwer an. Unten, hinter den Thujenhecken, flackerte eine Straßenlaterne.
Als er wieder auf dem Sofa lag, eingehüllt in die warme Decke, fühlte er sich wohler. Nur nicht aufgeben, dachte er und zog die Arme dicht an den Körper . . .
Vorsichtig tastete er sich die Treppe hinunter. Bei jedem Schritt in den schwarzen Abgrund fürchtete er, die Stufe zu verfehlen, und umklammerte noch fester das Geländer. Das Gewimmer, das aus der Tiefe drang, klang immer lauter und verzweifelter. Seine Hände, feucht und zitternd, rutschten über das schmale Holz. Warum öffnete denn niemand die Kellertür? Entsetzliches mußte dort unten geschehen sein. Jetzt war ein Kratzen zu hören, als riebe jemand hektisch auf etwas Metallenem. Ihm stockte der Atem. Er machte kehrt und stolperte die Treppe hinauf, hinter sich das Grauen und die Finsternis . . .
Bresser riß die Augen auf. Durch das Fenster flutete grelles Sonnenlicht. Geblendet legte er die Hand wie einen Schirm über die Brauen. Als er die Decke zurückschlug, setzte das Wimmern und Kratzen von neuem ein. Er stand auf und öffnete die Tür. Jaulend stürzte Cito herein, sprang an ihm empor, leckte ihm Füße und Hände und drehte sich wie ein Kreisel, dabei unentwegt mit dem Schwanz wedelnd. Ein Lächeln huschte über Bressers Gesicht und wischte die nächtlichen Qualen aus.
„Komm, mein Kleiner, ich hab etwas Feines für

dich." Der Hund, wie ein Zirkuspferd auf den Hinterbeinen balancierend, folgte ihm bis zum kleinen Tisch neben dem Sofa. Dort brach Bresser ein Stück Schokolade ab und warf es Cito zu. Er schlang es hinunter, leckte sich die Schnauze und ließ sich dann, dankbar und zufrieden, vor dem Schreibtisch nieder, an einer Stelle, die im warmen Schein der Sonne lag.

Auch Bresser war sichtlich gut gelaunt. Er pfiff leise vor sich hin, öffnete das Fenster, lüftete das Bettzeug, goß das Wasser aus dem auf dem Tisch stehenden Glas, warf den Plastikstreifen, in dem die Tabletten eingeschweißt waren, in den Papierkorb, ging ans Waschbecken und rasierte sich. Der Blick in den Spiegel jedoch reichte aus, ihn wieder zu entmutigen. Als wäre es das Gesicht eines Fremden, betrachtete er die ein wenig nach vorn gewölbte Stirn, die blonden Brauen, die wie Pfeiler aus den Wangen ragenden Knochen, die schmalen Lippen. Seltsam, dachte er, wie schnell man seiner überdrüssig würde, müßte man sich ständig sehen. Er strich mit der Hand über den Bart. Frauen schienen einen angeborenen Hang zum Masochismus zu haben. Selbst Genossinnen hatte er wiederholt dabei beobachtet, wie sie heimlich einen Taschenspiegel hervorzogen, das Haar ordneten und den Strich ihres Lippenstiftes prüften. Während er sich kämmte, versuchte er, dem eigenen Blick auszuweichen und sich ganz auf die Tätigkeit zu konzentrieren. Doch es gelang nicht. Als ihn die müden grauen Augen anstarrten, entfernte er sich mißmutig vom Waschbecken.

Es war kurz vor elf. Rasch ordnete er seine Sachen. Ob schon jemand angerufen hatte? Er warf einen prüfenden Blick auf das Sofa. Für den Eventualfall war alles bereit: die Tasche gepackt, daneben Jacke und Pelzkappe. Als er die Tür öffnete, blieb er stehen und las einen der angeklebten Zettel: „Die Welt ist die Signatur des Wortes. Dieses merkt euch, ihr großen Männer der Tat. Ihr seid nichts als unbewußte Handlanger der Gedankenmänner, die oft in demütiger Stille euch all eu'r Tun aufs Bestimmteste vorgezeichnet haben." Der Teufel mochte wissen, wann und warum Grewe dieses idealistische Gift seinem Studierzimmer verabreicht hatte. Der Spruch, ausgerechnet von Heine, tat jedenfalls seine Wirkung; ihm war, als spräche Grewe selbst zu ihm. Mit schweren Schritten stieg er die Holztreppen hinab, begleitet von Cito, der schwanzwedelnd dem großen Buckel bis in die Küche folgte.

Als Bresser das Geschirr in die Spülmaschine geräumt und die Tischdecke von den Brötchenkrümeln gesäubert hatte, klingelte es. Vorsichtig schob er die Gardine beiseite. Draußen stand Michael, die Schulmappe in der Hand.

„Hallo, Jean."
„Hallo, Mike. Schon ausgelernt?"
„Zwei Stunden sind ausgefallen. Ausgerechnet Turnen. Der Lehrer ist krank."
„Besser als nichts."
„Mathe wäre mir lieber gewesen."

Cito führte wieder seinen Kreiseltanz auf, als Michael eintrat und die Mappe in den Flur warf.

„Zeigst du mir, wie man die Fahrradschläuche wieder in die Mäntel bringt?"
„Klar. Wir müssen aber die Kellertür offenlassen. Ich erwarte einen Anruf."
„Von Onkel Wolfgang?"
„Wer ist denn das?"
„Der Pfarrer. Du hast doch gestern mit ihm gesprochen."
„Ach so. Nein, von dem nicht." Bresser lächelte. Als sie die Treppe hinuntergingen, sagte Michael: „Du hast mir versprochen, von deinen Abenteuern zu erzählen. Jetzt hast du doch Zeit, nicht wahr?"
„Natürlich, Mike." Bresser zuckte resignierend mit den Achseln und öffnete die Tür.

2

„Beim Pförtner ist Besuch für dich." Glockmann legte den Hörer auf. „Eine Dame —", fügte er fast im Flüsterton hinzu.

„Ich erwarte niemanden", sagte Grewe gleichgültig. „Wie heißt sie denn?"

Glockmann hob die Schultern. „Keine Ahnung." Er vertiefte sich wieder in die allmorgendliche Nachrichtenpatience.

Als Grewe aus dem Fahrstuhl trat und zur Pförtnerloge blickte, wäre er am liebsten umgekehrt. Die ausgefransten Jeans und die verwaschene Felljacke verhießen nichts Gutes. Offensichtlich stand ihm wieder eines jener Gespräche über Emanzipation, Atomkraft oder Revisionismus in China bevor.

„Da ist er ja schon", sagte der Pförtner. Die Frau wandte sich um.

„Ilona —!" Grewe trat zögernd auf sie zu. „Fast hätte ich dich nicht wiedererkannt." Sie trug das Haar jetzt offen; keine Kämme erinnerten mehr an Jadwiga. Hätte er nicht den feuchten Schimmer ihrer Augen bemerkt, wäre er fast versucht gewesen, jene Nacht in Israel im nachhinein zu rechtfertigen.

„Verzeih, daß ich dich hier gleichsam überfalle", sagte sie. „Aber ich muß dich unbedingt sprechen. Es geht um Bresser."

„Bresser —?" Ein Irrtum, dachte er, eine zufällige Namensgleichheit. Doch die Warnsignale waren nicht zu übersehen: ihre Kleidung und die Segeltuchtasche schlossen jeden Zweifel aus.

„Komm." Er führte sie zur Drehtür.

Als sie im Café saßen, zündete er sich hastig eine Zigarette an.
„Seit wann kennst du ihn?"
Sie hatte sich nach vorn gebeugt, rührte mit dem Löffel in der Tasse und blickte hinüber zum Büffet, an dem zwei ältere Frauen ihre Kuchenauswahl trafen.
„Seit einigen Jahren." Sie senkte einen weiteren Zuckerwürfel in den Kaffee. Der Löffel schlug rhythmisch gegen das Porzellan; es klang wie das Bimmeln einer armseligen Kapellenglocke. „Ich hatte ihn auf der Universität kennengelernt. Er machte großen Eindruck auf mich. Ich war damals völlig unerfahren und wußte nicht, worum es eigentlich ging. Jean gehörte zu den wenigen, die für alles eine Erklärung hatten. Die nicht nur redeten, sondern auch handelten. Das hatte mir sehr imponiert. Nicht nur mir —", fügte sie hinzu.
Grewe, obzwar irritiert vom Schimmer der Augen, glaubte dennoch, die Wehmut in ihrer Stimme richtig zu deuten, als er sofort an Clara dachte, jenes Mädchen, das Bressers revolutionäres Asketentum schließlich doch nicht teilen mochte.
„Wir verloren uns damals aus den Augen. Oder, richtiger gesagt, ich verlor ihn aus den Augen, denn er hatte mich überhaupt nicht wahrgenommen. Er war viel zu beschäftigt gewesen, und ich interessierte mich nicht für Politik. Die ständigen Versammlungen, Sit-ins und Demonstrationen. Eines Tages war er verschwunden."
Sie öffnete die über der Stuhllehne hängende Segeltuchtasche und zog nach einigem Suchen eine Ziga-

rettenpackung heraus. Wenigstens keine Selbstgedrehten, dachte Grewe und gab ihr Feuer.
,,Ich brach das Studium ab. Aber nicht Bressers wegen. Ihn hatte ich längst vergessen. Ich wollte endlich auf eigenen Füßen stehen. Auf der Universität kam ich mir vor wie ein unmündiges Kind. Ich ging zu *Familie und Heim* und arbeitete im Ressort Medizin. Du weißt ja: der Gesundheitstourismus in Israel, die Heilkraft des Toten Meeres, die Schwefelbäder in Tiberias —''
Er erinnerte sich nur an die lähmende Hitze auf der Festung Massada, an die schimmernden Augen vor dem Palast des Herodes, die braunen Kämme, die er ihr im Bus aus dem Haar zog, an ihre nackten Brüste, den gebeugten Oberkörper, die Hand, die sie plötzlich unter das Gesicht hielt, an das Zwinkern der Augen, als sie auf der Suche nach ihren Kontaktlinsen über den Teppich irrte.
,,Kurz zuvor hatte ich Bresser wiedergesehen. Auf einer Party in Turin. Ich nahm an einem Ärztekongreß teil und wurde eines Abends eingeladen. Zu den Gästen gehörte auch Bresser. Ich erkannte ihn kaum wieder. Er sah müde und erschöpft aus. Eingefallene Wangen, tiefliegende Augen, seine Hände zitterten. Damals wußte ich noch nicht, wie es um ihn stand —''
Zufälle, das ganze Leben beruht auf dem Zufallsprinzip. Wieder bemächtigte sich Grewes das bittere Gefühl der Leere. Schon als Kind hatte er unter der Erkenntnis der Willkür gelitten, unter dem Zufall, geboren zu sein, dem blinden Schicksal der vorgefundenen Bedingungen. Zufällige Begegnungen,

unverhoffte Ereignisse bestimmten das Leben — ein Chaos, das die Willkür gleichwohl in zwangsläufige Bahnen lenkt. Ein Jahrzehnt lang hatte er geglaubt, dem Zufall entronnen zu sein und das Ordnungsprinzip entdeckt zu haben, doch das Leben hielt sich nicht an jene papierenen Gesetze. Nirgends war ihm das ganze Ausmaß der Absurdität, die durch einen Zufall in Gang gesetzte Maschinerie sinnloser, aber unerbittlich-konsequenter Handlungen so deutlich geworden wie hier im Café. Ihm schien, als sei er der Beobachter einer Theaterszene, in der sich ein Mann und eine Frau beim Kaffeetrinken gegenübersitzen. Marionettenhaft ihre Bewegungen, mechanisch ihre Unterhaltung.
„Gibst du mir bitte Feuer?"
Verstört blickte Grewe auf. Zwischen Ilonas Lippen leuchtete das Weiß der Zigarette. „Entschuldige", murmelte er und führte die Flamme vor ihren Mund.
„Vor drei Monaten ist Jean zurückgekehrt. Er hat mich ermutigt, es noch einmal mit dem Studium zu versuchen. Wir haben zusammengelebt, bis er sich auf diese — diese Unternehmung einließ."
„Du weißt, daß er mich zu erpressen versucht?"
„Ja."
„Weiß er, daß wir uns kennen?"
„Ich habe es ihm gesagt. Aber ich konnte ihn von der Sache nicht abbringen. Er hört nur auf diese Leute."
„Wer sind sie?"
„Ich kenne sie nicht. Jean hält sie vor mir geheim. Mitunter ist er nächtelang fortgeblieben. Er verschweigt mir alles. Ich weiß überhaupt nicht, was sie

eigentlich vorhaben. Und jetzt ist er bei dir. Es ist schrecklich, Achim —"
Sie strich mit dem linken Zeigefinger über beide Augen und griff dann in die Segeltuchtasche.
„Um mich brauchst du dir keine Sorgen zu machen."
„Es geht nicht um dich," sagte sie, ein Papiertaschentuch entfaltend. „Es geht um Bresser. Er ist schwer krank."
„Soll ich ihn bedauern? Ihn pflegen, damit er die Erpressung auch durchsteht?"
„Verzeih, Achim." Sie tupfte mit dem Tuch die Wangen ab. „Es ist schlimm, was sie mit dir machen. Aber du weißt nicht, wie es um Jean steht. Er will es nicht wahrhaben, aber er ist todkrank."
„Was ihn nicht davon abhält —"
„Mir scheint, es ist ein letztes Aufbäumen. Ein Beweis seiner selbst."
Grewe, gebeugt über die Tasse mit erkaltetem Kaffee, war Bressers Gesundheitszustand ebenso gleichgültig wie Ilonas Angst. Er wollte keine Erklärungen, keine Komplicenschaft mit fremden Schicksal, die nur zu Verständnis zwang, zu Anteilnahme und Mitgefühl. Einmal Ruhe haben, auftauchen aus dem Strom des Lebens, der das Ich in ständige Strudel zieht. Die Färöer. Wieder kam ihm jene Inselgruppe in den Sinn, die schon in der Schulzeit sein Fluchtpunkt gewesen war. In einer der vielen, nicht enden wollenden Mathematikstunden hatte er den kleinen schwarzen Fleck im Atlantik entdeckt, hatte wie gebannt auf die neben der Tafel hängende Karte gestarrt und die winzigen Punkte zum Leben erweckt.

Täler und Berge, Wälder und Wiesen ließ er erstehen, zauberte Hütten und Häfen herbei und trotzte dem allumfassenden Ozean.
Die Sonne brach durch tiefliegende Wolkenbänke, Fischer landeten ihre Fänge an, über die Weiden zogen blökende Schafe. Aus kleinen Schornsteinen auf roten Dächern quoll weißer Rauch, verschmolz mit dem Himmel und verschwand in blauer Unendlichkeit. Dieser färingische Traum hatte ihn schon oft heimgesucht, ein Augenblick verzweifelter Sehnsucht, die ihn aufs tiefste erschütterte.
„Glaubst du, es gibt noch einen Ausweg?"
„Einen Ausweg —?" Verwundert sah er den feuchten Schimmer ihrer Augen. „Wovon sprichst du?"
„Von Bresser."
„Nein, ich sehe keinen Ausweg. Er muß wohl so handeln. Das ist sein Ausweg."
Wieder griff sie in die Segeltuchtasche.
„Dann tu mir bitte einen Gefallen — mir zuliebe. Gib ihm das hier." Sie legte ein in braunes Papier eingeschlagenes Päckchen neben ihre Tasse und schob es über den Tisch. „Es sind Medikamente. Schmerztabletten. Er braucht sie dringend."
Der Gedanke an Buckel und Bartgefieder ließ Grewe verstummen, die Färöer versanken im Ozean. Durch den Spiegel hinter dem Büffet geisterten, wie frivol gekleidete Nonnen, die Serviermädchen in ihren kurzen schwarzen Röcken und den weißen Häubchen auf dem Kopf. In den Geldtaschen an ihren Hüften klimperten die Münzen, als mahnten sie zur Kollekte. Grewe, empört über die Zumutung, den Samariter spielen zu sollen, spreizte die Finger über

das Päckchen und schob es an die Seite des Tisches.
„Achim, bitte —" Sie ergriff seine Hand. „Sag ihm, daß er keine Chance hat. Daß ich auf ihn warte und zu ihm halte, was auch geschehen mag."
„Warum sagst du es ihm nicht selbst? Ruf ihn an. Meine Nummer steht im Telefonbuch."
„Ich hab es versucht. Es ist zwecklos. Er legt sofort auf. Offenbar haben sie Erkennungszeichen vereinbart."
Sie legte eine Münze auf den Tisch und erhob sich. „Ich muß zurück zur Universität. Kann ich dich in der Redaktion anrufen, um auf dem laufenden zu bleiben?" Die geröteten Augen hatten sie wieder zu Jadwiga gemacht — trotz Felljacke und über die Schulter gehängter Segeltuchtasche.
„Ja", sagte er leise und lächelte. Erleichtert nickte sie ihm zum Abschied zu, nicht ahnend, daß sich hinter seiner Miene Schadenfreude und Böswilligkeit verbargen, jene Gefühle, die er im Hotelzimmer empfunden hatte, als sie hilflos über den Teppich geirrt war.

„Eine Liebesgabe?" Glockmann deutete auf das braune Päckchen, das Grewe in die Aktenmappe steckte.

„Sozusagen." Im Café war er versucht gewesen, es einfach auf dem Tisch liegenzulassen, und noch auf der Straße hatte er zögernd vor einem Abfallkorb haltgemacht. Doch dann hatte er sich anders entschieden.

„Achim, geh bitte für mich in die Konferenz", sagte Glockmann. „Ich glaube, heute kommt der Innenminister. Außerdem hab ich einen Termin beim Zahnarzt."

Politikerbesuche waren jenen Redakteuren, die das Missionarische ihres Berufsstandes überwunden hatten, häufig lästig, weil sie sich oftmals zu zähen Schwatzrunden entwickelten und nur die Mittagspause hinauszögerten. Grewe hatte daher volles Verständnis für Glockmann; zudem wußte er, was sich hinter dem „Termin" verbarg — ein gemütlicher Whiskyumtrunk in der an die Praxis grenzenden Privatwohnung des mit ihm befreundeten Zahnarztes. Glockmann ging so häufig zu ihm, daß, um das Mindeste zu sagen, jeder Zahn seines vorzüglichen Gebisses schon dreimal hätte plombiert sein müssen, wäre eine Behandlung der Grund seiner Besuche gewesen.

Diesmal hätte es Glockmanns Bitte nicht bedurft; Grewe hatte ohnehin vorgehabt, an der Konferenz teilzunehmen, weil er sich von dem Innenminister, der im Fall Bresser noch eine wichtige Rolle spielen

könnte, einen persönlichen Eindruck verschaffen wollte. Er war daher, auch um Bresser am Frühstückstisch zu entfliehen, früher als gewöhnlich in die Redaktion gefahren. Ilona indes hatte den geplanten Ablauf durcheinandergebracht, so daß er jetzt einige Zeit brauchte, um jene Gelassenheit zurückzugewinnen, die ihm noch in der S-Bahn zu eigen gewesen war.
Als hilfreich erwies sich wieder einmal Anna. ,,Nun, Achim, begleiten Sie mich heute?" Sie legte die Hand auf seine Schulter. Erleichtert, aus dem unfruchtbaren Gedankenkreis gerissen worden zu sein, blickte er von der Zeitungslektüre auf. Für Anna, eine fast gleichaltrige Kollegin, empfand er tiefe Zuneigung, die, wie er wußte, von ihr erwidert wurde, von beiden aber unausgesprochen blieb. Zu seiner Verwunderung, manchmal auch zu seinem Bedauern, war sie die einzige Frau, die ihn fesselte, ohne seine Begierde zu wecken. Er war ihr, so altmodisch es klang, in keuscher Liebe zugetan. Dieses platonische Verhältnis hatte tiefergehende Wurzeln als manche sexuelle Beziehung, die er aufgenommen hatte — und offensichtlich empfand sie es ebenso. An leeren Nachmittagen gelang es ihnen, bei einer Zigarette oder einem Schluck Whisky in wenigen Minuten die Atmosphäre eines literarischen Salons zu schaffen, sich einzuweben in halb scherzhaft, halb ernsthaft ausgemalte Träume eines gemeinsamen Erlebens toskanischer oder bretonischer Landschaft. Wenn sie sich dann wieder der jeweiligen Redigierarbeit zuwandten, war ihm, als sei er aufgetaucht aus schwerer süßer Umarmung wie ein

morbider Schnitzler-Held. Stets begegneten sie einander mit äußerster Courtoisie, sorgsam darauf bedacht, dem anderen nicht weh zu tun; ebenso vermieden sie es, über ihr Privatleben zu sprechen, um nicht die Illusion vollkommener Harmonie zu zerstören. Natürlich wußte er, daß auch sie, wiewohl unverheiratet, gebunden war, doch für einige Minuten des Tages waren sie sich so nahe, als gäbe es weder Vergangenheit noch Zukunft, nur diesen Augenblick. Sie ließen alles in der Schwebe und genossen den prickelnden Reiz einer Sehnsucht, die sie nicht erfüllen durften, auch wenn sie es jederzeit gekonnt hätten.

Fast ein Jahrzehnt hatte es gedauert, ehe sie ihre Seelenverwandtschaft erkannten. Obwohl sie im gleichen Zimmer arbeiteten, waren sie achtlos aneinander vorbeigegangen, da Grewe den Schreibtisch zum Schlachtfeld der Weltrevolution gemacht hatte und Anna keine Frau war, die mit koketten Reizen die Aufmerksamkeit auf sich lenkte. Ihrer Schönheit konnte sich nur bewußt werden, wer ihr Wesen kannte, denn wie bei fast allen Frauen zwischen dreißig und vierzig war es der innere Glanz, der auch Anna jene eigentümliche Faszination verlieh. Daß er keine sexuellen Begierden verspürte, mochte darin begründet sein, daß sie ihn an seine Mutter erinnerte und ihm Eigenschaften wie edel, vornehm und stolz in den Sinn kamen, wenn er an Anna dachte. Sie war für ihn eine Jeanne d'Arc, eine Heilige, deren Geschlechtlichkeit er verleugnen mußte — um seinet- und um ihretwillen —, und sie hielt es ebenso. Wie geboten, zumindest aus seiner

Sicht, diese Zurückhaltung war, hatte er während eines Nachtdienstes erfahren müssen, den er für einen erkrankten Kollegen übernommen hatte. An jenem Sommerabend war Anna völlig überraschend und wohl ohne daran zu denken, daß Grewe Dienst hatte, in die Redaktion zurückgekehrt, weil sie eine mit Weinflaschen gefüllte Einkaufstasche stehengelassen hatte. Sie hatte sie auf den schattigen Fenstersims gestellt und beim Nachhausegehen vergessen; nun hatte sie offensichtlich Gäste zu bewirten, so daß dieser Gang unumgänglich war. Als sie zu jener späten Stunde das Zimmer betrat, hätte Grewe sie fast nicht wiedererkannt. Während des Dienstes war sie stets korrekt, ja beinahe streng gekleidet und erlaubte sich keine modischen Lässigkeiten. Umso größer war seine Verwunderung, als er sie jetzt in Blue jeans und einer für die Vorstellung, die er sich von ihr gemacht hatte, fast kokett zu nennenden Freizeitjacke sah. Zum erstenmal erschien sie ihm als ein weibliches Wesen, und auch sie verlor die Unbefangenheit. Nervös und verlegen wie zwei Pennäler vor dem ersten scheuen Kuß suchten sie die Tasche mit dem Wein, sprachen kaum ein Wort und mieden den Blickkontakt. Es dauerte einige Tage, ehe sie sich wieder ungezwungen begegnen konnten, und noch sorgsamer als zuvor achteten sie darauf, daß sich ein Zusammentreffen außerhalb der gewohnten dienstlichen Sphäre nicht wiederholte. Auch hielten sie, wenngleich sie sich der darin liegenden Koketterie durchaus bewußt waren, streng die Regel ein, sich zwar mit dem Vornamen zu nennen, aber stets in Verbindung mit dem Distanz

schaffenden „Sie" — ein Kompromiß auch in der Förmlichkeit.
Als sie, jeder einen Stoß Zeitungen unter dem Arm, aus dem Paternoster stiegen und in das Konferenzzimmer gingen, hatte Grewe seine durch Ilona gestörte Gelassenheit zurückgewonnen. Er setzte sich in den schwarzen Kunstledersessel und wartete auf den Gongschlag, mit dem Stettner die tägliche Runde einzuläuten pflegte. Wegen des bevorstehenden Besuchs trieb er zur Eile.
„Polierte Plastic-people", flüsterte Anna, als sich endlich die Tür öffnete und der Landesinnenminister in einem Pulk von Begleitern eintrat. Sie hatte recht. Alle, die sich zur Führungsschicht in Politik und Wirtschaft zählten, gleichgültig, wessen Interessen sie über ihre eigenen hinaus vertreten mochten, waren an der penetranten Uniformität der Kleidung auszumachen, bei der sich Feingestreiftes und Taubenblaues die Waage hielten. Selbst in Maos China, so hatte Grewe festgestellt, machten Kleider Funktionäre, und sei es nur durch zusätzliche Brusttaschen, messerscharfe Bügelfalten oder die bessere Qualität des braunen, blauen oder olivgrünen Stoffes; jede Gesellschaft schien ihre Herrschaftskonfektion zu haben.
Der Minister, flankiert von dem Pfefferminzbonbon kauenden Stettner und einem alerten Referenten, zog aus dem blauen Westentäschchen eine Uhr, ließ die Kette um den linken Zeigefinger schnellen, bis das Chronometer wie ein Maikäfer auf der Fingerkuppe landete, öffnete mit dem Daumennagel den Deckel, prüfte die Zeit und wiederholte, nun in gegen-

läufiger Bewegung, die Prozedur mit gleicher Präzision und Geschwindigkeit, bis die Uhr wieder im Westentäschchen verschwunden war. Dann zupfte er, nachdem Stettner von internationalen Krisen zu innerparteilichen Querelen atemberaubende Volten geschlagen hatte, die weißen Manschetten aus den Ärmelhöhlen und sagte leise: ,,Nun denn, meine Herren." Der Referent, der unablässig in einem Aktenordner geblättert hatte, blickte verstört auf und räusperte sich. Anscheinend war dieses ,,Nun denn, meine Herren" die routinemäßige Aufforderung zum Erstatten des täglichen Lageberichts. Doch jetzt, da die Reihe an seinem Chef war, lehnte er sich erleichtert zurück, schnipste mit den Fingern und ließ sich von einem hinter ihm sitzenden Hilfsreferenten einen weiteren Ordner reichen.
,,Wie Sie wissen —", begann der Minister, hin und wieder seine auf der Tischplatte ruhenden Hände betrachtend. Und dann zauberte er endlose Zahlenkolonnen hervor, die den Aufwind für seine Partei und den Niedergang der Opposition beweisen sollten. Da ihm, der im Landeskabinett eine Schlüsselrolle als stellvertretender Regierungs- und Parteichef spielte, auch außerhalb des provinziellen Rahmens nicht unbeträchtliche Chancen eingeräumt wurden, stieß jedes seiner Worte auf großes Interesse. Er galt als ein Senkrechtstarter, dem allerlei Überraschungen zuzutrauen waren. Nur Grewe saß gelangweilt in seinem Kunstledersessel und musterte, sich eine Zigarette anzündend, das Gesicht des Ministers, der erneut an den Manschetten zupfte.
Wenn er auch die Gesetzmäßigkeit des historischen

Fortschritts, ebenso wie die christliche Heilserwartung, schon seit langem für eine fromme Illusion hielt, lediglich dazu angetan, sich über die häßliche Realität hinwegzutrösten und dem Leben einen über das Ich hinausreichenden Sinn zu geben, so bediente sich Grewe zur Analyse des Bestehenden doch weiterhin des marxistischen Instrumentariums. Sofern sie gegen die bürgerliche Sicht und Ordnung der Dinge gerichtet waren, bestand für ihn daher keine Veranlassung, sich von jenen ,,Custos"-Artikeln zu distanzieren, die Bresser in seinem Schnellhefter gesammelt hatte. Was ihnen mittlerweile einen völlig anderen Stellenwert verlieh, war indes die Erkenntnis, daß das dialektische Pendant, der Sozialismus in allen Varianten von Ungarn bis China, noch miserabler war. So blieb nur die Leere, ein ätzendes Gemisch aus Hoffnungslosigkeit, Zynismus und destruktiver Kritik — ,,kleinbürgerlicher Nihilismus", wie Bresser und seinesgleichen zu urteilen pflegten. Dieses Etikett wollte sich Grewe jedoch nicht anheften lassen; er war kein Prediger der Nichtigkeit alles Seienden (wenngleich es eines Tages darauf hinauslaufen mochte); noch war er auf der Suche, ohne sagen zu können, was zu finden er sich eigentlich erhoffte.

An dieser Suche, soviel stand fest, war der Minister nicht beteiligt. Grewe staunte, mit welcher Selbstverständlichkeit jener die Form für den Inhalt nahm, wie unverfroren er bürgerliche Handwerkelei für der staatsmännischen Weisheit letzten Schluß ausgab. Freiheit und Demokratie, Selbstbestimmung und Solidarität — die zerschlissenen Banner des 18. Jahrhunderts blähten sich im Schwall leerer Worte. Grewe blickte zur Uhrenwand: sechsfache *local time,* sechsfache Inflation der Begriffe, babylonische Zeiten.

Der Minister, mit flüchtigem Nicken den Beifall quittierend, lehnte sich zurück. Daumen und Zeigefinger ertasteten das Westentäschchen, als wollten sie sich seines Inhalts vergewissern. Dann ruhten die Hände wieder auf der Tischplatte, an den Wurzeln umhüllt von den weißen Manschetten. ,,Nun denn, meine Herren", sagte er leise. Doch diesmal zuckte der Referent nicht zusammen, sondern entnahm einem flachen schwarzen Aktenkoffer rasch einen Ordner, den er mit sicherem Griff an einer offensichtlich markierten Stelle öffnete.

Die Diskussion, von Stettner eingeleitet, erschöpfte sich bald im Austausch von Freundlichkeiten; schließlich war es kurz nach halb eins, die Mittagspause stand bevor. Nur Grewe, Bressers Bartgefieder vor Augen, störte die Harmonie. Wie denn heute, nach den Erfahrungen der vergangenen Jahre, die Gefahr des Terrorismus einzuschätzen sei, wollte er wissen. Schließlich hätten sich die gesellschaftlichen Bedingungen seitdem nicht verändert.

Der Minister sah ihn überrascht an. Dann neigte er den Kopf zu seinem Referenten, der mit den Fingern pianistengleich durch den Ordner eilte, bis er fündig wurde und seinem Dienstherrn das Ergebnis zuflüsterte.

,,Das müssen Sie, Herr Grewe, doch am besten wissen", sagte jener mit einem maliziösen Lächeln.

Grewe spürte, wie die Innenflächen seiner Hände feucht wurden.

Hatten sie Bresser beschattet? Wußten sie längst um die Erpressung, um das Dilemma, in dem er sich befand? Wollten sie ihm die Chance geben, sich rechtzeitig zu offenbaren? In der Erwartung, daß ihm nun ein Dossier vorgehalten werde, sah er sich bereits auf der Anklagebank.

Doch der Minister zupfte die Uhr aus dem Westentäschchen, ließ sie um den Zeigefinger rotieren und sagte, als sie auf der Kuppe haltmachte: „Sie wissen, daß die Linke atomisiert ist — auch ihr terroristischer Flügel. Einzelaktionen kann natürlich niemand ausschließen, doch gegenwärtig liegen uns keine Erkenntnisse vor, die auf eine akute Gefahr deuten."

Der Ordner schien nicht mehr auf dem laufenden zu sein; er machte halt bei den Sünden der Vergangenheit. Doch dies war keineswegs dazu angetan, Grewe zu erleichtern. Er war „aktenkundig", registriert, etikettiert. Unter welchem Erkennungszeichen — „Aktivist", „Sympathisant"? Überflüssige Unterscheidungen. Er war eingetragen in das große Buch für das Jüngste Gericht. Damals hatte er es vermutet, ja, erhofft, hatte kokettiert mit dem Dossier seiner Gefährlichkeit. Welch törichte Eitelkeit! Mit einem lebenslangen Brandmal hatte er nicht gerechnet. Hoffentlich ließen sie wenigstens Irene aus dem Spiel.

Langsam lehnte sich Grewe zurück. Anna erwiderte sein verzweifeltes Lächeln mit einem fragenden Achselzucken. Während der Minister den Deckel des Chronometers aufspringen ließ, dankte Stettner für den „Freimut dieser Runde" — eine Floskel, mit der er jeden Politiker zu verabschieden pflegte. Der Referent schloß den Ordner.

4

Das leichte Unwohlsein rührte sicherlich nicht nur von den braun eingesoßten Fleischbrocken, die der Kantinenwirt stets als ,,Wiener Saftgulasch" ausgab. Immer wenn Grewes gewohnter Tagesablauf durcheinandergeriet, ließ es ihn sein Körper spüren. Meistens begann es mit einem Druck auf den Augen, der, wurde der Rhythmus nachhaltig gestört, in Kopfschmerzen eskalierte, die selbst die Nackenmuskulatur in ihr dumpfes Pochen einbezogen. Diesmal erkannte er rechtzeitig die Symptome des Vorstadiums, und da er wußte, daß ihm noch ein unprogrammäßiger Nachmittag bevorstand, schluckte er zum Kaffee eine jener bitter schmeckenden Tabletten, die er ständig bei sich hatte.

,,Wie war der Minister?" Glockmann, der, wie immer um diese Zeit, die Füße auf den Tisch gelegt hatte und eine Sportillustrierte las, blickte hinüber zu Grewe.

,,Keine Offenbarung. Du hast nichts versäumt", sagte er und spülte den bitteren Geschmack hinunter.

Die Stunde nach dem Mittagessen war die geruhsamste des Tages. Die Nachrichtenpatience war gelegt, jeder hatte die zu bearbeitenden Komplexe — Bündel aus Agenturmeldungen und Korrespondentenberichten — vor sich auf dem Schreibtisch liegen und bereitete auf seine Weise das innere Einsatzkommando vor. Für Grewe war es die Zeit, in der er sich minutenlang in einen Roman versenkte

oder mit Anna plauderte, eine Ruhepause, die sich zwei Stunden später wiederholte, wenn die tägliche Schlacht gegen die Papierflut im wesentlichen beendet war.
Heute jedoch vermochte er sich weder auf Anna noch auf den ,,Stechlin" zu konzentrieren; toskanische Gärten und märkische Seen waren in Bressers Bartgefieder verschwunden. Auch der färingische Traum, obwohl Stimmung und Situation ihn durchaus angelegen sein ließen, wollte nicht glücken.
,,Halstein." Helens Stimme klang erwartungsvoll, noch immer. Die Asche im häuslichen Herd glimmte allen Erfahrungen zum Trotz.
,,Ach, du bist es, Achim —". Dieser Funke war längst erloschen.
,,Ist Georg im Institut?"
,,Wie immer um diese Zeit. Das mußt du doch noch wissen. Ist etwas passiert?"
Grewe räusperte sich. Er war bemüht, seiner Stimme jeden Anflug von Vertraulichkeit zu nehmen.
,,Nichts Besonderes. Ich hätte ihn nur gern gesprochen — wegen gestern abend."
,,Geht es um euren Bekannten? Dressler, nicht wahr?"
,,Ja, so nennt er sich."
,,Was ist mit ihm?"
,,Georg soll vorsichtig sein."
,,Warum?"
,,Das läßt sich am Telefon schlecht sagen."
,,Soll ich Georg vor ihm warnen?"
,,Ja, ruf ihn im Institut an."
,,Und was soll ich ihm sagen?"

„Bring Dressler mit den Briefen in Verbindung, von denen Georg gesprochen hat. Weißt du, was ich meine?"
„Ja."
„Georg hatte Dressler zu einer Besichtigung eingeladen. Sag ihm, er soll ihn auf keinen Fall ins Institut lassen."
„Ich sag es ihm."
„Wenn ich es schaffe, komme ich heute abend vorbei und erkläre euch alles."
„Gut."
Beide schwiegen, als trauten sie sich nicht, das Wesentliche zu sagen.
„War das alles?"
„Ja", sagte Grewe. Wieder hatte sich seiner jenes Gefühl der Verlegenheit bemächtigt, das er empfand, wenn er mit Helen allein war. Abgestorbene Leidenschaften ließen offenbar nur schale Worte und hilflose Gesten zu.
„Bis heute abend." Helen legte den Hörer auf.
„Wer stillt meine Sehnsucht,
Wer tröstet mein Herz?
Verlassen die Straßen.
Wer lindert den Schmerz?
Day for day and every night —"
Oft hatte er Helen diesen Schlager singen, summen oder pfeifen gehört; er war gleichsam ihre Erkennungsmelodie gewesen und schien es noch heute zu sein. Grewe, das banale Lied im Ohr, schlug erneut das Telefonbuch auf. Sein Zahlengedächtnis war so schlecht, daß er einmal sogar die eigene Rufnummer hatte suchen müssen. Nur bei Helen war er damals

nie im Zweifel gewesen. Er hatte sie fast jeden Tag angerufen, und vorhin, als er wieder im Buch nachschlagen mußte, waren ihm die Ziffern wie alte Bekannte erschienen.
Endlich fand er die richtige Nummer. Es dauerte eine Weile, ehe sich jemand meldete. Mit Mittel-und Zeigefinger trommelte Grewe den Takt des Schlagers auf den Schreibtisch. *„Day for day and every night —"*
„Sankt Korbinian", sagte eine quäkende Frauenstimme.
„Ich hätte gern Pfarrer Starke gesprochen."
„Er ist auf dem Friedhof."
Grewe, von der Auskunft verwirrt, schwieg eine Weile.
„Worum geht es?" fragte die Frau unwirsch.
„Ich muß ihn unbedingt sprechen."
„Ich sagte doch, er ist nicht da. Er hat eine Beerdigung."
„Wann kommt er zurück?"
„Das läßt sich nicht sagen. Es ist seine dritte Beisetzung heute, und er muß noch die Trauerbesuche machen."
„Ist bei Ihnen ein Herr Dressler gewesen?"
„Nein. Warum fragen Sie?"
„Hat er bei Ihnen angerufen?"
„Erklären Sie mir, wozu Sie das wissen wollen."
„Es ist sehr wichtig. Hat Dressler angerufen?"
„Ich kenne den Herrn nicht. Hören Sie —"
Grewe legte auf.
Ihm war plötzlich so leicht zumute, als sei er aller Verantwortung ledig. Bresser —? Gleichgültig setzte

er das Trommelspiel fort. Was kümmerte ihn schon Bresser. Verwundert betrachtete er die Finger. Sie kamen ihm fremd vor, gerötete Knochenglieder mit borstigen Härchen und blassen Nägeln. Seine Augen tasteten sich an den Armen empor. Der Körper schien ins Riesenhafte zu wachsen, er wucherte über Stuhl und Schreibtisch, bis er ihn ganz allein dort sitzen sah — ein gebeugter Kopf, der die Bewegungen zweier Finger verfolgte. *Day for day and every night* — ihn schwindelte. Seine Hand umklammerte die Lehne. Ruckartig erhob er sich und ging hinaus auf die Toilette.

„Achim, der Chef läßt bitten", rief Glockmann, als er wieder ins Zimmer kam. „Was ist? Bist du krank?" Grewes Hand, die die Kaffeetasse zum Mund führte, zitterte.

„Alles in Ordnung. Mir war vorhin ein wenig schwindlig. Wahrscheinlich der Kreislauf."

„Rauch erst noch eine Zigarette." Glockmann, mehr als zehn Jahre älter als Grewe, zeigte wieder einmal väterliche Gefühle. Wenn er dessen politische Einstellung auch nicht geteilt hatte, so war Glockmann doch einer der wenigen gewesen, die Grewe damals verteidigt hatten. Vielleicht war dieser auch für ihn, so wie für Manstein, den stellvertretenden Abteilungsleiter beim Fernsehen, ein moralisches Alibi. Er wollte daher nicht wahrhaben, daß Grewe längst Abschied genommen hatte von seinen Revolutionsträumen. Nichts unterschied ihn mehr von Glockmann, nichts außer dem täglichen Quantum Whisky, das sie benötigten, um den Tag zu überstehen.

„Politischer Ärger?"
„Nicht direkt. Ich muß mit Stettner über eine private Angelegenheit reden." Grewe zündete sich die Zigarette an. Er war froh, als das Telefon läutete und Glockmann sich mit einem Korrespondenten absprechen mußte.
Das Schwindelgefühl wollte nicht weichen. Wieder umklammerte er die Stuhllehne. Und dann war er da — der schulische Alptraum, der ihn in letzter Zeit so oft plagte. Alles Sträuben war vergebens. Schrilles Klingeln läutete unbarmherzig die Mathematik-Stunde ein. Seine Zunge grub langsam die Reste des Pausenbrotes aus den Zähnen; bitter schmeckten die Fasern der Leberwurst. Ein Frösteln ließ den Körper erzittern, die ungefütterte Hose kratzte an den Oberschenkeln. Achtundzwanzigfacher Stufenschritt, dann zehnmal geradeaus, und das Klassenzimmer sperrte ihn ein in das 45minütige Gefängnis. Mit geheucheltem Lachen versuchte er den rasenden Herzschlag, den Druck auf den Magen, die dumpfe Angst zu überdecken — vergeblich. Nur noch ein kurzer Aufschub der unabwendbaren Hinrichtung. Schon wurden die Lippen trocken, das Herz pochte bis zum Hals, die Innenflächen der Hände fieberten in kaltem Schweiß. Die Tür öffnete sich. Ein schwarzer Hefthaufen wurde zum Fronttisch balanciert. Aus dicken Gläsern blitzte es spöttisch zu ihm herüber. Der Blick ließ ihn in die Härte des Stuhles flüchten und trieb ihn an den Rand des Tisches, auf dessen linker Hälfte zwei gefaltete Hände in Erwartung sicheren Erfolges ruhten. Die Galgenfrist wurde grausam verlängert. Das grün-weiß-gesprenkelte

Jackett hinter dem Fronttisch straffte sich und machte einen Bogen um das schwarze Geheimnis. Fragen schossen wie Pfeile in ehrfurchtsvolle Augen: Sinus-, Tangens-, Cosinussatz, Würfel, Quader, Prisma, Kegelstumpf, Kugelabschnitt, Kugelausschnitt. Großangriff auf Logarithmen, Differentiale, Integrale und Determinanten. Hände streckten sich. Auch seine Finger schnippten nach begütigendem Aufruf. Vergeblich — seine Hand blieb unbeachtet. Dann ein Kreuzzug an der Tafel durch mehrere Jahre: Potenzen, Wurzeln, Zinseszins, Gleichungen, Reihen, binomischer Satz. Glücklicherweise blieb ihm die stäubende Kreide erspart. Es war soweit. Zehn Finger tasteten sich bedächtig zur Hinrichtung und riefen das Schicksal aus: zweimal „Gut", damit fiel gepachtetes Lob auch diesmal auf seine Tischhälfte; nicht enden wollendes „Befriedigend" ließ vierzehn Hände freudig das Schwarz öffnen; einmal „Ausreichend" machte die Ahnung zur Gewißheit; „Mangelhaft" blieb aus, damit war die Katastrophe noch schlimmer als befürchtet; „Ungenügend" eins führte ihm — nicht zum erstenmal — einen blassen Gefährten zu, erleichterte das zweite eigene „Ungenügend", ja, ließ es lächelnd in Empfang nehmen, achtzehn schadenfrohen Augenpaaren den Triumph raubend. Die Hinrichtung war überstanden. Das Herz arbeitete wieder im Gleichschritt, warm durchpulste das Blut den Körper. Helles Klingeln war nur noch die äußerliche Befreiung aus dem bereits überwundenen Gefängnis.

„Ja, er ist gerade gekommen." Glockmann legte die Hand über die Sprechmuschel des Hörers. „Seine

Sekretärin. Du mußt jetzt gehen", sagte er leise zu Grewe. Dann hob er wieder die Stimme. "Er ist schon auf dem Weg."
Grewe drückte die Zigarette aus und stand auf. Das Schwindelgefühl war vorüber.
"Viel Glück", rief ihm Glockmann hinterher, als er das Zimmer verließ.
"Einen Moment noch. Er telefoniert gerade." Die Sekretärin bot ihm lächelnd Platz an. Grewe musterte ihr kurzes blondes Haar. Es war schwer zu schätzen, wie alt sie war. Vierzig? Sie konnte aber auch Anfang fünfzig sein. Schon als er in die Redaktion eintrat, war sie Chefsekretärin gewesen.
"Jetzt scheint er aufgelegt zu haben." Sie öffnete die Tür. "Herr Grewe ist da."
"Er soll hereinkommen."
Verwundert blieb er vor dem riesigen Schreibtisch stehen. Stettner hatte sich über einen Taschencomputer gebeugt und las irgendwelche Werte ab, die er sorgfältig auf eine Tabelle übertrug.
"Wie fühlen Sie sich?" Scharfer Pfefferminzgeruch schlug ihm entgegen.
"Gut. Warum fragen Sie?"
"Ich werde es Ihnen gleich erklären. Nennen Sie mir Ihre Geburtsdaten. So, jetzt noch das heutige Datum." Stettner tippte die Zahlen in den Computer. "Gleich werden wir wissen, wie es Ihnen geht — physisch, gefühlsmäßig und verstandesmäßig." Er blickte auf eine kleine Tabelle, die aussah wie eine Scheckkarte. "Mit Ihrer körperlichen Verfassung steht es nicht zum besten, mein Lieber. Hier, sehen Sie selbst: 0/1 · 12. Das heißt, daß Sie am ersten und

am zwölften Tag Ihres Biorhythmus stark gefährdet sind. Sie sollten vorsichtig sein, es besteht erhöhte Unfallgefahr. Im Gefühlsbereich sieht es viel besser aus: +/2 - 14. Dreizehn harmonische Tage also, die Sie nutzen sollten, denn es folgen dreizehn Streßtage. In dieser Periode sieht es auch mit Ihrer geistigen Spannkraft nicht gut aus. -/18 - 33. Unterdurchschnittliche Tage, an denen Sie Entscheidungen und neue Aufgaben vermeiden sollten."
Grewe war verwirrt.
,,Trösten Sie sich. Mir geht es noch schlechter. Ich stecke bereits seit Tagen in dieser kritischen Phase."
Handelte es sich um eine Marotte, oder wollte Stettner ihn testen, bluffen oder hereinlegen? Doch zu welchem Zweck?
,,Sie wundern sich, nicht wahr? Aber glauben Sie mir, es ist etwas dran an diesem Biorhythmus. Kommt übrigens aus Japan." Stettner wog den Computer in der Hand. ,,Gleichzeitig als normaler Rechner und sogar als Wecker zu benutzen." Natürlich mache er sich nicht abhängig von den Daten, doch sie seien immerhin zutreffender, als er anfangs vermutet habe. Er führe regelmäßig Buch und sei zu erstaunlichen Resultaten gelangt. Einen gewissen Einfluß auf seine Termingestaltung könne er daher nicht leugnen.
Grewe schwieg. Die Szene erinnerte ihn an eine Begebenheit am Rande eines Seminars, zu dem ihn vor Jahren eine evangelische Akademie eingeladen hatte. Als er den ersten seiner drei Vorträge über die chinesische Kulturrevolution gehalten hatte, zog ihn am Ende der Diskussion eine weißhaarige Dame

beiseite. ,,Ich nehme an, Sie sind über die Rockefeller-Verschwörung informiert", flüsterte sie, sich verstohlen umblickend, als vermute sie unter den fröhlich plaudernden Diakonissen, den nach Lavendel duftenden älteren Herren und den Jugendlichen mit den leuchtenden Toleranzaugen heimtückische Agenten. Noch nie hatte Grewe vor einem solchen Publikum gesprochen. Selbst die provokantesten Thesen nahmen die Zuhörer mit freundlich-frommer Miene zur Kenntnis, kein Widerspruch regte sich, als er in Maos Ideen den wahren Geist des Christentums feierte. Es war, als fielen seine revolutionären Hammerschläge auf einen Boden aus Watte. Selten hatte er sich so deplaciert gefühlt wie auf diesem Wochenend-Seminar, das er sich nur als ein ungeheuerliches Mißverständnis erklären konnte. Und dann noch diese wachsfarbene Greisin mit der Verschwörungstheorie! ,,Seien Sie auf der Hut", flüsterte sie und hauchte ihren feuchten Atem in sein Gesicht. ,,Die Rockefeller-Leute sind überall. Wer ihre Machenschaften aufdeckt, wird verfolgt bis an sein Lebensende." Ihre Hand, deren Haut durchsichtig war wie Pergamentpapier, zog einen mehrfach gefalteten Zettel aus der Ledertasche. ,,Hier", sagte sie, ,,die Verbindungsliste der Verschwörer. Verlieren Sie sie nicht, junger Mann. Vielleicht können Sie zu unser aller Rettung beitragen. Vielen von denen hier haben Sie schon die Augen geöffnet." Sie steckte Grewe, der verzweifelt Ausschau nach einem Fluchtweg hielt, den Zettel in die Jackentasche. Noch ehe er etwas sagen konnte, war die Alte in einem Diakonissen-Pulk verschwunden, der

sich kichernd und schwatzend durch die Flügeltür schob, als sei hinter ihr das Paradies verheißen.
Mit dem gleichen Gefühl der Ratlosigkeit, der Absurdität und des Verlustes der Wirklichkeit, mit dem er damals den Auszug der Diakonissen und Lavendelherren aus dem Vortragssaal verfolgt hatte, stand er jetzt vor dem Schreibtisch. Die Zeichen und Ziffern auf Stettners Tabellen erinnerten ihn an jenen ominösen Zettel, den er erst auf der Heimreise entfaltet hatte. Nicht die Namen der ,,Rockefeller-Verschwörer" waren darin aufgezeichnet, das Blatt war vielmehr vollgekritzelt mit Halbmonden, Sternen und Zahlenkolonnen, die unterbrochen wurden von geheimnisvollen Abkürzungen.
,,Setzen Sie sich doch." Stettner öffnete eine grüne Pfefferminzbonbonrolle. ,,Wollen Sie auch —?"
,,Nein, vielen Dank. Darf ich rauchen?"
,,Aber natürlich." Er schob einen klobigen Aschenbecher, dessen Boden mit Kügelchen aus Silberpapier bedeckt war, quer über den Tisch.
Seltsam, dachte Grewe, wie banal doch alles ist: jener wirre Zettel, der Computer, die Bonbonrolle, dieser Aschenbecher. Banal und zusammenhanglos und doch auf rätselhafte Weise miteinander verbunden. Der Sinn des Lebens ist das Leben, eine Kette von Mißverständnissen, Zufällen und ungewollten, aber zwangsläufigen Konsequenzen. Zum erstenmal hatte er vor dem Abgrund dieses chaotischen Durcheinanders gestanden, als ihm seine damaligen Gesinnungsgenossen ihre abstruse Verschwörungstheorie hinsichtlich der bürgerlichen Medien entwickelten. Es war ihm nicht gelungen, sie davon zu überzeugen,

daß Nachrichten und Kommentare weder das Resultat generalstabsmäßiger Planung waren noch auf Anweisung obskurer Drahtzieher produziert wurden. Niemand nahm ihm die simple Wahrheit ab, daß alles, was in der Zeitung stand, besonders auch die Meinungsbeiträge, das Ergebnis willkürlicher individueller Bemühungen und zufälliger Konstellationen war. Es gab keine schwarze Hand, die zielstrebig ordnete, keinen hinter den Kulissen verborgenen Dirigenten des Großkapitals, der den Taktstock schwang. Nicht minder lächerlich als die linken Genossen erschienen ihm freilich jene bürgerlichen Zeitungswissenschaftler, die sorgfältig Buch führten über die Erwähnung der Parteien und die Placierung der entsprechenden Berichte, anhand derer sie dann den politischen Standort der Gazetten zu errechnen versuchten — ein Unterfangen, das auf völliger Unkenntnis der täglichen Redaktionspraxis und der Produktionsbedingungen beruhte.
Stettner wurde dienstlich. Er ließ Computer und Tabellen in der Schublade verschwinden. Auf dem Schreibtisch, zwischen Aschenbecher und Federschale, lag nur noch ein schmaler Ordner. Grewe bemühte sich gar nicht erst, die·schwarze Beschriftung zu entziffern; er wußte, daß es die Personalakte war.
„Sie wollen mich also sprechen?" Als müsse er für die Unterredung auch seinen Mund reinigen, zerbiß Stettner den kleinen Pfefferminzquader. Es hörte sich an wie das Zermahlen von Kaffeebohnen.
Grewe richtete den Blick über Stettners Schulter. Durch das Fenster konnte man das Dach des gegen-

überliegenden Kaufhauses erkennen. Auf den Ziegeln lag Schnee. Nur rings um den Schornstein war eine viereckige Manschette weggefressen.

„Ich werde erpreßt." Er beugte sich etwas nach vorn, um den oberen Rand des Schornsteins zu erfassen, doch das Fenster war zu tief. „Eine politische Erpressung —" Qualvoller kann auch eine Beichte nicht sein, dachte er. Sie endet wenigstens mit der Hoffnung auf Gnade.

Ruckartig wandte er den Kopf und blickte Stettner an, dessen Brillengläser den Augen eine groteske Größe verliehen.

„Jahrelang war ich nicht der, für den Sie mich hielten", sagte er leise. „Ich arbeitete für eine revolutionäre Gruppe, die später in den Terrorismus abglitt. Aus ihren Reihen werde ich heute erpreßt."

„Und was wollen diese Leute?"

„Offensichtlich planen sie einen Anschlag oder eine Entführung. Der Coup soll sich gegen einen der Landespolitiker richten — vielleicht gegen den Innenminister."

„Bevor Sie weitersprechen, möchte ich etwas klarstellen." Stettner breitete die Arme aus wie ein Priester, der den Segen erteilt. „Über Ihre Vergangenheit bin ich informiert. Schon lange." Er legte eine Hand auf den Ordner und spreizte die Finger über den Pappdeckel. „Ungewollt, muß ich betonen. Der Verfassungsschutz schickte vor einigen Jahren entsprechende Unterlagen an die Chefredaktion. Darunter Ihre ‚Custos'-Artikel und ein Buch. Ich fand diese Sachen bemerkenswert. Überzogen, doch im Kern richtig. Fatalerweise ging das Material aber

auch an die Verleger — weiß der Himmel, über welche Kanäle. Sie können sich vorstellen, was dann geschah: man forderte nicht Ihre Entlassung, aber mein Vorschlag, Ihnen den Korrespondentenposten in Peking zu geben, wurde abgelehnt."
„Sie befürworteten —?"
„Ja. Eine abstrakte Überzeugung kann nur durch die konkrete Wirklichkeit korrigiert werden. Sie wären der richtige Mann für China gewesen."
„In der Zwischenzeit hat sich viel verändert. Auch mein Denken."
„Es muß nicht leicht für Sie gewesen sein. Ich kenne das." Stettner senkte die Stimme. „Ich kenne das", wiederholte er.
Grewe schob den Aschenbecher näher zu sich heran. Zwischen den Silberpapierkugeln stieg ein grauer Rauchfaden steil empor, der, als der Funken erlosch, langsam zerfaserte.
„Ich war einmal in einer ähnlichen Lage." Die Pfefferminzbonbonrolle knisterte. „Das überrascht Sie, nicht wahr? Es ist zwar kein Geheimnis, aber ich bitte Sie trotzdem um Vertraulichkeit: Als Student war ich KP-Mitglied. Gleich nach dem Krieg, als wir von einem neuen Anfang träumten. Mein Engagement war kurz, aber heftig. Stalin sorgte für das rasche Ende. Geblieben ist freilich mehr, als für diesen Posten hier gut ist. Wer einmal die Klassenanalyse studiert hat, wird immer wieder auf sie zurückgreifen. Glauben Sie mir, ich weiß, in welchem Staat wir leben."
Stettners Kiefer mahlten heftig.
„In gewisser Hinsicht habe ich es sogar schwerer als

Sie. Ich muß doppelt gegen den Strich denken: zuerst gegen die bürgerliche Sicht der Dinge, dann gegen die marxistische Interpretation, um wieder zur Linie dieses Blattes zurückzufinden. Schizophrener geht es nicht."

Ein Gefühl wie Scham bemächtigte sich Grewes. Eisberge, dachte er, alle sind Eisberge. Wie leichtfertig fällen wir Urteile, wie gedankenlos produzieren wir Mißverständnisse, aus denen unumstößliche Fakten werden.

,,Ich kenne also Ihr Dilemma", sagte Stettner. ,,Zumindest was das Denken in bürgerlicher Umgebung betrifft. Aber was hat es nun mit dieser Erpressung auf sich?"

Grewe, noch immer verwirrt, zündete sich erneut eine Zigarette an. Allmählich gelang es ihm, Ordnung in seine Gedanken zu bringen. Er berichtete von Bressers Drohungen, dem angedeuteten Coup, nannte Personen, die Bresser möglicherweise in die Affäre hineingezogen hatte.

,,Die Sache scheint ernst zu sein, in der Tat." Stettner demonstrierte Entschlossenheit. Er beugte den Oberkörper weit über den Schreibtisch und griff zum Telefonhörer. ,,Wir werden das Innenministerium informieren."

Wie abgestorbene Finger ragten die Pappeln in das Dunkelgrau des Nachmittags. Es regnete. Schubkarren hatten tiefe Furchen in die Kieswege gerissen. In den Rinnen, deren Ränder gefroren waren, stand schmutzig-gelbes Wasser. Über allem lag süßlicher Modergeruch, der quadratischen Holzverschlägen entströmte, in denen sich Kränze und Blumen türmten. Auf verwaschenen Schleifen wurden letzte Grüße entboten, Signale der Trauer, gesendet über den obersten Bretterrand.

,,Wir warten eines neuen Himmels und einer neuen Erde nach seiner Verheißung, in welchen Gerechtigkeit wohnt —" Fast zornig klang die Stimme des Priesters, der, hinter dem dichten Gezweig einer Hecke nur schemenhaft zu erkennen, mit der rechten Hand das Kreuz schlug.

Mit schwerem Flügelschlag stiegen zwei Krähen auf, zogen einen Halbkreis und ließen sich wieder auf einer der Pappeln nieder. Der Wind hatte sich verstärkt. Wie Geisterschiffe tauchten Wolken aus dem uferlosen Grau, ballten sich zu schwarzen Kolossen, die über Dächer und Bäume trieben.

Einer der beiden Ministranten, ein etwa vierzehnjähriger Junge mit pickligem Gesicht, kämpfte verzweifelt mit seinem Chorrock, der sich blähte wie ein Petticoat. Während er mit der Linken das Gewand zu zähmen versuchte, umklammerte er mit der Rechten einen Regenschirm, unter dem der Priester die Zeremonien verrichtete.

Der andere Ministrant war nicht minder beschäftigt.

Ängstlich und unbeholfen, als handele es sich um eine Vase aus feinstem Chinaporzellan, die ihm für einen Augenblick in Obhut gegeben worden sei, hielt er das mannshohe Kreuz umschlungen. Jetzt balancierte er es vor die Brust, bis es in schrägem Winkel an der Schulter lehnte. Vorsichtig breitete er die Arme aus und ließ sich langsam, das Kreuz als Stützpfeiler benutzend, in die Hocke. Mit dem Weihrauchfaß in der einen und dem Kessel mit dem Weihwasser in der anderen Hand gemahnte er an die allegorische Darstellung der Justitia. Als er die Kultgefäße sicher auf dem Boden abgesetzt hatte, beugte er sich über das Faß. Offensichtlich drohte der Regen die glimmenden Harze zu ersticken. Der Ministrant hantierte so lange an dem Behälter, bis ein kleiner Deckel, der sich in den Ketten verfangen hatte, scheppernd auf die Öffnung fiel. Erleichtert richtete er sich auf und schwenkte das Faß durch die Luft. Aus den Löchern des Deckels quoll der Rauch wie künstlicher Nebel. Kurz darauf reichte der Junge dem anderen Ministranten den Weihwasserkessel. Seine jetzt frei gewordene Rechte umklammerte das Kreuz.

Bresser, der in der Hecke eine schmale Lücke gefunden hatte, stand am Rand der Trauergemeinde und verfolgte aufmerksam jede Bewegung. Das Hantieren des Ministranten mit dem Weihrauchfaß hatte ihn an seine erste Fahrradtour erinnert. In jenen Sommerferien war er mit einem Freund zum Zelten an die See gefahren. Wie Robinson waren sie sich vorgekommen, wenn abends der Spirituskocher bläuliche Flammen spuckte und das Wasser im Kes-

sel gurgelte — über allem die Unendlichkeit des gestirnten Himmels und der Pulsschlag des funkelnden Meeres.
„Wir übergeben den Leib der Erde. Christus, der von den Toten auferstanden ist, wird auch unseren Bruder zum Leben erwecken —" Der Priester tauchte den Weihwasserpinsel in den Kessel und besprengte den Sarg.
Eine Frau schluchzte.
Bresser spürte, wie sich die Tropfen auf der Stirn sammelten, sich vereinigten, hinabrannen über Nase und Wangen und langsam in den Bart sickerten. Er schlug den Kragen der Jacke hoch und wischte sich über den Mund. Die Lippen schmeckten nach Salz.
„Dein Leib war Gottes Tempel. Der Herr schenke dir ewige Freude —"
Wie die Masten ferner Segelboote tanzten die Pappeln im Wind. In den Ohren schwoll das Rauschen des Regens zu einem betäubenden Crescendo.
„Von der Erde bist du genommen, und zur Erde kehrst du zurück. Der Herr wird dich auferwecken."
Die Bilder erloschen, die Ohren waren taub. Unter Bressers Kinn quoll ein dicker Wassertropfen aus dem Bart, verharrte zitternd auf dem Adamsapfel, bis er aufplatzte und als Rinnsal den Hals hinabstürzte.
„Sie, Herr Dressler —? Kommen Sie rasch, Sie werden sich erkälten."
Bresser wandte den Blick von den Pappeln. Die Trauergemeinde hatte sich aufgelöst. Vor ihm stand Starke, flankiert von den Ministranten. Der Junge mit dem Pickelgesicht hielt fröstelnd den Schirm.

„Lauft zurück und trocknet euch gut ab. Frau Jakobs soll euch Tee machen." Die Jungen rafften die Chorgewänder und rannten über den Kiesweg. Bald waren sie hinter der Hecke verschwunden. Nur das Kreuz ragte herüber, auf- und abschwankend wie eine Boje im Sturm. Man hörte das Scheppern der Kultgefäße. Süßer Geruch von Weihrauch und Moder blieb zurück.

„Kommen Sie, es gibt gemütlichere Orte." Starke rückte mit dem Schirm an Bresser heran.

„Wer war der Tote?"

„Ein junger Mann. Neunzehn Jahre. Mit dem Motorrad gegen den Baum gefahren. Wahrscheinlich Selbstmord. Er galt in seinem Club als einer der besten Fahrer. Offiziell war es ein Unfall."

„Sonst hätten Sie ihn nicht bestatten dürfen, nicht wahr?"

„Im Prinzip nicht."

Ein Strauß verwelkter Nelken lag auf dem Weg. Bresser bückte sich und warf ihn in den Holzverschlag.

„Prinzipien —", murmelte Starke.

„Ich glaube nicht, daß wir ohne sie leben können. Gleichgültig, ob sie berechtigt oder sinnlos sind — sie sind unser Korsett." Bresser eilte zurück unter den Schirm.

„Ein Korsett kann ein Gefängnis sein."

„Sind Sie gefangen?"

„Sie nicht?" Starkes Frage klang wie eine Feststellung.

Mit nach vorn gebeugten Oberkörpern, die Köpfe

eingezogen zwischen den Schultern, schritten sie im Windschatten der Friedhofsmauer entlang.
,,Ich verstehe nichts von Religion", sagte Bresser. ,,Schon als Kind zweifelte ich an der Allmacht Gottes. Ich fragte mich damals, ob Gott wohl so mächtig sei, einen Stein zu erschaffen, den selbst er nicht heben könne. Beide Möglichkeiten schlossen die Allmacht aus. Kindliche Dialektik, gewiß, jetzt würde ich den Stein durch das Böse ersetzen — die Mächte der Finsternis, so heißt es wohl. Warum kann Ihr Gott sie nicht besiegen?"
,,Die Frage hat schon Marx beantwortet: ,Die Religion ist der Seufzer der bedrängten Kreatur, das Gemüt einer herzlosen Welt, wie sie der Geist geistloser Zustände ist.' Das Spiegelbild des irdischen Jammertals, gegen das wir Opium verabreichen."
,,Das sagen Sie —?"
,,Ich halte Opium für legitim, weil ich im Gegensatz zu Marx von der Ewigkeit dieses Jammertals überzeugt bin — und von seiner Notwendigkeit. Oder könnten Sie das Paradies ertragen?"
Bresser lachte kurz auf. ,,Ich habe noch nicht darüber nachgedacht."
,,Aber Sie wollen es doch erkämpfen. Eine Welt ohne Waffen, ohne Haß und Lüge, ohne Hunger, Schmutz und Elend —"
,,Ich nehme an, das ist auch Ihr Ziel."
,,In der Tat. Aber ich glaube nicht, daß es erreichbar ist — weder hier noch im Jenseits."
,,Woher nehmen Sie dann die Kraft für den täglichen Kampf?"
,,Ich sagte Ihnen schon, daß mir nur die Hoffnung

bleibt, die Hoffnung auf die Gnade des Glaubens. Ich lebe sozusagen auf Vorschuß."

„Demütige Gebete — in dieser Welt recht dürftige Waffen, finden Sie nicht?"

„Nicht dürftiger als Ihre Waffen", sagte Starke. „Sie vertrauen auf die Gesetzmäßigkeit der Geschichte. Eine vergebliche Hoffnung, wie mir scheint. Die Geschichte kennt noch nicht einmal die Gnade."

Sie hatten das Pfarrhaus, ein graues zweigeschossiges Gebäude, erreicht und stiegen die kleine Freitreppe hinauf. Starke wandte sich auf der letzten Stufe um, bat Bresser, das Meßbuch zu halten, und schüttelte das Wasser vom Schirm.

„Wohnen Sie hier auch?"

„Oben. Unten sind die Büroräume und ein kleiner Gemeindesaal, auch unsere Bibliothek, die ich Ihnen nachher zeigen werde. Ich nehme an, daß Sie deswegen gekommen sind."

Starke öffnete die Tür.

„Die Lage ist optimal. Fast auf halbem Weg zwischen Kirche und Friedhof. Sie möchten sicher auch einen Tee?" Ohne eine Antwort abzuwarten, trat er in einen der vom Flur abzweigenden Räume. Eine lange Neonröhre an der Decke tauchte das Zimmer in bläuliches Licht. Aktenschränke, Ordner, Schreibtische, auf dem Boden liegende Bücher, Zeitschriften auf dem Fensterbrett, in der Ecke eine Kaffeemaschine. Bresser fühlte sich an ein Parteibüro erinnert. Nur die Embleme waren ihm fremd: statt der Fahne ein überdimensionales Kreuz, statt

des Marx-Porträts ein Bild des Papstes im Goldrahmen.
„Frau Jakobs!" Starke trat auf den Flur. „Frau Jakobs!" Schließlich kehrte er achselzuckend zurück. „Die Sekretärin ist verschwunden. Sicherlich kommt sie gleich wieder. Sie ist sehr zuverlässig. Vorerst müssen wir uns also allein behelfen. Machen Sie es sich gemütlich, Herr Dressler."
Bresser, der die Pelzkappe auf einen Stuhl gelegt hatte, zog die Jacke aus und beobachtete fasziniert, wie sich der Priester in einen Bürger verwandelte: Starke hatte sich seines schwarzen Rauchmantels entledigt, zog die Schleife eines kordelartigen Gürtels auf, der die Albe umschlang, und streifte das mit Spitzen umsäumte weiße Chorgewand über den Kopf. Zum Vorschein kam ein dunkelgrauer Straßenanzug. Sorgfältig hängte er die abgelegten Gewänder auf zwei Bügel. Dann öffnete er einen Schrank und blickte in den an der Innentür befestigten Spiegel. Offensichtlich war er mit seiner Verwandlung zufrieden.
Als Starke, mit einem kaum hörbaren Überraschungspfiff die Vorkehrungen seiner Sekretärin würdigend, die Kanne von der Heizplatte heben wollte, stöhnte Bresser plötzlich auf. Der Zigarettendrehapparat glitt ihm aus den Händen und fiel zu Boden. Tabakfäden verfingen sich wie Seetang im Ärmel seines Pullovers.
„Um Himmels willen, was ist Ihnen?"
Bresser preßte die Fäuste in den Magen.
„Brauchen Sie einen Arzt?"
„Es ist gleich vorüber." Bresser öffnete ein blaues

Röhrchen. ,,Ich habe die Tabletten zu spät genommen. Können Sie mir etwas zu trinken geben?"
Mit gespitzten Lippen schlürfte er den Tee. Allmählich entspannte sich sein Gesicht. ,,Es geht schon wieder", sagte er. ,,Hier bei Ihnen brauche ich wenigstens nicht um meine Seele zu bangen." Das Zucken der Wangen schien offenbar der Versuch eines Lächelns zu sein.
,,Haben Sie das öfter? Mit dem Magen ist nicht zu spaßen. Sie sollten schleunigst das Rauchen aufgeben."
,,Ich weiß", sagte Bresser. ,,Aber ich bin zu schwach. Und das ewige Leben strebe ich nicht an."
,,Sie haben doch eine Mission."
,,Mission?" Bresser stutzte einen Augenblick. ,,Ja, natürlich — eine Mission. Als schwaches Glied in einer langen Kette."
Beide verstummten und lauschten dem Wind, der schwere Tropfen gegen das Fenster peitschte.
Bresser steckte das Tablettenröhrchen in die Hosentasche. Dann zupfte er akribisch die Tabakfäden vom Ärmel des Pullovers — mehr eine therapeutische Tätigkeit, denn der krampfartige Schmerz war einem Druck gewichen, der sich durch die Bewegung des Armes verringerte. Auch der Tee, den Starke nachschenkte, tat seine Wirkung.
,,Gab es für Sie eigentlich einen besonderen Grund, auf den Friedhof zu kommen? Sie hätten doch auch hier auf mich warten können."
,,Einen Grund? Ich weiß nicht. Vielleicht war es das Memento mori. Ich hatte fast vergessen, daß es Friedhöfe gibt. Als mir der Kaplan am Telefon sagte,

daß Sie eine Beerdigung hätten, nahm ich die Gelegenheit wahr, und ich muß gestehen, daß Sie mich sehr beeindruckt haben."
„Das will ich hoffen. Im Seelenleben kennt sich die Kirche schließlich aus, besonders unsere. Ausgefeilte Riten, seit Jahrhunderten bewährt. Der Alp der Geschichte, von dem Marx sprach, hat eben auch seine Vorteile. Die wiedererwachte Religiosität der Jugend kommt nicht von ungefähr."
„Ich führe das eher auf unsere Fehler zurück." Bresser fuhr mit der Zunge über das Zigarettenpapier, rollte es dann in den Fingern und spie die Tabakkrümel aus. „In den zwanziger Jahren gab es noch so etwas wie einen proletarischen Stallgeruch. Arbeitersportvereine, Laubenkolonien, Gesangsgruppen — diese Tradition wurde gekappt, ersatzlos. Mit den Hirnen allein läßt sich nichts verändern."
„Nur mit den Herzen auch nicht. So haben wir also beide unsere Probleme. Ein Katholizismus mit sozialistischem Inhalt oder ein Sozialismus mit katholischem Ritus — wäre das keine Lösung? Aber lassen wir unsere Träume. Kommen Sie, ich zeige Ihnen die Bibliothek."
Auf der anderen Seite des Flurs, neben einer nach oben führenden Steintreppe, die im Halbdunkel endete, blieb Starke stehen.
„Pfarrbibliothek" stand in schwarzen Frakturbuchstaben auf einem an der Tür befestigten Schild. „Geöffnet: Täglich 16—20 Uhr. Außer Mi, Sa, So."
Starke steckte den Schlüssel in das Schloß. Zu seiner Verwunderung war die Tür jedoch offen. Das Licht

brannte. Hinter einem der bis an die Decke reichenden Bücherregale räusperte sich jemand.

„Frau Jakobs —?"

Ein Buch wurde zusammengeklappt und zurück ins Regal gesteckt. Schritte waren zu hören. Auf dem dicken Teppichboden klangen sie wie rhythmisches Fauchen.

„Du — Achim?"

„Endlich. Die Sekretärin sagte, es würde nicht lange dauern. Ich warte schon eine Ewigkeit."

„Ist Frau Jakobs gegangen?"

„Sie hat die Ministranten nach Hause gefahren. Es kostete sie einige Überwindung, mich hier allein zu lassen." Noch ehe er die gebeugte Gestalt im Türrahmen sah, wußte Grewe, daß er zu spät gekommen war. Die strenge Würze des Tabaks schloß jeden Zweifel aus.

„Schon Dienstschluß, Jo?" Auch Bresser schien diese Begegnung nicht erwartet zu haben. In einer Streichholzschachtel, die er in Brusthöhe vor sich her trug, streifte er die Zigarettenasche ab. Sein Gesicht verzog sich zu einem Grinsen. „Sie haben anscheinend Hochkonjunktur, Herr Pfarrer."

Grewe versuchte, Starke ein Blicksignal zu senden, doch dieser mißdeutete es. „Zwei Atheisten in der Opiumhöhle", sagte er lächelnd. „Seid auf der Hut."

„Opium?"

„Das Marx-Zitat. Ich sagte vorhin Herrn Dressler, daß ich diese Art Rauschmittel für legitim und notwendig halte."

Starke rückte drei verblichene Sessel an den Tisch,

der direkt unter dem Fenster stand. Draußen war es dunkel. An den Scheiben rannen unablässig Tropfen herab.

„Bist du schon lange hier, Jean?"

„Ich war auf dem Friedhof. Ich habe nicht gewußt, daß Beerdigungen so eindrucksvoll sind." Bresser leerte die Streichholzschachtel in einem Aschenbecher aus blauem Glas.

„Der junge Mann, der sich zu Tode gefahren hat? Die Sekretärin machte so geheimnisvolle Andeutungen."

„Ja. Offensichtlich Selbstmord", sagte Starke. „Natürlich dürfen wir das nicht laut sagen."

„Ich verstehe diese Diskriminierung nicht." Grewe zündete sich ebenfalls eine Zigarette an. „Selbst im Christentum galt Selbstmord nicht immer als Verbrechen. Im Mittelalter gab es die Sekte der Katharer, die im Selbstmord sogar die höchste Stufe der Vollkommenheit sah. Ihre Lehre war von imponierender Konsequenz: das materielle Universum ist das Werk eines bösen Gottes, nur die Seelen sind von einem guten Gott geschaffen worden. Daraus folgt, daß alles, was nach Fortpflanzung strebt, verdammenswert ist, besonders die Ehe. Vielleicht liegt hier die Wurzel eures Zölibats? Die Katharer forderten Abstinenz und uneingeschränkte Enthaltsamkeit."

„Ihre Lehre wurde im 12. Jahrhundert verurteilt. Sie selbst fielen der Inquisition zum Opfer — wie die Albigenser und die Waldenser. Zweifellos ein finsteres Kapitel der Kirchengeschichte. Aber

Selbstmord als Programm? Das kann nicht dein Ernst sein."

„Natürlich nicht", sagte Grewe. „Aber die Diskriminierung ist eine Beleidigung des Menschen. Nicht jeder kann oder will sich mit Opium betäuben — oder mit politischen Dogmen."

„Ich wußte doch gleich, daß der Schuß mir gelten sollte." Bressers Wangen verschoben sich zu einem Lächeln. „Mein Standpunkt ist aber weniger doktrinär als du vermutest, Jo. Weder bejahe ich den Selbstmord, noch lehne ich ihn ab. Es kommt auf die Umstände an: er kann ein Akt des Heroismus sein, aber auch ein Akt der Feigheit."

„Nicht auch das Resultat nüchterner Erkenntnis? Dem kann natürlich keiner von euch zustimmen. Der Ideologieschleier läßt euch nicht den Abgrund erkennen, vor dem auch ihr steht. An diesem Schleier wird seit Jahrhunderten gewoben, aber vielleicht hatten doch die Thraker recht. Sie trugen ihre Toten unter Liedern und Fröhlichkeit zu Grabe, beklagten aber die Neugeborenen, weil ihnen das Leben noch bevorsteht."

„Dein Nihilismus nimmt allmählich erschreckende Formen an, Achim."

Bresser nickte.

„Nihilismus? Ich wehre mich nur dagegen, dem Leben einen anderen Sinn zu geben, als es hat. Das Elend der Welt kommt von den Weltverbesserern. Erlösung, historischer Fortschritt — das sind doch Vertröstungen, Alibis für die menschliche Existenz. Gewiß: das Rad der Geschichte dreht sich. Es dreht sich pausenlos — aber im Leerlauf. Wir drei zum

Beispiel, wir gehören zur mittleren Generation, wir stehen, wie es so schön heißt, mitten im Leben. Doch was sind wir? In Wahrheit drei ausgebrannte Männer, die längst Bescheid wissen. Aber wir belügen uns weiter — aus Feigheit, Angst oder Verzweiflung."

Grewe, verwundert über die Bitterkeit, die über ihn gekommen war, blickte aus dem Fenster. Hinter der Scheibe flossen die Tropfen noch immer zu kleinen Sturzbächen zusammen. Wieder war ihm, wie schon in der Redaktion, als sei er aus sich herausgetreten und beobachte seinen Körper — die Hand, die die Zigarette hielt, den zur Seite geneigten Kopf, die sich öffnenden Lippen. ,,Würden wir zugeben, daß es keine Berechtigung für unsere Existenz gibt — so wie es nichts gibt, was gegen sie spricht —, vielleicht könnten wir dann wirklich leben."

Ehe Bresser zum Widerspruch ansetzen konnte, wurde die Tür geöffnet. Die Sekretärin blieb auf der Schwelle stehen. ,,Der Kaplan hat angerufen. Er hat die Trauerbesuche erledigt und läßt fragen, ob er noch einmal hereinkommen soll. Sonst würde er sich hinlegen. Er ist erkältet."

,,Er soll zu Hause bleiben. Sie können auch gehen, Frau Jakobs. Die restliche Post erledigen wir morgen."

Die Sekretärin verharrte an der Tür und warf Grewe einen strengen Blick zu. ,,Haben Sie dem Herrn Pfarrer den Katechismus zurückgegeben?"

,,Gut, daß Sie mich daran erinnern." Grewe, der den Vorwand seines Besuchs längst vergessen hatte, zog das Buch aus der Jackentasche.

„Bis morgen, Frau Jakobs." Mit einer devot anmutenden Handbewegung geleitete Starke die Sekretärin hinaus. „Es war nett, daß Sie die Jungen nach Hause gebracht haben."

„Auf Wiedersehen, Herr Pfarrer, und —" Ihre Worte erstarben hinter der Tür, die Starke mit einem Seufzer der Erleichterung geschlossen hatte. „Sie ist eine treue Seele, aber manchmal geht sie mir auf die Nerven. Sie glaubt, sie müsse mich wie eine Mutter beschützen."

„Vielleicht hat ihr Instinkt recht." Während Grewe den Katechismus mit den Goldbuchstaben auf den Tisch legte, blickte Bresser kurz auf. In seinem Bartgefieder zuckte es.

„Kommen Sie, Herr Dressler. Ich zeige Ihnen jetzt die Bibliothek."

Bresser und Starke verschwanden hinter einem Regal.

„Sie sehen selbst, in welchem Zustand sie sich befindet. Zunächst müßte man alle Bücher neu katalogisieren."

Grewe blieb am Fenster sitzen. Ob sein Haus schon überwacht wurde? Auch Stettner hatte vom Innenministerium nichts Konkretes erfahren können. „Sie wollen das Nötige veranlassen", hatte er nur gesagt. Aber was war „das Nötige"? Sicherlich das Telefon. Vielleicht hatten sie eine Fangschaltung gelegt. Und wenn Bresser von einer Zelle aus anrief? Nein, sie mußten ja *ihn* informieren, also mußte er zu Hause erreichbar sein. Hatte er am Nachmittag schon einen Anruf erhalten?

„Sogar den fünften Band —", hörte er Bresser sagen.
„Ja, Mao ist komplett. Auch Schriften von Marx, Engels und Lenin haben wir. Sogar die Traktate gegen die Religion. Sie sehen, wir fürchten uns nicht. Zuerst hatte ich große Schwierigkeiten mit dem Dekan. Aber ich konnte ihn schließlich davon überzeugen, daß es besser sei, aus der Defensive herauszukommen und die Auseinandersetzung zu suchen. Leider hat der Dekan recht behalten. Das Diskutieren war nur eine Modeerscheinung. Seit fünf Jahren hat kaum jemand diese Bücher ausgeliehen. Herz und nicht Hirn ist heute gefragt. Wir sprachen ja schon davon. Der Marxismus hat seine Faszination verloren. Aber die Probleme sind geblieben."
Die Stimmen hinter den Bücherwänden verloren ihre Sprache, sie lösten sich auf zu einem konturenlosen Murmeln, woben sich ein in das Rauschen des Windes, der gegen die Scheibe drückte. Grewe saß starr in dem Sessel, den Blick auf den blauen Faden gerichtet, der senkrecht aus der Zigarette stieg, und war unfähig, die Asche abzustreifen, die lautlos wie Schnee auf den Tisch fiel.
Allmählich schwoll das Murmeln wieder an, Wortfetzen gerannen zu Sätzen. Grewe löste sich aus der Lähmung der Gefühle.
„Ich werde es mir überlegen", sagte Bresser.
„Sie sind jederzeit willkommen, wie auch immer Ihre Entscheidung ausfallen mag."
Als Starke direkt vor ihm stand, Bresser, der noch einmal die vorderste Buchreihe musterte, den Rücken

kehrend, war Grewe versucht, ihm wenigstens jetzt ein Zeichen zu geben. Er hätte ihm mit einem Blick oder einer kurzen Handbewegung Alarm signalisieren können, doch er fühlte sich dazu nicht imstande. Statt dessen erwiderte er Starkes Lächeln, das eine ihm rätselhafte Genugtuung auszudrücken schien, so als habe er einen Sieg errungen.

„Nimmst du mich mit, Jo? Du bist doch sicher mit dem Wagen hier?"

„Ja."

Grewe erhob sich.

„Ich werde mich wieder bei dir melden", sagte er tonlos und reichte Starke die Hand. „Komm, Jean. Irene wird schon mit dem Essen warten."

Sie zogen Jacke und Mantel an, die die Sekretärin an die Garderobe auf dem Flur gehängt hatte, und gingen hinaus. Starke blieb in der von einer weißen Kugellampe erleuchteten Tür stehen. Dann wandte er sich um. Wenig später erlosch das Licht in der Bibliothek.

Noch immer wehte ein heftiger Wind, doch wie in den vergangenen Tagen hatte es plötzlich gefroren. Der Himmel war fast wolkenlos. Die Pfützen waren überzogen mit einem dünnen Eisfilm.

Grewe hatte das Auto auf dem Parkplatz hinter dem Pfarrhaus abgestellt. Der Lack des Daches blitzte im Schein einer Laterne auf, die in rhythmischem Quietschen hin- und herschwankte.

„Was wolltest du hier?" fragte Grewe, als sie das Tor passierten und in die Straße einbogen.

„Die Bibliothek sehen." Bresser vergrub fröstelnd die Hände in den Taschen.

„Du erwartest doch nicht, daß ich das glaube?"
„Und du wolltest nur den Katechismus abgeben?"
Grewe schwieg. Er nahm den Fuß vom Gaspedal.
Die Fahrbahn war blank wie ein Spiegel.
„Ilona war heute bei mir."
„Ilona?"
„Sie besuchte mich in der Redaktion."
„Was wollte sie?"
„Dich bitten aufzugeben."
Bresser lachte höhnisch auf.
„Sie sagte, du hast keine Chance. Ich soll dir mitteilen, daß sie zu dir hält, was auch geschehen wird."
Bresser starrte schweigend durch die Frontscheibe. Auf dem Pflaster spiegelten sich die Rücklichter eines Streuwagens. Sie sahen aus wie der Abgasstrahl startender Raketen.
„Ich wußte nicht, daß du so krank bist." Der Streuwagen bog ab. „Sie gab mir Medikamente für dich mit."
„Gute Ilona —"
Als sie sich dem Labyrinth der Reihenhaussiedlung näherten, tauchte vor ihnen ein Polizeiwagen auf. Das Auto tastete sich langsam durch das Straßengeflecht, an jeder Kreuzung unschlüssig verharrend, als bewege es sich in Feindesland.
Nein, dachte Grewe, nein, das können sie nicht sein. So etwas machen sie nicht. Nicht auf so plumpe Art. Schließlich haben sie doch Erfahrung, und er hatte sie ausführlich informiert über die delikate Lage, in der er sich mit seiner Familie befand. Er umklammerte das Steuerrad. Anderseits — vielleicht ein Observierungskommando? Oder hatten

sie gar die Gruppe schon ausgehoben, bereiteten jetzt nur den Schlußakt vor? Seine Hände wurden feucht. Er blickte zur Seite. Bresser hatte die Knie angezogen und den Oberkörper nach vorn gebeugt. Grewe trat auf die Bremse. Im Scheinwerferlicht sahen sie einen Mann über die Straße torkeln. Sein Mantel war weit geöffnet, der Gürtel, in nur noch einer Schlaufe hängend, streifte das Pflaster. Gegen die Stirn hatte der Mann ein Tuch gepreßt. Die andere Hand war im Ärmel verschwunden, der grotesk herabbaumelte. Die Türen des Polizeiwagens öffneten sich. Zwei Beamte sprangen heraus und stürzten auf den Mann zu. Widerstandslos ließ er sich festnehmen.
„Ein Betrunkener", sagte Grewe, als sie langsam vorbeifuhren. „Wahrscheinlich gab es wieder eine Schlägerei in der Kneipe. Sie muß hier in der Nähe sein." Erleichtert lehnte er sich im Polster zurück.
Das Tor zur Tiefgarage war offen. Bereits auf der Straße konnte man den von unten heraufdringenden Lichtschein sehen, einen breiten Streifen, der wie Nebel aus den Betonblöcken quoll. Grewe kurvte um die Stützpfeiler und stellte den Wagen auf einem der numerierten Karrees ab.
„Ich hoffe, du hast keine Dummheiten gemacht, Jo", sagte Bresser, als sie zum Eingang zurückgingen. Es stank nach Öl und Benzin. „Ich habe dich gewarnt."
Grewe schloß das Tor.

Vierter Teil

1

Die langgestreckten Gebäude waren kaum zu erkennen. Hinter einigen Fenstern brannte zwar Licht, doch die hellen Flecke wurden aufgesogen vom Nebel, der alles mit konturenlosen Schwaden überzog.
Es war kurz vor neun Uhr.
Vor dem Gittertor standen mehrere Wagen, eingehüllt in Auspuffqualm. Der Fahrer des direkt vor dem Eingang haltenden Autos hatte die linke Scheibe heruntergekurbelt und schimpfte, die anderen Fahrer hupten.
,,Was ist los?"
,,Verschärfte Sicherheitskontrolle."
Trotz des Nebels konnte er sehen, wie sich das Gesicht hinter dem dicken Glas zu einem Grinsen verzog. Der Pförtner drehte sich um. ,,Geh raus und sag ihnen, daß sie ihre Hausausweise hier vorlegen sollen." Sein Kollege setzte die graue Dienstmütze auf und entriegelte die Tür.
,,Selbst der Intendant mußte sich bequemen und bei uns antanzen", schmunzelte der Pförtner. ,,Diese Herrschaften werden sich auch noch daran gewöhnen."

„Was ist denn passiert?"
„Gleich."
Der Pförtner zog das unter der Scheibe angebrachte Rolltablett zu sich heran und prüfte die darauf liegenden Ausweise. Er beugte sich über eine Liste, verglich die Nummern, hakte sie ab und trug die Uhrzeit ein. Die Wagen konnten passieren. Dann ließ er mit einem Knopfdruck das Gittertor wieder über die Fahrbahn rollen.
„Terroristenalarm. Näheres weiß ich auch nicht."
Sein Gesicht war vor Diensteifer gerötet. Die Abwechslung tat ihm sichtlich wohl.
„Dann werden Sie bei mir keine Ausnahme machen dürfen." Er legte den Ausweis auf das metallene Tablett.
„Tut mir leid." Der Pförtner hob die Schultern. „Ich darf Sie auch nicht mehr durchlassen. Freie Mitarbeiter müssen hier warten. Ruf in E 4 an. Jemand soll Herrn Grewe abholen", sagte er zu seinem Kollegen. „Vielleicht kommt Manstein selbst." Er schob den Ausweis zurück.
Grewe kannte den Pförtner seit fast neun Jahren. Damals, als ihn Manstein zu der Diskussionssendung eingeladen hatte, war er mit der S-Bahn gekommen und hatte den restlichen Weg zu Fuß zurückgelegt. Er war zu stolz gewesen, sich auf Kosten des Senders ein Taxi zu nehmen. Dem Pförtner hatte diese Demonstration selbstbewußter Bescheidenheit offensichtlich imponiert, denn als Grewe ihm mitteilte, weshalb er da sei, hatte jener die Scheibe des Kontrollhäuschens geöffnet und ihm zugeflüstert: „Zeigen Sie es denen. Sagen Sie die Wahrheit über

China!" Ein Gefühl der Klassenbrüderschaft hatte sich damals seiner bemächtigt, die Gebäude hinter dem Tor waren ihm erschienen wie die Zitadellen des Feindes, die es zu erobern gelte. Doch als er dann im Studio saß, in dem festgeschraubten Sessel aus gelbem Knautschleder, hatte er an die Redaktion gedacht, an seine heimliche ,,Custos"-Rolle und an Bressers Mahnung, sich, solange es gehe, als Wolf im Schafspelz zu geben. Natürlich hatte er keinen Verrat geübt an seiner Mission, doch er war nicht so deutlich geworden, wie er es eigentlich vorgehabt hatte. Auch der Pförtner war enttäuscht gewesen, wenn er sich auch Mühe gab, es sich nicht anmerken zu lassen, und Grewe bei dessen erneutem Besuch, diesmal zu seiner ersten Moderation, mit den Worten begrüßt hatte: ,,Sie haben sich damals wacker geschlagen. Lassen Sie sich nur nicht einschüchtern." Diese Aufmunterung war freilich vergebens gewesen, denn Grewe, aller weltrevolutionären Illusionen ledig, hatte bald den Kampf um die Zitadellen aufgegeben. Der Pförtner blieb ihm dennoch gewogen — derlei Wandlungen schienen ihm vertraut zu sein. Vielleicht, so dachte Grewe beschämt, war es auch ein Funken Hoffnung, der sich in Freundlichkeit kleidete. Seitdem jedenfalls, was auch immer die Motive sein mochten, weihte der Pförtner ihn, wenn er den Wagen auf dem Besucherparkplatz abgestellt hatte, und, die schwarze Aktenmappe unter dem Arm, am Kontrollhaus stehenblieb, jeden zweiten Freitag in den neuesten Anstalts-Klatsch ein, so daß er besser als mancher Angestellte Bescheid wußte über das Gerangel auf allen Stufen der Hierarchie

und Manstein mit vagen Andeutungen des öfteren in Verwirrung stürzen konnte.
Heute indes siegte der Diensteifer über die Mitteilsamkeit.

,,Ich muß Sie bitten, dort drüben Platz zu nehmen, Herr Grewe", sagte der Pförtner und fügte, als wolle er für die Grenzen der Vertraulichkeit um Verständnis werben, hinzu: ,,Tut mir leid — Anordnung von oben."

Grewe schritt durch das Fußgängertor und überquerte die Straße, auf deren anderer Seite, im Nebel nur schwach zu erkennen, ein kleiner Flachbau stand. Hier hatte ihn Manstein zum erstenmal begrüßt und mit bewegter Gestik in die Kantine geführt. Er erinnerte sich, wie aufgeregt er damals gewesen war, aufgeregt und kampfbereit. Jetzt war er nur nervös. Als er eintrat, stellte er überrascht fest, daß er nicht allein war. Auf einem der an der Rückwand des Raumes wie in einem Wartezimmer aneinandergereihten Plastikstühle saß ein Mann, vertieft in eine Zeitung. Mürrisch legte er die Lektüre beiseite und erhob sich.

,,Zu wem wollen Sie?"

Grewe reichte ihm Ausweis und Besucherschein. Der Mann warf einen flüchtigen Blick auf die Papiere.

,,Öffnen Sie bitte Ihre Tasche."
,,Wozu dieser Aufwand?"
,,Was weiß ich. Die spielen wieder einmal verrückt."
Grewe legte den ,,Stechlin" und den Schnellhefter mit dem Moderationsmanuskript auf einen Stuhl

und hielt dem Mann die geöffnete Tasche hin, die dieser gelangweilt musterte.
Der Warteraum war nicht geheizt. Der Mann hauchte gegen die Fensterscheibe, rieb sich mit der Faust einen tellergroßen Ausblick frei und sah hinaus. Über dem Kragen seines Mantels schimmerte das Nackenfleisch. Grewe schloß die Aktenmappe und setzte sich.
„Wollen Sie eine Zigarette?"
Der Mann drehte sich um. Erst jetzt bemerkte Grewe, daß er nur eine Hand hatte. Aus dem linken Ärmel baumelte eine mit schwarzem Leder überzogene Prothese. Sie sah aus wie eine klobige Puppe.
„Danke."
Die Gasflamme warf groteske Schatten an die Wand.
„Terroristen, nicht wahr?"
„Was weiß ich. Irgendwelche Spinner. Hier machen sie sich gleich in die Hosen."
Die fingerlose Prothese fuhr durch die Luft und glitt zurück auf das Knie. „Bei Bombenalarm haben sie noch nie so viel Wirbel gemacht. Ein Suchkommando der Polizei, und schon war alles erledigt. Gefunden wurde nie etwas. Doch jetzt —" Wieder zuckte die Prothese. „Anscheinend geht es gegen eines der ganz großen Tiere."
„Aus dem Haus?"
„Weiß ich nicht. Es kommen auch genügend Politiker hierher."
Sie schwiegen und blickten den Rauchwolken nach, die sich am oberen Rand der Tür ballten.
„Eigentlich arbeite ich drüben im Materiallager.

Aber mit unsereinem können sie es ja machen. Noch dazu bei diesem Wetter —" Er legte die rechte Hand über die Prothese, als wolle er sie wärmen.
,,Schmerzen?"
Der Mann nickte.
,,Wollen Sie eine Tablette?"
,,Da helfen keine Tabletten."
Grewe war froh, als er draußen Schritte hörte und die unerquickliche Unterhaltung ein Ende fand.
,,Warten Sie schon lange?" In der Tür stand Mansteins Sekretärin, eine hagere Brünette, deren riesige Brillengläser Grewe stets an die häuslichen Porzellaneulen erinnerten. ,,Ich soll Sie gleich in den Schminkraum bringen."
Er drückte die Zigarette aus. Als er sich auf der Straße noch einmal umwandte, war ihm, als hebe und senke sich die Prothese zu einem Abschiedsgruß. Dann fiel die Tür geräuschvoll ins Schloß, und der Warteraum versank im Nebel.
,,Unser Produktionsplan ist etwas durcheinandergeraten. Sie haben sicherlich schon gehört —" Manstein hustete. Es war Grewe bis heute nicht gelungen herauszufinden, warum jener ausgerechnet Zigarillos rauchte, obwohl sie ihm offensichtlich schlecht bekamen. Prestigegründe schieden aus, denn Aufstiegschancen gab es für Manstein längst nicht mehr.
,,Eine ominöse Geschichte."
,,Aber durchaus ernst zu nehmen. Wollen Sie auch?" Manstein hob die Cognacflasche und schenkte sich ein. Es war nicht sein erstes Glas, denn der lange Flaschenhals war bereits leer.

Grewe winkte ab. Im Spiegel sah er, wie Manstein die Flasche hinter einen Vorhang schob. Anscheinend hatte er in E 4, diesem Irrgarten aus Gängen, Büros und Studios, mehrere Depots. Selbst im schmalen Schneideraum zauberte er des öfteren Gläser und Getränke hervor. Es schien, als tastete er sich durch den langen Tag von Versteck zu Versteck — wie ein Rallyefahrer, der in einer festgesetzten Zeit bestimmte Zielpunkte anzulaufen hat. Nur das Prinzip der Logistik hatte Grewe noch nicht ergründen können: Sorgte Manstein selbst für den Nachschub, oder spielten verständnisvolle Mitarbeiter den Osterhasen, der die Nester auffüllte? Glockmann machte sich und den anderen nicht solche Umstände. Beim Funk war jedoch manches anders — die Eifersüchteleien, der Leerlauf, das Warten, alles hatte größere Dimensionen.

,,Legen Sie den Kopf bitte ganz zurück." Die Maskenbildnerin zog die Bänder des Frisiertuches in seinem Nacken zusammen. Grewe, eingehüllt in Parfüm und Zigarillowolken, behielt Manstein dennoch im Auge.

,,Wann wurde Alarm gegeben?"

,,Gestern abend."

Das Mädchen öffnete einen der Flakons vor der Spiegelgalerie und rieb Grewes Gesicht mit Eau de Cologne ab. Auf dem über dem Waschbecken angebrachten Monitor wurde im Zeitraffer die Entwicklung eines Schmetterlings gezeigt — von der Larve über die Verpuppung bis zum flatternden Falter. Offenbar eine Schulfunksendung.

Manstein, fasziniert zusehend, stellte das Glas ab

und wischte sich mit dem Handrücken über die Lippen.
"Ihre Einstellung zur ökologischen Bewegung gefällt mir nicht, mein Lieber", sagte er, als habe ihn erst das flimmernde Naturschauspiel an den Grund seiner Anwesenheit erinnert. "Da tut sich doch etwas. Grüner Sozialismus, eine Linke mit Herz und Bauch. Wir müssen das Manuskript noch einmal durchgehen. Diese fatalistische Industriepassage — das kann nicht das letzte Wort sein."
Die Maskenbildnerin deckte den Blauschimmer an Kinn und Wangen mit Puder zu.
Grewe war überrascht. Noch nie hatte ihm Manstein so massiv widersprochen. Wenn sie eine Woche vor der Sendung die Moderationstexte durcharbeiteten, die Grewe flüchtig skizziert hatte, gab es zwar hin und wieder Auseinandersetzungen, aber sie rankten sich nur um formale Aspekte. Diese, wie Manstein es nannte, "geschmäcklerischen Diskrepanzen" räumten sie noch in dessen Stadtbüro aus, in dem sie sich die Filmbeiträge vorführen ließen, so daß der Text, wenn Grewe am Freitagvormittag ins Studio kam, jedesmal feststand. "Der Sozialismus wird siegen", pflegte ihm Manstein dann nach der Aufnahme zuzuflüstern. Den Sinn dieser penetranten Floskel zu ergründen, hatte Grewe längst aufgegeben; vielleicht lag die Antwort in Mansteins flackernden Augen und den fahrigen Bewegungen, auf jeden Fall aber drückte sie Zufriedenheit aus.
"Will der Intendant in eine Landkommune ziehen?" Zwischen den Händen der Maskenbildnerin, die

sich an seinem Haar zu schaffen machte, sah er, wie Manstein ihn im Spiegel fixierte.

,,Ironie ist hier nicht angebracht. Wir sollten diese Leute ermutigen. Sie handeln wenigstens, wenn auch fünf Minuten vor zwölf."

,,Die Geisterstunde hat längst begonnen. Es will nur niemand wahrhaben."

,,Wie meinen Sie das?"

,,Der Sündenfall fand nicht am Baum der Erkenntnis statt", sagte Grewe. ,,Er hat auch nichts mit der Ausbeutung zu tun, wie Marx meinte. Das ist nur ein Nebenaspekt. Der Sündenfall, wenn man das Dilemma so nennen will, ist die Arbeitsteilung. Sie hat durch die Jahrhunderte alle Lebenszusammenhänge zerrissen — parzelliert, atomisiert. Und die Spezialisierung geht weiter. Sie ist das Prinzip der Industrie, gleichgültig, ob sie kapitalistisch oder sozialistisch organisiert ist. Eine Alternative gibt es nicht. Ober glauben Sie, daß Ihre Sauerampferideologen ewig Schafwolle spinnen werden? Sie werden sich in ihren Kommunen einrichten, sich allmählich die Arbeit erleichtern, und eines Tages werden auch sie wieder da stehen, wo sie aufgehört hatten."

,,Sie unterschätzen die Bewegung. Es geht um die grundlegende Erneuerung des Geistes —" Wieder stieß Manstein, heftig hustend, eine Zigarillowolke aus.

,,Die Industrialisierung kann niemand rückgängig machen. Vielleicht läßt sich das Tempo drosseln. Aber die Zerstörung des Lebens geht weiter. Mit oder ohne Landkommunen. Erneuerung des Geistes —"

Die Maskenbildnerin nahm ihm das Frisiertuch von den Schultern.

„ — nichts als Obskurantismus", sagte Grewe. „Wenn die Technokraten entmachtet werden, herrschen die Dilettanten. Bei meinen Recherchen bin ich auf zwei Zitate von Engels gestoßen — brutale Wahrheiten über das Dilemma im Industriezeitalter. Die Genossen an der Fortschrittsfront scheinen sie vergessen zu haben. Engels schrieb: ‚Wenn der Mensch mit Hilfe der Wissenschaft und des Erfindergenies sich die Naturkräfte unterworfen hat, so rächen sich diese an ihm, indem sie ihn in dem Maße, wie er sie in seinen Dienst stellt, einem wahren Despotismus unterwerfen, der von aller sozialen Organisation unabhängig ist.' Eine Alternative zu diesem Despotismus sah Engels nicht, auch nicht im Sozialismus, denn er fuhr fort: ‚Die Autorität der Großindustrie abschaffen zu wollen, bedeutet die Industrie selber abschaffen wollen; die Dampfspinnerei zu vernichten, um zum Spinnrad zurückzukehren.'"

Die Zitate zeigten Wirkung — Manstein schwieg. Auf dem Monitor lächelte eine Ansagerin; ihre tonlosen Lippenbewegungen erinnerten Grewe an eine Kaulquappe.

„Kürzlich", fuhr er fort, „las ich in einer chinesischen Zeitschrift den Satz: ‚Je höher differenziert das Bewußtsein ist, desto größer werden die Widersprüche.' Eine zutreffende Feststellung, wie ich finde. Offenbar hat man sie in Peking aber nicht zu Ende gedacht, denn mit dieser Erkenntnis stürzt ein wichtiger Eckpfeiler des ganzen Marxschen Utopie-

gebäudes zusammen, das ja nicht zuletzt auf dem Glauben an die Überwindung der Arbeitsteilung aufgebaut ist. Eine folgenschwere Illusion —"
Er mußte an Bresser denken, doch Mansteins gerötetes Gesicht, das im Spiegel näherkam, verdrängte das Bartgefieder.
„Die Tragik des Menschen, und zwar jenseits aller Klassensysteme, liegt darin, daß er dem sich zu Tode hetzenden Hasen in der Fabel gleicht, dem der Igel triumphierend zuruft: ‚Ich bin schon hier.' Bei dem Wettlauf zwischen Sein und Bewußtsein ist der Mensch Hase und Igel zugleich. Seine dank der modernen Naturwissenschaften entfesselte Rationalität treibt ihn zu einer ständigen Jagd nach dem technisch Neuen, zu einer permanenten Veränderung des materiellen Seins. In diesem techno-logischen Perfektionszwang, die Welt der Natur durch eine vom Menschen neu erdachte und gemachte Welt der Technik zu beherrschen und schließlich zu ersetzen — bis hin zum Retorten-Baby und zur Gen-Manipulation —, offenbart sich der Versuch, jeder Art von äußerer Abhängigkeit zu entrinnen. Als wolle der Mensch sich vom natürlichen Dasein, letztlich vom eigenen Tod, befreien."
„Ein guter Leitartikel", sagte Manstein, sichtlich beeindruckt. „Sie sollten ihn schreiben."
„Ich glaube nicht, daß man ihn drucken würde. Zeitungen werden nicht gemacht, um Hoffnungslosigkeit zu verbreiten. Hoffnungen und Illusionen — ich habe genug von diesen Sklaventugenden. Ihre Ökologen mögen Herz und Bauch haben, Hirn haben sie nicht. Die Emanzipation des Menschen von der

Natur ist nun einmal sein unabänderliches Schicksal. Sie hat das ursprünglich ganzheitliche Fühlen und Denken für immer zerstört. Je höher das Bewußtsein differenziert ist, desto größer wird zwangsläufig die Spezialisierung, denn die Erkenntnis und Lösung der Widersprüche wird immer komplexer. Im Gegensatz zu früheren Epochen gibt es auch keine längeren Momente des Stillstands und der Besinnung mehr. Durch die Konstruktion von Zusatzgehirnen in Form ständig neuer Computer-Generationen werden alle biologisch gegebenen Schranken durchbrochen. Die Bewältigung der Technik rückt somit in immer weitere Ferne. Versuche, dies zu stoppen oder zu ändern, sind nichts als Donquichotterien."
„Sie können aufstehen, Herr Grewe." Die Maskenbildnerin richtete die Schlachtreihe ihrer Tiegel und Flakons aus.
Grewe blickte verwundert auf, als habe er Mühe, sich zurechtzufinden. Wieder hatte er sich, ganz gegen seine Absicht, hinreißen lassen, war aus der Kontrolle geraten wie gestern bei Starke, als er plötzlich über den Selbstmord gesprochen hatte. Natürlich waren ihm die Gedanken vertraut, die aus ihm herausgebrochen waren, und dennoch hatte er das Gefühl, es habe ein Fremder gesprochen, er habe einem anderen seinen Körper geliehen, der ihn gleichsam als stoffliche Hülle benutzte. Er hatte sich im Spiegel betrachtet — die Augen, die sich öffnenden Lippen; er hatte sich sprechen gehört. War dies die äußerste Form der Entfremdung oder die höchste Stufe des Bewußtseins? Er erinnerte sich, daß er während der Schulzeit ähnliche Erlebnisse gehabt

hatte. Im Vor- und im Endstadium einer Grippe, die er regelmäßig zweimal im Jahr bekommen hatte, war er eine Zeitlang wie ein Schlafwandler zur Schule gegangen, hatte sich während des Unterrichts sitzen gesehen, hatte beobachtet, wie er an die Tafel ging, wie er nachdachte und die Kreide aufnahm, hatte gespürt, wie die Hände feucht wurden. Damals war fast alles schwerelos gewesen wie im Traum. Zu Hause hatte er sich durch einen bewußt verursachten Tintenklecks vergewissern müssen, daß es tatsächlich sein Heft war, in dem er schrieb. Vor jeder Grippe hatte er Angst gehabt, weil er befürchtete, nie wieder aufzutauchen und den Verstand zu verlieren. Doch eines Tages hatten jene tranceartigen Zustände aufgehört. Was er jetzt empfand, war jenen Schulerlebnissen ähnlich, aber auch wieder ganz anders. Es war, als habe er absolute Klarheit gewonnen, als sei er durch alle Schleier hindurch auf den Kern der Existenz gestoßen.

„Vergessen Sie, was ich gesagt habe." Er stützte die Hände auf die schwarzen Lehnen und erhob sich.

„Aber nein doch", wehrte Manstein ab. „Das war ausgezeichnet. Wir müssen unbedingt die Engels-Zitate in das Manuskript einbauen."

„Ich denke, Sie wollen den Leuten Mut machen? Der Sozialismus —"

„Er wird siegen — trotz allem. Man darf die Hoffnung nicht aufgeben, mein Lieber."

Manstein schien nichts begriffen zu haben, oder er wollte nicht begreifen. Grewe bereute seinen ungewollten Monolog. Doch vielleicht — er spürte, wie das Blut in den Schläfen pochte —, vielleicht war alles auch nur eine Falle gewesen, vielleicht hatte Manstein versucht, ihn aufs Glatteis zu führen. Warum hatte er erst jetzt Einwände gegen das Manuskript erhoben und nicht schon vor einigen Tagen in seinem Büro, als sie den Text durchgegangen waren? Sollte es tatsächlich ein Test gewesen sein, so hatte er ihn jedenfalls glänzend bestanden. Prediger der Hoffnungslosigkeit sind keine Umstürzler.

Es klingelte.

„Studio 3 ist frei. Sie sollen sofort kommen." Die Maskenbildnerin legte den Hörer auf.

Nein, dachte Grewe, als er das Flackern in Mansteins Augen sah, es war keine Falle. Wer sich seiner so wenig sicher ist, hat kein Talent zum Doppelspiel.

Der Nebel hatte sich gelichtet. Nur die Gebäude hinter den Buchen, die emporragten wie das Stangengerippe zerfetzter Regenschirme, waren noch in Dunst gehüllt, als Grewe das Studio verließ. Er sah, wie sich das Grau über den Hochhäusern hin und wieder zu einem fahlen Fleck verdünnte — offenbar die Sonne, vielleicht aber auch der Mond, denn in diesen Tagen ließen sie sich nur schwer voneinander unterscheiden.

„Sie können mich abhaken." Grewe legte den Besucherschein auf das Rolltablett.

„Alles gut gelaufen?"

„Wie immer. Wie steht es mit dem Alarm?"

„Unverändert." Der Pförtner öffnete die runde Sprechscheibe. „Ich habe gehört, daß heute abend der Innenminister kommt", flüsterte er.

2

Es roch nach Tang. Kutter legten im Hafen an. Ihre Netze, prall gefüllt, funkelten und blitzten, als bärgen sie Edelsteine. Das Gewirr der Masten schien den Himmel zu stützen. In der Ferne fielen die Wolken ins Meer. Endlich: der färingische Traum! Häuser, geschmiegt an die Hänge, Felder, gekämmt vom Wind, Straßen, die im Sand verliefen —
Er wandte den Blick von den Tannen. Cito, sich mit den Vorderpfoten gegen sein Knie stützend, bellte erwartungsvoll. Langsam erhob sich Grewe. Er schleuderte den Stock, den er neben sich auf den Baumstamm gelegt hatte, durch die Luft. Der Hund quiekte auf vor Freude und jagte mit wildem Gekläff dem Geschoß hinterher.
Seit dem Ende der revolutionären Weltbeschwörung, seit dem Verzicht auf proletarischen Mummenschanz, den er jahrelang auf dem Schreibtisch getrieben hatte, gehörten die samstäglichen Spaziergänge zu Grewes Genesungskonzept. Es gelang ihm, sich von der Droge, die Geist und Körper gelähmt hatte, zu befreien; zum erstenmal nahm er Bäume und Sträucher nicht als Kulisse, sondern als Teil seiner Existenz wahr. Der Sinn des Lebens ist das Leben. Lang und qualvoll war der Weg gewesen zu dieser Erkenntnis, die so banal, so selbstverständlich war, daß nur Kinder ihrer fähig zu sein schienen. Vieler Krankheiten der Rechtfertigung hatte es bedurft, ehe auch er zur Wahrheit zurückfand, und doch gelang es ihm nur selten, sie zu ertragen. Noch heute erinnerte er sich des Augenblicks, als er ihr

zum erstenmal verzweifelt zu entgehen versuchte. Sechs Jahre alt war er gewesen und hatte allein im dunklen Schlafzimmer gelegen. Durch die Wand waren die Stimmen der Eltern gedrungen, ein rätselhaftes Gemurmel im Nirgendwo. Die Lichter vorüberfahrender Autos hatten sich durch den schmalen Spalt der Scheibe gezwängt, deren Rand die Jalousie nicht abdeckte, hatten mit weißen Fingern über die Möbel getastet und die Schatten durchs Zimmer stürzen lassen. Er hatte sich nicht gerührt. In tränenloser Einsamkeit lag er unter der Decke, überwältigt von der Erkenntnis der Dinge. Wie konnte man sich zurechtfinden in diesem zähen Brei, der alles verschlang, wie Ordnung schaffen im Chaos der zusammenhanglosen Welt? Damals vertraute er auf die Eltern, und wenn er erwachte, ließ ihn oftmals das Glück der Geborgenheit weinen. Allmählich aber verlor die Gegenwart ihre tröstende Kraft, die Zukunft versprach die Ordnung des Chaos. Es begann die Zeit des Suchens und Wartens: wenn erst die Schule —, wenn erst die Ausbildung —, wenn erst eine eigene Familie —, wenn . . . Doch das Große, alles Wendende, das eintreten sollte, sobald das Wenn sich erfüllte, blieb aus. Es mußte ausbleiben, denn es gab nichts zu finden und nichts zu hoffen. Verzweifeltes Totschlagen der Zeit. Nur Pflanzen und Tiere existieren ohne Widerhaken, saugen die Zeit auf und füllen die Welt mit prallem Leben — wie Kinder, ehe auch sie zu Totschlägern der Zeit werden, zu Christen und Urlaubern, zu Sozialisten und Eheleuten, Revolutionären und Zeitungslesern, zu Arbeitnehmern und Chefs,

Autofahrern und Trinkern, Hausfrauen und Theaterbesuchern. Rechtfertigungen und Mißverständnisse erschlagen die Zeit. Unerschöpflich sind die Fluchtwege, denn Not macht Menschen erfinderisch. Im färingischen Traum aber offenbarte sich Grewe, was er als Prinzip des Lebens empfand, jener unverhüllte Kern, das L'art pour l'art der Existenz — doch eben nur im Traum. Waren die Färöer wieder versunken im Ozean, blieb nur die Alternative: Krankheit der Rechtfertigung oder Totschlagen der Zeit. Im Grunde gab es selbst diese Alternative nicht, denn was anderes war Krankheit als unbewußtes Totschlagen? Sich dessen bewußt zu sein, galt ihm gleichwohl als großer Fortschritt, und insofern gab es doch eine Alternative. Die Wahrheit erweiterte sich: Der Sinn des Lebens ist das Leben; das Leben des Menschen ist Zeittotschlagen mit oder ohne Krankheit der Rechtfertigung.

Er teilte Freunde und Bekannte in bewußte und unbewußte Totschläger ein. Zur ersten Kategorie zählte er Glockmann, natürlich Irene, mit der er oft darüber philosophiert hatte, während er sich bei Helen nicht sicher war; der zweiten Gruppe ordnete er Bresser zu, auch Halstein und die meisten Kollegen und Bekannten. Bei Starke, Manstein und Stettner indes schwankte er, sie schienen auf jenem schmalen Pfad zu wandeln, der zwischen verdrängter und bewußt gewordener Leere lag, halb noch hoffend, halb schon erkennend. Ob Bresser jemals genesen würde? Zwar gehörte er eindeutig in die Kategorie der unbewußten Zeittotschläger, zu tief saß noch die Krankheit der Rechtfertigung, aber Grewe wußte, zu welcher Maskerade die Verzweiflung fähig war. Vielleicht war der geplante Coup der Tropfen, der das Faß der Bitterkeit zum Überlaufen bringen würde. In diesem Fall: armer Bresser!

Mit fliegenden Ohren, den Stock zwischen den Zähnen, kam Cito zurück und sprang an Grewes Beinen empor, bis dieser ihn lobte und den Ast zwischen die Fichten warf. Das Präludium des Spaziergangs war damit beendet, Herr und Hund gingen fortan ihrer Wege.

Auf den Tannen lag noch Schnee, doch zum erstenmal seit vielen Tagen schien die Sonne mit wärmender Kraft, und ungewohntes Vogelgezwitscher deutete das Ende des Winters an. Es roch nach Harz und frisch geschlagenem Holz. Grewe atmete tief ein. Irgendwo über ihm gurrte eine Taube. Seit er den Wechsel der Jahreszeiten wieder bewußt wahrnahm, glichen die samstäglichen Spaziergänge kleinen Abenteuerreisen. Wenige Kilometer hinter den letzten Reihenhauszeilen des Vororts hatte er ein Waldstück entdeckt, das, obwohl direkt an der Landstraße gelegen, nur von wenigen betreten wurde. Der Gang durch die für Forstfahrzeuge geschlagene Schneise war indes lohnender, als es die Fichtenplantage erwarten ließ, denn diese säumte, vielleicht fünfzig Meter tief, nur die Straße, dahinter aber führte ein schmaler Pfad durch urwaldartiges Dickicht, das bis an das Ufer eines Baches wucherte, über ihn hinwegrankte und erst vor einer umzäunten Schonung haltmachte. Zwei Wege hatte Grewe entdeckt, um an den Bach zu gelangen, und er benutzte beide in regelmäßigem Wechsel, so daß ihm, ebenso wie

Cito, allmählich jeder Strauch, jede Baumwurzel vertraut war. Anfangs hatte er es bedauert, daß Irene nur ungern ihren Samstagnachmittagsschlaf für einen Spaziergang opferte und auch die Kinder lieber zu Hause blieben oder Freunde besuchten, bald jedoch hatte er sich so sehr an die Einsamkeit gewöhnt, daß er froh war, niemanden in die Geheimnisse seiner Pfade einweihen zu müssen. Diese zwei Stunden am Samstag mochte er nicht mehr missen, und wenn er einmal aus irgendeinem Grund auf sie verzichten mußte, hatte er das Gefühl, etwas Wichtiges versäumt zu haben. Nach der Wanderung, wenn er, verschwitzt und durchnäßt, wieder hinter dem Steuer saß, befand er sich jedesmal in euphorischer Stimmung und genoß die Erwartung der Kaffeerunde, die Irene unterdessen vorbereitet hatte. Als kleinbürgerlich hätte er noch vor wenigen Jahren derartige Glücksgefühle apostrophiert, dieses Etikett ließ er aber jetzt, da er glaubte, auf den Kern der Existenz gestoßen zu sein, nicht mehr gelten. Der Sinn des Lebens ist das Leben: Wo anders als in der Natur ließ sich die einfache und doch so brutale Wahrheit ohne rechtfertigende Wenn und Aber eindringlicher erfassen? Jeder Baum, jeder Tannenzapfen sagte mehr aus über den Sinn der Existenz als alle gescheiten Sprüche, die an der Wand seines Arbeitszimmers hingen.
Oft mußte er bei diesen Wanderungen daran denken, daß er sich als Zwölfjähriger nichts sehnlicher gewünscht hatte als einen Feldstecher, mit dem er, als er ihn zum Geburtstag dann endlich erhalten hatte, durch den Wald der Großmutter pirschte.

Damals stand für ihn fest, daß er Förster werden würde, doch sein Verhältnis zur Natur war zu sentimental gewesen, als daß dieser Traum, hätte er ernsthaft an ihm festgehalten, jemals in Erfüllung gegangen wäre. Er war unfähig gewesen, den unerbittlichen Kampf und das Leiden der Kreatur zu ertragen, was soweit ging, daß er Mäuse, die in die im Vorratskeller der Großmutter aufgestellten Fallen gegangen waren, wieder befreite und im Wald aussetzte. Im Religionsunterricht hatte er sich empört über den biblischen Auftrag, hatte gezweifelt an der Güte und Weisheit eines Gottes, der die Menschen zu seinen Statthaltern einsetzt und ihnen Generalvollmacht erteilt: ,,Seid fruchtbar und mehret euch und füllet die Erde und machet sie euch untertan und herrschet über die Fische im Meer und über die Vögel unter dem Himmel und über alles Getier, das auf Erden kriecht." Seine Ehrfurcht vor dem Leben, das er in all seinen Formen für gleichberechtigt hielt, war so groß gewesen, daß er sich mit der Degradierung der Natur zum bloßen Werkzeug des Menschen nicht hatte abfinden wollen — ein Standpunkt, den er heute, freilich unsentimental und illusionslos, wieder teilte. In dem biblischen Auftrag, so sagte er zu Manstein, als sie über die industrielle Apokalypse diskutierten, offenbare sich nichts anderes als der unheilbare Zerstörungstrieb des Menschen.

Seltsam, dachte er, daß er schon als Zwölfjähriger der Wahrheit so nahe gekommen war. Damals jedoch hatte er das Interesse an den Wahrheiten der Natur bald verloren. Es begann die Periode frühreif-erotischer Abenteuer, in deren Dienst er auch den Feldstecher stellte, denn dieser erwies sich bei den Entkleidungsszenen im Dienstmädchenzimmer, die er von der Tanne aus atemlos verfolgte, als überaus hilfreich. Nachdem die ersten Erfahrungen mit einer Enttäuschung geendet hatten, war dann die eigentliche Zeit des Suchens gekommen, des Suchens nach einer Rechtfertigung der Existenz. Fast zwei Jahrzehnte sollte diese Phase dauern; das Ergebnis waren die samstäglichen Spaziergänge und der färingische Traum — wehmutsvolle Andacht und unstillbare Sehnsucht. Der Kreis hatte sich geschlossen, er stand wieder am Ausgangspunkt seines Lebens, zwanzig Jahre waren totgeschlagen. Die Erinnerung an die Kindheit war so lebendig, daß es ihm schien, als sei er nicht gealtert. Die Aussicht, noch einmal zwei Jahrzehnte durchleben zu müssen, diesmal ohne Suche nach einer Rechtfertigung, ohne Hoffnung auf ein alles veränderndes Wenn, war zwar wenig verlockend, aber er vertraute auf die Kraft der kompromißlosen Ehrlichkeit.

Mit Erschrecken jedoch nahm er den Verfall seines Körpers wahr. Die Jahre hinter dem Schreibtisch hatten Tribut gefordert. Wenn er Cito verfolgte, um ihm einen Stock abzujagen, mußte er bald kapitulieren. Mit keuchendem Atem, von Seitenstichen geplagt, lehnte er sich dann an einen Baum und verschnaufte. Citos aufmunterndes Gebell war vergebens. Immer wieder nahm Grewe sich vor, einen Ausgleichssport zu betreiben, doch es blieb bei dem Vorsatz. Der Minister indes, der höchstens fünf Jahre älter sein mochte, schien seinen Körper regel-

mäßig zu trainieren. Sicherlich schwamm er jeden Morgen einige Runden oder spielte Tennis mit einem der Referenten. Selbst auf dem Bildschirm teilte sich die Spannkraft mit, die seinen Bewegungen Elastizität verlieh.
Gestern abend war es freilich nicht dessen physischer Zustand gewesen, der Grewe den Fernsehauftritt des Ministers mit nervöser Spannung verfolgen ließ. Er hatte gehofft, in einer Geste oder in einem Nebensatz einen — wenn auch verschlüsselten — Hinweis auf den Stand der Ermittlungen zu entdecken, die schon am Vorabend angelaufen sein mußten. Vergebens. Auch Bresser, den er verstohlen beobachtet hatte, verriet sich mit keiner Miene. Interessiert, aber durchaus gelassen hatte jener der Diskussion gelauscht, hin und wieder eine Zigarette drehend und mit der Hand durch das Bartgefieder fahrend. Zielte der Coup in eine ganz andere Richtung?
Sie waren an dem Bach angelangt. Über die Eisplatten, die sich an den Uferrändern wie zerbrochene Teller ins Wasser schoben, ragte das schwarze Zweigskelett der Weiden. Spatzen stoben davon, als Cito durch das Unterholz stürmte. In der Schonung am gegenüberliegenden Ufer hing der rote Sonnenball zwischen den Fichten. Der Schnee auf ihren Zweigen glitzerte so stark, daß Grewes Augen schmerzten. Er stützte das Bein auf einen Baumstumpf, zündete sich eine Zigarette an und beobachtete, wie der Bach, in dem es unablässig gurgelte und schmatzte, Äste und Tannenzapfen davontrug. Cito schüttelte sich den Schnee vom Fell. Dann

sprang er schwanzwedelnd am Baumstumpf empor und bellte — das Zeichen zum Aufbruch.
Als er wieder hinter dem Steuer saß, drosselte Grewe das Tempo. Er mußte an die bevorstehende Kaffeerunde mit Bresser denken.

3

„Du —?"
„Ich habe es am Donnerstag nicht mehr geschafft, und gestern ging es auch nicht. Tut mir leid."
Grewe trat sich umständlich die Schuhe ab.
„Komm herein."
Helen half ihm aus dem Mantel.
„Georg ist noch im Institut. Er muß aber bald kommen. Soll ich ihn anrufen?"
„Nicht nötig. Ich warte solange. Oder störe ich?"
„Das hätte ich dir schon gesagt." Sie lächelte. „Gut siehst du aus. Eine gesunde Gesichtsfarbe."
„Das täuscht. Ich war heute nachmittag zwei Stunden im Wald. Mein Zustand ist aber alles andere als gut."
„Immer noch dieser Dressler —?"
Er nickte. „Bresser ist sein richtiger Name."
„Wie geht es Irene?"
Helen stellte die Gläser auf den Tisch.
„Sie läßt dich grüßen."
Das Licht der Stehlampe spiegelte sich in der Flasche, die einen hellbraunen Schatten warf. Es sah aus, als ergösse sich der Whisky über die Tischplatte.
„Day for day and every night —" Das aus der Küche dringende Pfeifen mutete Grewe wie eine Herausforderung an. Helen, in der einen Hand eine kleine Schüssel, in der anderen eine Zange, kehrte ins Wohnzimmer zurück.
„Zwei, nicht wahr?"
Die Eiswürfel fielen klirrend ins Glas. Long John trieb sie zurück an die Oberfläche.

,,Dein Gedächtnis ist hervorragend. Allerdings weiß ich nicht, ob ich dich deshalb beneiden oder bedauern soll."
Helen, die sich ebenfalls eingeschenkt hatte, hielt das Glas vor die Lippen und zuckte mit den Schultern. Beide schwiegen. Hin und wieder war das Geräusch eines vorüberfahrenden Autos zu hören. Irgendwo bellte ein Hund.
Grewe bereute, daß er gekommen war, ohne sich vorher der Anwesenheit Georgs versichert zu haben. Er hätte von einer Zelle aus anrufen und dann in der Kneipe warten können. Dort kannte ihn niemand. Bresser vermutete ihn ohnehin im Studio, nur Irene wußte von seinem Besuch bei Halsteins. Daß Georg noch im Institut war, an einem Samstag, hatte keiner von ihnen ahnen können.
Die Eiswürfel kollidierten, Long John überspülte die Zunge. Im matten Licht verschwammen alle Konturen.
Plötzlich erhob sich Helen und ging zum Telefon. ,,Ich werde Georg Bescheid sagen."
Ihm war nicht klar, was sie damit bezweckte. War es der Aufbau eines Alibis, ein Warnschuß oder ein Akt der Hilflosigkeit? Bei Helen mußte man auf der Hut sein. Sie saß auf dem Teppich, den Apparat zwischen den gekreuzten Beinen, und rollte die Schnur über den Finger. Ihre weiße Seidenbluse raschelte. ,,Er kommt kurz vor acht. Wir haben noch fast eine Stunde."
Ein Alibi also. Georg soll sich in Sicherheit wiegen. Offensichtlich setzte sie auf dessen Phantasielosigkeit.

„Was denkst du?" Helen schien keine Antwort zu erwarten. Sie saß auf den Knien, beugte sich nach vorn und stellte den Telefonapparat auf dem kleinen Hocker neben der Tür ab. „Gibst du mir bitte mein Glas?"
Grewe wußte, daß es kein Entrinnen mehr gab. In seinen Schläfen pochte es. Dieses Licht, dachte er, es liegt alles am Licht. Als er sich erhob, sah er, wie sein Schatten gegen den Schrank fiel.
„Denkst du hin und wieder noch an unsere Zeit, Achim?"
Ihre schwarze Samthose schimmerte.
Wenn er jetzt die Deckenleuchte einschalten würde, wäre alles vorbei. Doch er wehrte sich nicht.
„Und du?"
„Öfter als mir lieb ist. Georg läßt mir keine Wahl."
Grewe setzte sich zu ihr auf den Teppich. Das Funkeln im Glas, das Schattenspiel an der Wand, das Rascheln der Bluse ließen jenes erregende Gefühl der Heimlichkeit und des Verbotenen in ihm aufkommen, das sich an einem Weihnachtsabend seiner bemächtigt hatte, als er mit der Großmutter, dem Cousin und einem der Dienstmädchen Sechsundsechzig gespielt hatte. Sie hatten an dem Tisch mit der schweren Veloursdecke gesessen, jeder ein Glas mit Glühwein vor sich, dessen aromatische Würze mit dem Geruch der Tannennadeln und der Bienenwachskerzen zu einem Duft verschmolz, der ihm unvergessen blieb. In Augen und Gläsern hatten sich die flackernden Lichter gespiegelt, und ihre Gesichter waren gerötet, als seien sie in Purpur getaucht. Während die Großmutter und der Cousin

versunken waren in Trumpf und Stechen, in Trommeln und Pfeifen, hatte ihn, gleichsam im Untergrund, ein viel aufregenderes Abenteuer entflammt: Als ihm beim Mischen die Karten auf den Boden gefallen waren, hatte er sich unter den Tisch gebeugt und zufällig das schwarzbestrumpfte Bein des neben ihm sitzenden Mädchens berührt, einer Blondinen, an deren Gesicht er sich nicht mehr erinnern konnte. Zu seiner Überraschung war sie nicht zurückgezuckt, sondern hatte in unzweideutiger Weise das Bein gegen seine Hand gepreßt. Die Verwirrung, in die ihn ihr Lächeln stürzte, als er wieder zur Veloursdecke emporgetaucht war, hatte nicht lange gedauert. Schließlich war er schon damals für derartige Gesten empfänglich gewesen. Schnell hatte er sich auf ihr Spiel eingestellt, hatte wie sie die Schuhe abgestreift, und bald waren beider Knie und Schenkel so sehr mit dem Austausch raschelnder und knisternder Liebkosungen beschäftigt gewesen, daß sie oberhalb der Tischdecke, um von ihrem unterirdischen Treiben abzulenken, mit Lachen und Geschwätzigkeit einen Spielrausch hatten vortäuschen müssen, der schließlich auch den Cousin und die Großmutter, ahnungslos alle beide, mitgerissen hatte. Als sie endlich die Karten aus der Hand legten, war es weit nach Mitternacht gewesen. Ob dem Dreizehnjährigen damals eine Fortsetzung des Beinspiels gelungen war, hatte Grewe vergessen. Nur das matte Licht, die funkelnden Gläser, der weiche Teppich und das Aneinanderreiben der Strümpfe waren ihm im Gedächtnis geblieben.
„Eine Zigarette —?"

Helens Schenkel stieß gegen sein Knie. Er spürte ihre Finger auf den Lippen. Hinter der bläulichen Flamme des Feuerzeugs sah ihr Gesicht aus wie eine Maske. Wie hatte nur jenes Mädchen geheißen, grübelte er. Angestrengt versuchte er, sich an Augen, Nase, Mund, an irgend etwas Markantes zu erinnern. Doch das Mädchen blieb gesichtslos, nur den Strumpf hatte er vor Augen, ein dünnes schwarzes Gewebe, kokett gelöchert, durch das wie in einem Netz das weiße Fleisch schimmerte.

„Danke." Grewe schob die Zigarette in den Mundwinkel.

„Weißt du, daß du eine sinnliche Art des Rauchens hast? Diese Lässigkeit hat mich immer fasziniert."

„Eigenartig", sagte Grewe, „mir kamen gerade ähnliche Eindrücke in den Sinn." Das Mädchen blieb ein Torso, begrenzt auf die Partien unterhalb der Veloursdecke.

„Georg raucht hin und wieder Pfeife. Vielleicht habe ich dich nur wegen der Zigaretten geliebt."

„Soll ich es aufgeben?"

„Dummkopf." Lächelnd ließ sie im Long John die Eiswürfel rotieren. Dann stellte sie das Glas ab und nahm Grewe die Zigarette aus dem Mund. „Und welche Eindrücke sind dir in den Sinn gekommen?"

„Dein Hüftgang", sagte er. „Ich habe dir gern beim Gehen zugeschaut. Du wiegst dich wie eine Negerin." Er hatte die Frage mit einer Lüge beantwortet, und doch war es die Wahrheit. Ihr Gang hatte ihn von Anfang an fasziniert, und die wenigen Male, die sie sich im Wald hatten lieben können, waren ihm in Erinnerung geblieben, weil er ihren

Körper beobachtet hatte — die kurzen federnden Schritte, das geschmeidige Spiel der Hüftknochen, auf denen der Oberkörper zu balancieren schien.
,,Hab ich es verlernt?''
Grewe war nicht überrascht, als er aufblickte. Helen stand nackt vor ihm und trug Gläser und Aschenbecher zum Tisch. Auf seinem Handrücken spürte er kühlen Seidenstoff.
Er mußte an Irene denken, auch Bressers Buckel tauchte auf, doch dann war er besessen von der Vorstellung jenes schwarzen Strumpfes, den er unter der Veloursdecke berührt hatte, und entkleidete sich, die Wäschestücke auf Helens Samthose fallen lassend, bis das Schwarz verschwunden war —
,,Georg kommt in zehn Minuten.''
Die Erpressung, von der zu erzählen er begonnen hatte, schien beiden so fern, als berichte er vom mißlichen Schicksal eines Fremden. Sie strich mit dem Zeigefinger über seine Lippen, löste sich aus der Umarmung und erhob sich. Auf ihren Hüftknochen bündelte sich das Licht, als wolle es die Schenkel entflammen; die Brüste warfen Schatten. Grewe, erschöpft von Helens Leidenschaft, richtete sich auf. Wie eine Dürstende war sie über ihn gekommen und hatte beider Begierde in einen Haufen heißen Fleisches verwandelt — zuckende Froschleiber auf karmesinrotem Teppich.

,,Wer stillt meine Sehnsucht,
   Wer tröstet mein Herz —''

In diesem Summen lag nichts Herausforderndes mehr. Helen nippte am Whisky und reichte Grewe das Glas. Das Eis war geschmolzen.

„Day for day and every night —"
Sie schlüpfte zurück in die Samthose. „Ich geh ins Bad." Wie eine Augustwolke schimmerte ihre Bluse durch die Scheibe der Tür, dann erlosch das Weiß. Die Treppenstufen knackten.

Grewe, bestürzt über die Lächerlichkeit seiner Nacktheit, kleidete sich rasch an. Als er, wieder im Sessel sitzend, zur Flasche griff, um Long John nachzufüllen, zitterte die Hand. Mit Anna, dachte er, wäre es genauso geschehen. Sicherlich verstand sie sich noch besser als Helen auf das Arrangieren von Stimmungen. Ein Treffen außerhalb der Redaktion durfte daher niemals stattfinden. Von Scham und Reue in das Polster gedrückt, bat er Irene um Vergebung für die Schwäche seines Fleisches, diese bösartige Wollust.

„Sorry, es hat etwas länger gedauert. Hoffentlich hast du dich nicht gelangweilt." Georg stand in der Tür — die Weste aufgeknöpft, sich die Ärmel hochkrempelnd, pausbäckig, ahnungslos.

„Ich glaube, ich habe ihn gut unterhalten. Nicht wahr, Achim?"
Diese Frivolität hatte Georg nicht verdient.
„Oder hast du dich gelangweilt?"
Sie schien es auf die Spitze treiben zu wollen. Offenbar fand sie Gefallen an der Rolle der Kokotten.
„Du warst wie immer amüsant", sagte er tonlos.
Helen, die ein drittes Glas auf den Tisch stellte, warf Grewe einen zornigen Blick zu.

„Ich werde mich um das Abendessen kümmern." Wie einen Blitz schaltete sie die Deckenleuchte ein.

Erneut flammte das Weiß hinter der Glastür auf und erlosch.

Nein, dachte Grewe, als er die Schweißringe unter Georgs Achseln sah, sie weiß, was sie tut, sie hat ihre Gründe. Er begriff, daß auch Leidenschaft maskierte Verzweiflung sein kann. Das Mißverständnis reute ihn.

„Spät bist du gekommen", sagte Georg. „Ich hatte dich schon vor zwei Tagen erwartet."

„Es ging nicht früher. Ich habe es Helen erklärt."

„Dressler hätte mich in eine peinliche Lage gebracht."

„Ich habe dich rechtzeitig gewarnt."

„Fast wäre es zu spät gewesen."

„Wieso?"

Georg erhob sich, nahm aus dem Ständer auf dem Schrankregal eine der Pfeifen, wog sie prüfend in der Hand und ließ sich, den Aschenbecher in die Mitte des Tisches ziehend, wieder in den Sessel fallen. Mit Ungeduld und Widerwillen beobachtete Grewe, wie er das Mundstück an die gespitzten Lippen führte.

„Terroristenalarm." Georg blähte die Backen und stieß die Luft durch die Pfeife.

„Wieder einer dieser Briefe?"

„Nein. Anweisung des Innenministeriums."

Die Vorbereitungen schienen kein Ende zu nehmen: Jetzt schraubte Georg das Mundstück ab.

„Konkrete Hinweise?" Grewe zündete sich eine Zigarette an.

„Das nicht. Aber sie scheinen es sehr ernst zu neh-

men. Sie haben unserem Wachpersonal Verstärkung geschickt."
„Mußtest du deshalb ins Institut?"
Auch das Stopfen dauerte eine Ewigkeit. Endlich hielt er das Zündholz über den Pfeifenkopf. Das Anrauchen war von heftigem Nicken und Schmatzen begleitet. Grewe nahm dies als Antwort auf seine Frage.
„Was meinst du", fragte Georg, sich wie nach schwerer Arbeit zurücklehnend, „kann dieser Dressler in die Sache verwickelt sein?" Zufrieden stieß er mächtige Wolken aus den zu einem Kreis geformten Mund.
„Ich nehme es an." Grewe berichtete von der Erpressung — mit einer Gleichgültigkeit, die ihn erstaunte. Helens Leidenschaft hatte offenbar Wunder gewirkt.
„Scheußlich", sagte Georg, als Grewe verstummte. Sorgfältig stopfte er die Pfeife nach. „Und schade zugleich. Irgendwie hat er mir gefallen. Ich glaube, sein Interesse für den Reaktor und das Institut war echt."
Helen hat recht, dachte Grewe, soviel selbstgefällige Naivität ist nicht zu ertragen. Doch als sein Blick auf den Teppich fiel, auf den Hocker mit dem Telefon, die Stehlampe, deren gedämpftes Licht aufgesogen wurde von dem kalten Schein der Deckenleuchte, empfand er Mitleid mit Georg. Der berechnende Anruf, die zuckenden Leiber im karmesinroten Meer — welche Verwandlung der Dinge, welche Täuschung! Mathematikerhirne schienen nicht vorbereitet worden zu sein auf die Doppelbödigkeit der

Existenz. *Cogito, ergo sum.* Pausbäckig außen wie innen.

„Es tut mir leid, Georg, daß ich dich und Helen in diese üble Affäre hineingezogen habe. Es war nicht meine Absicht, dir Unannehmlichkeiten zu bereiten."

„Um Himmels willen, du brauchst dir doch keine Vorwürfe zu machen. Es war eine Verkettung unglücklicher Umstände. Irene hatte nicht gewußt, um wen es sich bei diesem Dressler oder Bresser handelte, und du konntest uns damals nicht rechtzeitig informieren. Ich hätte an deiner Stelle nicht anders gehandelt. Nein, nein, mein Lieber, nur keine Selbstzerfleischung. Außerdem ist ja nichts geschehen."
Georg riß erneut ein Zündholz an, hielt es über den Pfeifenkopf und sog schmatzend am Mundstück, bis diesem dicke blaue Schwaden entquollen.
„Schwierigkeiten hätte es nur gegeben, wäre Bresser tatsächlich bei mir im Institut aufgetaucht. Ich kann mir vorstellen, wie mich die Leute vom Sicherheitsdienst in die Mangel genommen hätten. Und hängengeblieben wäre immer etwas. Der Karriere ist so etwas nicht gerade förderlich. Aber du hast mich ja rechtzeitig gewarnt."

„Trotzdem — mir ist die Sache fatal."
Dieses Versöhnungssoll war abgeleistet, jetzt drängte es Grewe, auch die andere Schuld zu begleichen.
„Entschuldige mich bitte für einen Moment." Er ging hinaus.

„Ist noch etwas?" Helen, über eine Salatplatte gebeugt, blickte kurz auf, als Grewe in die Küche trat.

„Vorhin — ich hatte es nicht so gemeint, es war wegen Irene. Und wegen Georg —"
„Gewissensbisse?"
„Du mußt verstehen, daß meine Situation nicht mit deiner zu vergleichen ist. Irene —"
„Ich weiß." In ihrer Stimme lag Bitterkeit. „Du hast Gewissensbisse und ich den Traum einer Erinnerung." Sie widmete sich wieder den Salaten. „Laß uns nicht mehr darüber sprechen. Es genügt, wenn einer bereut."
Helens Lächeln machte ihn beklommen. Achselzuckend kehrte er zurück ins Wohnzimmer.
Georg hatte den Fernsehapparat eingeschaltet und sah sich, schon wieder ein Zündholz über den Pfeifenkopf haltend, die Nachrichten an. Erleichtert, dem Gefühl doppelter Schuld entrinnen zu können, setzte sich Grewe zu ihm.
„Kommt heute nicht deine Sendung?" Georg ließ schmatzend eine Wolke aufsteigen.
„Um halb neun im dritten Programm."
„Dann wird es ja höchste Zeit." Er eilte zum Schrank und machte sich am Geschirr zu schaffen.
„Laß nur", sagte Helen. Sie stellte die Salatplatte ab und nahm Georg die Teller aus der Hand. Ihre Bluse raschelte.
„Achim kommt gleich."
„Ich weiß. Auf dem Bildschirm wirkst du immer wie ein strahlender Held, findest du nicht?"
Grewe ignorierte ihr maliziöses Lächeln. „Fernsehen", sagte er, „ist ein riesiger Maskenball — für Macher und Zuschauer."
Im gelben Schein der Stehlampe, die Deckenleuchte

war erloschen, beugten sie sich schweigend über die Teller, wie Theaterbesucher um äußerste Dämpfung der Geräusche bemüht.

Die Sendung begann.

Mit ihrer Sottise, so stellte Grewe fest, hatte Helen gar nicht so unrecht. Die Nonchalance seines Konterfeis verblüffte ihn stets aufs neue, denn im Studio, auf dem gelben Knautschledersessel vor dem mit grünem Samt bespannten Moderatorentisch, ließ nichts auf jene Wirkung schließen, die ihn sich selbst zu einem Fremden machte. Im Spiegel des Schminkraums sah er Manstein vor sich, eine Zigarillowolke aushustend, während im Halsteinschen Wohnzimmer jetzt seine eigene Stimme erklang:

„ — Im Westen und im staatskapitalistischen Osten ist die Verbindung von Technik und Befreiung zerrissen. Die Großtechnik hat sich den Menschen angeeignet und unter ihre kalte Logik gezwungen. Das Problem geht weit über die gesellschaftspolitische Sphäre hinaus: Die volle Entfaltung der industriellen Produktionsweise — ob auf der Basis privaten oder staatlichen Eigentums an den Produktionsmitteln — ist bisher mit einer so verheerenden ökologischen Zerstörung und Ausplünderung einhergegangen, daß sie das Überleben der Menschheit und nicht nur ihrer jeweiligen Systeme in Frage stellt. Gleichzeitig aber garantiert nur die industrielle Produktionsweise das Fortbestehen der Menschheit, denn nur unter Anwendung der modernsten Errungenschaften von Wissenschaft und Technik kann die Weltbevölkerung von fünf Milliarden auf dem begrenzten Raum dieses Planeten ausreichend ernährt und gekleidet werden. Ist in diesem Dilemma das schicksalhafte Ende der Emanzipation des Menschen vom Kreislauf der Natur begründet —?"

4

„ — Gegenwärtig steht auf der Tagesordnung nicht die Verwirklichung des Reiches der Freiheit, sondern die Verhinderung des Rückfalls in ein barbarisches Reich der Notwendigkeit. Der Kampf gegen die bisher praktizierte industrielle Produktionsweise in West und Ost ist zu einem verzweifelten Wettlauf mit der Zeit geworden. Angesichts der Deformierung von Mensch und Natur, angesichts der weltweiten irreversiblen Zerstörungen, ist wohl nur jene Haltung realistisch, die Ernst Bloch als ‚Optimismus mit Trauerflor' bezeichnete — wobei der Optimismus mit fortschreitender Zeit immer geringer wird.

Ich danke Ihnen, meine Damen und Herren, für Ihr Interesse und wünsche Ihnen, trotz allem, ein schönes Wochenende —"

Irene erhob sich und schaltete den Apparat aus.
„Sein Defätismus ist erschreckend", sagte Bresser, sich über die Drehmaschine beugend.
„Finden Sie? Mir klang das sehr plausibel."
„Man kann doch nicht alles in einen Topf werfen — Kapitalismus, Sozialismus und darüber die Sauce der Industrialisierung. Es liegen doch Welten zwischen den Systemen."
„Für die Menschen am Fließband und im Büro scheinen die Unterschiede nur gering zu sein."
Bressers Bartgefieder zuckte.
„Achim wird gleich kommen." Irene räumte die

Teller ab. „Es ist besser, wenn wir den Streit verschieben."
„Ich habe kaum etwas verstanden", sagte Vera. „Aber ich fand, daß er gut war." Ärgerlich blickte sie hinüber zu Bresser.
„Komm." Michael gähnte. „Laß uns in den Keller gehen." Unten, in einem zu einem dritten Kinderzimmer ausgebauten Raum, stand, als Ausweichmöglichkeit bei Programmdifferenzen, ein Schwarzweiß-Gerät. Die Kinder verschwanden.
„Noch ein Bier?"
„Ein Glas Wasser wäre mir lieber." Bresser, wie eine Schildkröte den Buckel nach vorn schiebend, als könne dieser den Schmerz in den Gedärmen erdrücken, wollte sich erheben, doch Irene bedeutete ihm sitzenzubleiben und ging hinaus.
Als er allein im Wohnzimmer zurückblieb, überkam ihn wieder das Gefühl der Fremde, jene beängstigende, bis zur Verzweiflung sich steigernde Erkenntnis des Ausgeschlossen-, ja des Ausgestoßenseins, an der er in letzter Zeit immer häufiger litt. War es dieses bißchen Familienglück, das ihm so zu schaffen machte? Nur nicht sentimental werden. Bresser schluckte. Noch zwei, drei Tage — und alles wird vorbei sein. Doch die Schmerzen, die Dolche, die sich durch den Leib bohrten bis ins Rückenmark, ließen seine Kräfte zusehends schwinden. Je höher er die Pillen dosierte, desto schwächer fühlte er sich, und auch Ilonas Nachschub hatte nichts geändert an diesem Gesetz der umgekehrten Proportionalität. Immer mehr begannen sich die Dimensionen zu verschieben, zunehmend bangloser erschien

ihm, was einst so wichtig, so unabdingbar gewesen war. Für den Knalleffekt hatte er gelebt, hatte, seit er denken konnte, gehofft auf den großen Paukenschlag, den Böllerschuß, unter dessen Rauch, wenn dieser sich erst verzogen hätte, alles in neuem Glanz erstrahlen würde. Und nun? Flugsand war er, der in Türangeln knirschte, ein lästiges Körnchen auf einem fremden Sessel. Bresser griff in die Brusttasche und zog hastig das blaue Röhrchen hervor.

,,Ob Wasser das Richtige für Sie ist —?"

Irene stellte das Glas auf die Marmorplatte und beobachtete, wie Bresser, die Lippen zusammenpressend, Tabletten wie Geldstücke in den Handteller schüttete.

,,Bisher haben sie noch immer geholfen", ächzte er, von den Dolchen an das Polster genagelt. Routiniert warf er den auf der flachen Innenhand liegenden Tablettenstoß in den Schlund, Irene an jene Magier erinnernd, die auf Bindfäden gereihte Rasierklingen verschlucken. Sie reichte ihm das Wasser und wäre nicht überrascht gewesen, wenn er die Tabletten an einer Schnur wieder aus dem Mund gezogen hätte. Doch Bressers Adamsapfel vollführte nur groteske Zuckungen, bis das Glas geleert war. Aus den Mundwinkeln flossen dünne Rinnsale und versickerten im Bartgefieder.

,,Danke", sagte er, stellte, erleichtert seufzend, das Glas ab und wischte mit dem Handrücken über den Bart, der unterhalb der Lippen wie Morgentau glänzte.

,,Sind Sie in ärztlicher Behandlung?"

„Nicht mehr. Magengeschwüre. Sie kommen und gehen —"
„Bis sie chronisch werden."
„Es gibt Schlimmeres."
„Nehmen Sie es nicht zu sehr auf die leichte Schulter?"
„Machen Sie sich um mich keine Sorgen." Wieder schnitt er eine jener Grimassen, von denen er annahm, man würde sie als ein Lächeln verstehen.
Beide schwiegen.
Irene, die Situation bedenkend, in die Bresser auch sie gebracht hatte, bereute ihr Mitgefühl. Absichtlich hatten sie ihn im Ungewissen gelassen, ob auch sie eingeweiht war in die Erpressung. Dies war nicht nur ein taktischer Zug, sondern es sollte ihr helfen, die Situation besser durchzustehen. Doch jetzt befiel sie Unbehagen, Ekel vor der buckligen Gestalt, die reglos, aber wachsam im Sessel kauerte wie eine Otter, bereit, bei der geringsten unbedachten Bewegung emporzuschnellen und sich auf ihr Opfer zu stürzen. Als müsse sie sich eines Beistands versichern, befahl Irene Cito zu sich. Der Hund, in der anderen Ecke des Sofas zusammengerollt, schüttelte sich, gähnte und wankte schlaftrunken über die Kissen, um im Schoß seiner Herrin sofort wieder zusammenzubrechen wie ein waidwundes Wild. Nach einem kurzen wohligen Schmatzen gab er nur noch Schnarchtöne von sich.
Verzweifelt nippte Irene an ihrem Cognacglas.
„Achim muß jeden Augenblick kommen."
Doch das Telefon riß sie aus der bangen Hoffnung.
„Für Sie", sagte sie und reichte Bresser den Hörer.

„Für mich?" Als könne er ein Mißverständnis herbeizwingen, hob Bresser abwehrend die Arme. Cito, aufgeschreckt durch die plötzliche Unruhe, sprang vom Sofa und kläffte.
Irene hielt den Hörer wie eine Pistole in der Hand. „Für Sie." Mit schneidender Schärfe betonte sie die Wörter und empfand, als der Buckel in Wallung geriet, triumphale Genugtuung.
Bresser schleppte sich zum Apparat.
„Hallo. Du —? Ich hab dir doch gesagt —"
Die Stimme zitterte. Das Nackenfleisch über dem Kragen war gerötet.
„Pssst." Irene bückte sich und nahm den noch immer bellenden Hund auf den Arm. Dann setzte sie sich demonstrativ wieder auf das Sofa. Sie wollte Zeugin sein von Bressers Verwirrung.
„Ja", sagte er, angestrengt die Lautstärke dämpfend. „Vielen Dank. Er hat es mir gegeben —"
Die Finger seiner linken Hand suchten Halt in der Spirale der Telefonschnur, wanderten über den Apparat, sammelten mit den Kuppen Staubkörnchen auf.
„ — Es geht — unverändert —"
Jetzt glitten die Finger über die Rundungen und Ausbuchtungen einer hellbraunen Porzellaneule.
„ — Unter keinen Umständen. Hörst du: unter keinen Umständen —"
In der Augenhöhle blieb der Zeigefinger stecken, die Eule schwankte. Bresser blickte sich vorsichtig um. Noch immer saß Irene, scheinbar ungerührt, auf dem Sofa, neben sich den Hund, der den Kopf wieder in ihren Schoß gebettet hatte.

,, — Es geht nicht. Wirklich nicht. Nein —"
Die Stimme hob sich. Im Auge zuckte der Zeigefinger, verzweifelt wie eine Fliege im Netz.
,, — Es hat keinen Zweck. Nein, ich bin nicht allein —"
Auf dem kleinen Rauchtisch torkelte die Eule, als wolle sie sich in artfremden Flugbewegungen versuchen. Irene, den grotesken Kampf des Laokoon fasziniert verfolgend, fühlte sich an einen Chaplin-Film erinnert.
In seiner zwiefachen Pein drang Bresser auf ein rasches Ende. Während sich die Eule bedrohlich vom Boden abhob, wechselte er die Tonlage.
,, — Ich verspreche es dir —" Es klang, als rede er begütigend auf ein aus dem Schlaf geschrecktes Kind ein. ,,— Natürlich. Ich dich doch auch — Bald ist es vorüber. Sei unbesorgt —"
Seine Schultern, von der Anspannung befreit, fielen herab. Er legte den Hörer auf. Rechtzeitig vor deren Absturz gelang es ihm, die Hand unter die Eule zu schieben. Der Zeigefinger löste sich aus der Porzellanhöhle.
,,Entschuldigung", sagte er, verlegen lächelnd. ,,Eine Bekannte." Er rieb sich den Finger. Hoffentlich versuchte sie es nicht ein zweites Mal. Diese Abendstunden waren ein Risiko. Bestimmt hatte Jo schon etwas unternommen; zu deutlich war seine Gelassenheit. Vielleicht hatten sie eine Fangschaltung gelegt. Dann wäre es ein Leichtes, die Wohnung ausfindig zu machen — und Ilona. Würde sie standhalten und schweigen? Sicher nicht. Ihre falsch verstandene Fürsorge würde sie zum Reden

zwingen. Doch was könnte sie schon sagen? Nichts würden sie erfahren, nichts, was sie nicht schon wußten. Sie würden weiter im dunkeln tappen, verwirrter als zuvor, denn sein Name würde sie nur auf falsche Fährten führen. Die Zeiten hatten sich geändert. Seine Generation hatte längst abgedankt. Und selbst wenn sie seiner habhaft werden sollten, wäre nichts für sie gewonnen. Doch: *rien ne va plus* — sie würden ihn nicht fassen, jetzt nicht mehr. Einsame Wölfe erlegt man nicht. Und Ilona? Sie sollte sich heraushalten — um ihretwillen. Für sie stand die Zukunft noch offen. Nie hatte er ihre Liebe begreifen können, diese alles verstehende, alles verzeihende Güte, die ihn lähmte und beschämte. Was hart und unverzichtbar schien, verwandelte ihre Sanftmut in Nebensächliches, Großes schrumpfte zur Belanglosigkeit — wie in dem Anruf, der ihn wehrlos gemacht hatte. Ein zweites Mal sollte sie es nicht versuchen. Schon dreimal hatte sie angerufen, morgens, als er allein im Haus war. Er hatte ihre helle, stets etwas aufgeregte Stimme gehört, das heftige Atmen, weil niemand antwortete. Arme Ilona! Dreimal hatte sie ihn in Versuchung geführt, dreimal hatte er sie durch Schweigen gekränkt. Gekränkt? Nein, Ilonas Liebe konnte nicht gekränkt werden. Sie verstand alles, auch sein Schweigen. Dieser tückische vierte Anruf war die Verzeihung. Wieder war es ihr gelungen, Schwäche mit Schwäche zu vergelten. Am Abend, das hatte sie erkannt, war er wehrlos, weil er nicht mehr allein war in diesem Haus.

„Es wäre schön, wenn Sie sie einladen würden."

„Wen?" Bresser, der sich über die Drehmaschine gebeugt hatte, blickte überrascht auf.

„Ihre Bekannte."

„Ausgeschlossen", sagte er hastig und kehrte mit der Hand die auf der Marmorplatte liegenden Tabakkrümel zusammen. „Wissen Sie", er versuchte, die verräterische Heftigkeit durch ein Lächeln abzuschwächen, „— sie hat keine Zeit. Besonders abends hat sie viel zu tun. Sie hat nach langer Unterbrechung ihr Studium wiederaufgenommen."

„Welches Fach?"

„Medizin."

„Dann sind Sie ja in den besten Händen."

„Nicht wahr? Vorgestern hat sie mir durch Jo Medikamente zukommen lassen."

„Ach, Achim kennt sie?"

„Hat er es Ihnen nicht gesagt?"

„Nein."

„Ilona hat ihn in der Redaktion aufgesucht und ein Päckchen für mich mitgegeben."

„Und woher kennen sich die beiden?"

„Keine Ahnung. Ich glaube, sie hat einen seiner Vortragsabende besucht."

Irene schwieg. Nachdenklich, als lasse sie im Geiste ein Personenregister vorüberziehen, starrte sie in das Cognacglas.

Bresser, erleichtert über die plötzliche Ruhe in seinem Leib, fuhr mit der Zungenspitze behutsam über den Klebestreifen des Zigarettenpapiers. Die Tabletten hatten die Schmerzen offensichtlich in ein

Wellental gezwungen — eine Atempause bis zur nächsten Flut.
,,Nanu? Die Sendung hat euch wohl nicht gefallen?"
Grewe stand in der Wohnzimmertür, ein Lächeln zur Schau tragend, das Irene nur zu gut als Maske der Verlegenheit kannte.
,,Manstein hat sich maßlos geärgert. Die Schlußpassage war ihm jetzt doch zu hart. Obwohl wir alles durchgesprochen hatten. Es tut mir leid, daß ich so spät komme. Der Disput entwickelte sich zu einem regelrechten Streit."
Irene, erstaunt, wie gekonnt und überzeugend er die Lüge vortrug, sagte mit fast tonloser Stimme: ,,Ilona hat eben angerufen."
,,Ilona —?"
Unwirsch bückte sich Grewe und schob Cito, der freudig winselnd an seinen Beinen emporsprang, beiseite.
,,Ich bringe dir das Essen."
Noch ehe er abwinken konnte, war Irene verschwunden.
,,Ehrlich gesagt: ich fand die Sendung schlecht."
Bressers Buckel spannte sich.
,,Was wollte Ilona?"
,,Ach sie hat wieder auf mich eingeredet. Du weißt schon —" Als wolle er den lästigen Anruf beiseitewischen, fuhr Bresser mit der Hand über die Marmorplatte. ,,Soviel Defätismus hätte ich von dir nicht erwartet", fuhr er fort. ,,Ein Konvergenzler ohne Hoffnung. Gibt es für dich eigentlich noch etwas, wofür der Einsatz lohnt?"

„Die Wahrheit."
„Der Unterdrückten oder die der Unterdrücker?"
„Die Wahrheit des Lebens." Grewe sah, wie sich Bressers Gesicht zu einem Grinsen verzog. „Ich weiß, daß du das nicht begreifen kannst. Ihr habt längst vergessen, was Leben ist. Mit eurer famosen Dialektik habt ihr es erstickt und zu Zwecken degradiert. Genau wie die anderen — der Zweck ersetzt den Sinn."
„Und was ist der Sinn?"
„Das Leben — ohne Rechtfertigung."
„Reine Sophistik, findest du nicht?"
Grewe gab auf. Mit unbewußten Zeittotschlägern kann man nicht diskutieren. Nie würden sie die grundsätzliche Sinn-Losigkeit des Lebens begreifen, zu sehr standen sie unter der Herrschaft ihrer Zwecke.
„Wenn es nicht reicht, mache ich noch etwas nach." Irene stellte eine Platte mit belegten Broten auf den Tisch.
„Ich habe schon gegessen."
„Seit wann ißt du bei Manstein?" Spöttisch zog sie die Augenbrauen hoch.
„Er hat etwas aus der Kantine holen lassen", sagte Grewe, gereizt über ihr boshaftes Spiel.
„Wenn du nicht mehr magst, dann laß uns teilen, Jo. Jeder die Hälfte. Ich muß meinen Magen beschäftigen, sonst wird er wieder rebellisch." Bresser schob den Buckel über die Marmorplatte und angelte sich ein Schinkenbrot.
„Ist Ilona eine gute Köchin?"
„Ich bin nicht anspruchsvoll", sagte Bresser.

Irene dachte an die angebrannten Frühlingsrollen, die ihnen Clara, Bressers damalige Freundin, in der Studentenbude aufgetischt hatte.
,,Ilona hat eine Zeitlang bei *Familie und Heim* gearbeitet. Da hat sie sich einige Kenntnisse erworben — allerdings mehr theoretischer Art.'' Er nahm sich ein Tomatenstückchen.
Grewe schlug die Unterhaltung auf den Magen. Er holte den Whisky aus dem Schrank und goß sich ein. ,,Laß es dir schmecken'', sagte er grimmig, als Bresser wieder zur Platte griff.

Durch die Scheibe fiel das weiße Licht des Mondes. Es sah aus, als sei das Badezimmer in Silber getaucht. Grewe, der die Beleuchtung ausgeschaltet hatte, saß auf dem heruntergeklappten Toilettendeckel und starrte hinaus. Häuser und Bäume der Siedlung waren durch das Milchglas nur schemenhaft zu erkennen. Es war kurz nach Mitternacht, Irene hatte sich schon längst zurückgezogen, und Bresser polterte seit geraumer Zeit oben im Arbeitszimmer herum.

Grewe war noch nicht müde. Der Gedanke an Helens Leidenschaft und die unverhoffte Erinnerung an Ilonas schimmernde Augen ließen ihn nicht zur Ruhe kommen. Eingeschlossen im Badezimmer, hoffte er, Klarheit zu gewinnen. Wie ein verzweifelter Pennäler saß er auf dem Klodeckel, rauchte eine Zigarette und sann über Schuld und Sühne nach. Die Knoten der Zufälle schienen sich wieder einmal mit präziser, ihm unbekannter Logik geschürzt zu haben.

Hoffentlich war Irene schon eingeschlafen. Eine Mitternachtsbeichte hätte ihm den Rest gegeben. Jener Augenblick der Demütigung kam ihm in den Sinn, als er sich als Sechs- oder Siebenjähriger auf Geheiß der Eltern bei einem benachbarten Ehepaar hatte entschuldigen müssen. Seiner Schuld war er sich zwar durchaus bewußt gewesen, denn schon im fremden Erdbeerfeld, das er damals mit einem Freund plünderte, hatte er das Gefühl gehabt, zu weit gegangen zu sein, und daß die Verhöhnung der

Nachbarin, die schimpfend in den Garten hinkte und über eine Harke stürzte, als „Hexenweib" ein Nachspiel haben würde, war ihm ebenfalls klargewesen. Er hatte sich, um dem Freund Eindruck zu machen, in einen Imponierrausch gesteigert, der alle Hemmungen niederriß. Daß aber die Sühne so demütigend ausfallen würde, hatte er nicht erwartet gehabt. Die Eltern, entsetzt über die plötzliche Bösartigkeit ihres Sohnes und besorgt um den nachbarlichen Frieden, hatten ihn vor eine Alternative gestellt, deren zweiten Teil sie mit einem furchteinflößenden „Oder" offenließen: entweder Entschuldigung bei der Nachbarin oder —
Einen halben Tag hatten sie ihm Zeit gelassen, sich zu entscheiden; einen endlosen Nachmittag lang hatte ihn die Reue gequält, so daß jene Alternative ihm als ungerechte zusätzliche Pein erschien. Verzweifelt hatte er auf der Bank am Teich der großmütterlichen Pension gesessen und sich das Hirn zermartert, wie er dem Schrecken des unwägbaren „Oder" entgehen könnte. Denn daß dieses „Oder" mindestens die ewige Verdammnis bedeuten würde, dessen war er gewiß gewesen. Als die Dämmerung hereinbrach, hatte er sich entschlossen, den Canossa-Gang anzutreten. In einer Stimmung der Ausweglosigkeit und des Fatalismus, die wohl jener ähneln mochte, in der zum Tode Verurteilte sich auf ihren letzten Weg machen, hatte er auf den Klingelknopf des Nachbarhauses gedrückt. Offenbar hatte das Ehepaar ihn schon kommen gesehen, vielleicht auch hatten seine Eltern den Sühnemarsch angekündigt. Auf jeden Fall wurde die Tür geöffnet,

noch ehe er den Knopf losgelassen hatte. Mit gesenktem Kopf war er eingetreten. Sicher hatte das Vortragen der Entschuldigung nur zwei Minuten gedauert, sie waren ihm jedoch vorgekommen wie eine Ewigkeit. Bei den Worten „Ich will das auch nicht wieder tun" war er vollends zusammengebrochen. Das Stammeln hatte sich aufgelöst in eruptives Schluchzen, das ihn die Besinnung verlieren ließ. Als er wieder zu sich gekommen war, hatte er die Hand der Nachbarin auf seiner Schulter gespürt und das Taschentuch, mit dem sie ihm die Tränen trocknete. Ausgebrannt, leer wie ein verdorrtes Krebsgehäuse, war er schließlich nach Hause gewankt. Mehrere Tage hatte es gedauert, ehe er sich von der schwersten Demütigung seiner Kindheit erholt hatte.
Grewe blickte zur Uhr. Es war halb eins. Langsam erhob er sich, klappte den Deckel zurück und warf den Zigarettenstummel in das weiße Porzellanbecken. Zischend erlosch die Glut.
Die Hoffnung hatte getrogen. Als er vorsichtig die Schlafzimmertür öffnete, quoll ihm gelbes Licht entgegen.
„Du liest noch?"
„Wie du siehst."
Schweigend zog er sich aus, streifte den Pyjama über und legte sich ins Bett.
Irene rührte sich nicht. Nur hin und wieder, wenn sie eine Seite umblätterte, hörte er das leise Rascheln des Papiers. Die Ruhe war unerträglich — wie damals auf der Bank am Teich. Wie konnte sie diese Spannung nur ertragen? Ob sie überhaupt las?

Grewe hob den Kopf.

„Hast du mir nichts zu sagen?" Endlich war die Frage gestellt.

„Ich habe sie auf der Israel-Reise kennengelernt", sagte er. Die Beichte, vor der er sich so gefürchtet hatte, begann, doch zu seiner Überraschung erleichterte sie ihn. Als gäbe er auf einer Herrenpartie galante Abenteuer zum besten, berichtete er von der Begegnung im Palast des Herodes und erzählte, den Vergleich mit Jadwiga nicht vergessend, von jener Nacht im Hotel. Erst Irenes Lachen über die verzweifelte Suche nach den Kontaktlinsen ließ ihn innehalten. Mitleid mit Ilona, Dankbarkeit für Irenes Verzeihen und Scham über das Geschehene zogen sich zu einem Knoten der Verzweiflung zusammen. Als wolle sie ihm Absolution erteilen, legte Irene die Hand auf seine Stirn. Grewe fühlte sich an das Taschentuch der Nachbarin erinnert.

„Hast du schon etwas Neues über Bresser erfahren?" Irenes angeborene Monogamie schien sie immun zu machen gegen Eifersucht und verletzten Sexualstolz. Für einen Augenblick hatte Grewe erwogen, sogar die Affäre mit Helen zu offenbaren, doch Irenes Reaktion machte es ihm leicht, jetzt diese Schuld auch ungebeichtet zu ertragen. Als könne ihn nichts mehr schrecken, nahm er die Porzellaneule von der Konsole und wog sie in der Hand.

„Auch in Georgs Institut haben sie Terroristenalarm gegeben."

„Das muß ein Schock für ihn gewesen sein."

„Er reagierte recht gelassen. Nicht einmal Vorwürfe hat er mir gemacht." Grewe, mit den Fingern das

Eulengefieder umspannend, dachte an Helens Haar, das sich auf dem karmesinroten Teppich wie ein chinesischer Fächer geöffnet hatte.
,,Tapferer Georg. Und Helen —?"
Fast wäre ihm das Porzellan entglitten. ,,Sie schien es nicht zu berühren."
,,Typisch Helen — kalt und egoistisch."
Er wollte widersprechen, unterließ es aber vorsichtshalber.
,,Und wie soll es jetzt weitergehen?"
,,Was?"
,,Die Sache mit Bresser."
,,Ich weiß es nicht. Stettner will mich informieren, sobald sich etwas rührt. Waren sie schon bei dir in der Schule?"
,,Nein. Aber laß sie nur kommen." Zärtlich strich Irene mit dem Zeigefinger über seine Lippen. ,,Schlaf gut." Sie drehte sich um und löschte das Licht.
Grewe, erleichtert über den glücklichen Ausklang dieses Abends, grub sich unter der Decke ein. Nur das Rauschen der Leitung, das von oben aus dem Arbeitszimmer drang, setzte seiner Zufriedenheit einen Dämpfer auf . . .
Bresser drehte den Hahn zu. Verzweifelt versuchte er, wieder Dämme zu errichten gegen die anschwellende Flut der Schmerzen. Er schüttelte sich vor Ekel. Der bittere Geschmack der Tabletten schien sich in der Mundhöhle festgesetzt zu haben wie ein hartnäckiger Speiserest zwischen den Zähnen. Selbst das Gurgeln half nicht mehr. Den Rest des Wassers spie er in das Waschbecken.

Als er sich wieder in den verschlissenen Sessel hatte fallen lassen, warf er Marx, der mit seinem Rauschebart gütig von der Wand herabsah, einen grimmigen Blick zu. Du hast gut lachen, Alter, dachte er. Damals stand die Bewegung erst am Anfang, es gab noch Solidarität und Kampfbereitschaft. Doch heute —? Schlappschwänze, verbürgerlicht bis tief ins Mark. Mit der Entschlossenheit eines proletarischen Revolutionärs brach er den vierten Schokoladenriegel ab. Mokka mit Nuß. Fast die Hälfte der Tafel hatte er schon in sich hineingestopft, um dem Magen keine Atempause zum Aufruhr zu lassen. Den Rest mußte er aufsparen, die Nacht war noch lang. Den Buckel über die Tischplatte schiebend, angelte er zwischen Grewes vergilbten Papierstößen nach der Drehmaschine und fingerte eine Zigarette heraus.
Ob es Jo gerade mit Irene trieb? Angestrengt lauschte er den Geräuschen der Nacht. Außer einem vorbeifahrenden Auto war nichts zu hören.
Diese verfluchte Einsamkeit. Er stand auf und stellte das Radio an. Untermalt von Geigenmusik, sang eine Frau mit schriller Stimme:
„Wer stillt meine Sehnsucht,
Wer tröstet mein Herz?
Verlassen die Straßen.
Wer lindert den Schmerz?
Day for day and every night —"
Er drehte die schluchzenden Geigen ab. Wenn wenigstens der Hund hier oben wäre. Bresser stützte sich auf den Schreibtisch und starrte in den schwarzen Himmel. Lange würde er es nicht mehr aushalten.

Er spürte es. Immer näher rückte die Entscheidung — wie der Blitz, der dem Donner folgt. Wie viele Tage noch, wie viele Nächte? Zumindest morgen noch. Morgen war Sonntag.
Der Zigarettenrauch zog senkrechte Fäden. Im Garten, direkt unter dem Fenster, klagte eine Katze.
Als müsse er die Antwort auf eine imaginäre Frage schuldig bleiben, zuckte Bresser mit den Schultern. Sonntag! Er erinnerte sich nur an die steife weiße Fliege, die er hatte tragen müssen, wenn er mit dem Vater und den Brüdern zum Gottesdienst ging. AD MAIOREM GLORIAM DEI hatte in Goldbuchstaben an der Kanzel gestanden. Auch der Pastor schien sich nicht wohlgefühlt zu haben in seinem Gewand. Ständig hatte er an dem weißen Rüschenkragen gezupft, in dem der Hals wie in einem Mühlstein steckte. Wie hatte Bresser damals die Mutter beneidet, die, noch im Nachtgewand, ihnen stets fröhlich hinterherwinkte. Sicher hatte sie sich noch einmal hingelegt, während sie auf harten Bänken den Ruhm Gottes mehren mußten. Erst als sie dann wieder bei Tische saßen, vor einem jener Mahle, deren Köstlichkeit er später nie mehr teilhaftig wurde, war der Alp des Sonntags von ihm gewichen. Vielleicht wäre manches anders gekommen, wenn die Mutter länger gelebt hätte. ,,Franzosenflittchen" hatten manche ihr hinterhergerufen, doch wehe, wenn er einen von ihnen zu fassen bekommen hatte! Mit Wehmut dachte er an den Haß und die Leidenschaft, die er damals empfunden hatte, und krümmte sich unter der neuen Flutwelle.

Fünfter Teil

1

Die Sekretärin stand am Fenster. In der Vorfrühlingssonne glänzte ihr kurzes blondes Haar wie ein Heiligenschein.
„Gehen Sie nur hinein, es sind schon alle da", sagte sie.
„Endlich!" Als halte es ihn vor Spannung und Nervosität nicht mehr auf seinem Sitz, sprang Stettner hoch. „Wir haben keine Zeit zu verlieren." Er nahm wieder Platz. „Ich habe die Kollegen über den Fall informiert. Schließlich müssen wir uns auf eine Marschroute einigen."
Auch Grewe setzte sich. Daß Glockmann und Wenzel, als die zuständigen Nachrichtenchefs, der Runde angehörten, leuchtete ihm ein, keinen plausiblen Grund aber fand er für Annas Anwesenheit. Sie saß, lässig gekleidet wie an jenem Abend, als sie überraschend in die Redaktion zurückgekehrt war, um die Weinflaschen zu holen, neben Stettner und blickte Grewe erwartungsvoll an. War auch sie in die Affäre verwickelt, kannte gar Bresser? Er war auf alles gefaßt. Dem absurden Spiel des Zufalls waren schließlich keine Grenzen gesetzt.
„Ist etwas passiert?"

Die Frage schien recht töricht zu sein. Anna zog die Brauen hoch. Wenzel warf ihm einen Blick zu, in dem sich Erstaunen und Verärgerung paarten. Er hatte sich schon eifrig Notizen gemacht, eine Fleißaufgabe, die er sich in allen Redaktionskonferenzen auferlegte, als befürchte er, ihm und der Nachwelt könnten goldene Worte und ewige Wahrheiten verlorengehen. Zu dieser Sorge bestand freilich nie Anlaß, doch Wenzel war noch immer beseelt vom Glauben an die Macht der Information, und diese Zuversicht schien unerschütterlich zu sein.
Grewe zuckte mit den Schultern. Er hatte keine Ahnung, was eigentlich vorging. Vor einer Stunde erst hatte die Sekretärin ihn aus der Sonntagsruhe aufgeschreckt und hereinbeordert in die Redaktion. Als das Telefon klingelte, hatten zu Hause noch alle geschlafen. Nur einem Zufall war es zuzuschreiben gewesen, daß er das Schrillen gehört hatte. Von einem jener schulischen Alpträume geplagt, war er gerade hinunter ins Wohnzimmer geschlichen, um sich eine Zeitschrift zu holen. ,,Sag Bresser, ich muß einen Kollegen vertreten", hatte er zu Irene gesagt, die sich schlaftrunken die Augen rieb, als er sich zu so ungewohnter Stunde ankleidete. Dann hatte er den Wagen aus der Garage geholt und war, auf das Frühstück verzichtend, sofort in die Stadt gefahren.
Ratlos und ein wenig verlegen drehte er nun das Zigarettenpäckchen in der Hand. Doch Glockmann, der sich den Sonntag offenbar auch anders vorgestellt hatte und mürrisch in der Ecke kauerte, kam ihm zur Hilfe. ,,Die Aktion ist angelaufen",

sagte er. ,,Ihr sollt um elf Uhr beim Minister sein."
,,Wer?"
,,Wir beide", sagte Stettner, ,,Sie und ich." Er holte aus einem seiner Mahagonischränke Pfefferminzbonbons und legte die grünen Rollen auf den Tisch. König Artus' Tafelrunde, dachte Grewe. Wenzel und Glockmann als Parzival und Lohengrin auf der blauen Eckbank, er selbst als Tristan neben ihnen. Und Anna? Als Isolde schräg gegenüber. Lancelot fehlte noch — wahrscheinlich der Minister.
,,Bedienen Sie sich." Stettner riß das Stanniolpapier auf. Scharfer Pfefferminzgeruch wehte über den Tisch.
,,Danke." Grewe wehrte ab. ,,Ich habe noch nicht gefrühstückt."
,,Sicher wird es beim Minister einen kleinen Imbiß geben. Wollen Sie vorerst einen Kaffee?" Stettner drückte auf den Klingelknopf. ,,Kaffee, bitte — für uns alle." Die Sekretärin schloß die Tür.
,,Ich habe unseren Kreis bewußt kleingehalten, damit wir absoluter Diskretion sicher sind. Dies dürfte nicht nur in Ihrem Interesse liegen, Herr Grewe, sondern auch im Interesse der Zeitung. Schließlich stehen wir vor einer journalistischen Herausforderung —"
Wenzel, ein Bonbon zerbeißend, nickte.
,, — Den Informationsvorsprung, den wir haben, gilt es optimal zu nutzen. Und wenn ich optimal sage, denke ich nicht so sehr an den Faktor Zeit, sondern in erster Linie an die Qualität. Das ist es, was die Leser von uns erwarten."
Glockmann rutschte ungeduldig auf der Bank hin

und her und blickte zu Wenzel, der sich schon wieder Notizen machte.

Als Stettner fortfuhr, sah Grewe, wie jener mit der linken Hand, unter einem Aktendeckel halb verborgen, den japanischen Biorhythmus-Computer einspeiste.

,,Nicht zuletzt wird man uns daran messen, wie wir diesen delikaten Fall behandeln. Keine Hysterie, aber auch keine falsch verstandene Liberalität. Ich hoffe, wir werden uns auf die richtige Linie einigen und —''

Stettner verstummte. Die Sekretärin, ein Tablett in der Hand, war eingetreten und schenkte den Kaffee ein.

,,Machen Sie den Anfang'', sagte er, als die Sekretärin gegangen war. ,,Lassen Sie uns Ihre Vorschläge hören.''

Grewe sandte Anna einen hilfesuchenden Blick zu. Sie errötete. ,,Herr Stettner hatte vorgeschlagen, daß Sie und ich gemeinsam einen Erlebnisbericht schreiben, eine Reportage —''

,,Ja, eine Art Tagebuch, verstehen Sie? ,Tagebuch einer Erpressung' könnten wir es nennen. Vielleicht sollten wir auch eine Stufe höhergehen: ,Tagebuch des Schreckens' oder ,Tagebuch des Terrors'. In diesem speziellen Fall hätte ich da keine Bedenken. Schließlich geschieht es nicht alle Tage, daß das Mitglied einer Redaktion in derartige Machenschaften verstrickt wird. Dank Annas analytischem Verstand könnte die Geschichte objektiver werden — weniger eine private Beichte als vielmehr ein Fanal —''

Grewe beobachtete, wie Stettner irgendwelche

Daten auf die unter dem Aktendeckel verborgene Tabelle übertrug.

„Ein Tagebuch —? Wenn es unbedingt sein muß..."
Er fixierte Anna, die erneut errötete. Sollte sie ihn kontrollieren? Vertraute man ihm nicht mehr? Anna als bürgerliche „Kommissarin"? Die Gärten der Toskana verdorrten, die bretonische Küste stürzte ein.

„Herr Wenzel und Herr Glockmann halten es auch für die eleganteste Lösung", sagte Stettner, sichtlich zufrieden mit der Patience seiner Daten.

„Elegant ist wohl kaum das treffende Wort."

„Achim, Sie dürfen das nicht falsch —"

Die Sekretärin unterbrach Anna und schenkte Kaffee nach.

Grewe, erleichtert über die Atempause, zündete sich eine Zigarette an.

„Wie sollen wir die Sache nachrichtenmäßig behandeln?" Wenzel schob die Tasse beiseite und legte ein Blatt des Notizblocks um.

„Ich bin dafür, daß wir sie vorerst herunterspielen — zumindest vorne", sagte Stettner. „Schließlich sind wir kein Boulevardblatt. Wir halten uns streng an die Nachrichtensperre. Unser Vorsprung ist groß genug. Wenn das Ministerium grünes Licht gibt, sind wir da: Grewe und Anna mit dem Tagebuch, ich mit einem Leitartikel."

„Und das Auslandsressort? Wenn ich es richtig verstanden habe, war dieser Bresser in Frankreich und in Italien. Soll ich nicht die Korrespondenten in Paris und Rom informieren?"

„Eine gute Idee, Herr Glockmann. Veranlassen Sie

das." Stettners Pfefferminzatem stieß wie ein Messer durch die Rauchschwaden.
"Wie ist es mit einem Bild?"
Wenzels Frage verwirrte Grewe.
"Von Bresser, meine ich. Hast du eine Aufnahme von ihm?"
"Nein."
"Im Innenministerium werden sie sicher ein Foto haben", sagte Stettner und ließ die Festungsmauer einstürzen. Den japanischen Computer hatte er in die Jackentasche gesteckt.
"Das glaube ich nicht. Bresser sagte mir, er stehe auf keiner Fahndungsliste. Er ist erst vor kurzem aus Italien zurückgekehrt."
"Bestimmt haben sie es bei Interpol angefordert." Glockmann machte kein Hehl daraus, daß seine Sonntagsruhe genug gelitten hatte. Nervös trommelte er mit den Fingern einen imaginären Marsch auf den Tisch. "Wir sollten erst einmal abwarten, was das Gespräch mit dem Minister ergibt."
"Sie haben recht." Stettner erhob sich. "Ja, meine Herren, das dürfte es wohl fürs erste gewesen sein. Sie, Herr Grewe, bleiben am besten gleich bei mir."
Wenzel und Glockmann verließen das Zimmer. Anna wandte sich an der Tür um. "Alles Gute, Achim. Hoffentlich haben Sie es bald überstanden."
Er wußte nicht, was er sagen sollte. Verwirrt über die zweideutige Aufmunterung und über die kokette Lässigkeit ihrer Kleidung, brachte er nur ein verlegenes Lächeln zustande.
"Kommen Sie. Meine Sekretärin hat ein Taxi be-

stellt. Wir müssen uns beeilen." Stettner nahm die Aktenmappe vom Schreibtisch.
Als sie im Paternoster standen, vertraute er Grewe das Geheimnis seiner Dynamik an: „Heute dürfte nichts schiefgehen. Alle Daten sind positiv — physisch, geistig und gefühlsmäßig. Ein phantastischer Biorhythmus, ideal für Verhandlungen und Entscheidungen."

2

„Nun denn, meine Herren —"
Der Minister ließ den Deckel zuschnappen und versenkte die Uhr im taubenblauen Westentäschchen. Eskotiert von finster dreinblickenden Männern, deren Auftreten sie geeignet erscheinen ließ, einem Wahlkampfmatadoren beim Bad in der Menge gebührenden Respekt zu verschaffen, betraten sie den großen Konferenzsaal. Stettner, in der Gewißheit hervorragender Bio-Daten, leistete allen Versuchen, ihn von der Seite des Ministers abzudrängen, hartnäckig und erfolgreich Widerstand. Grewe hatte Mühe, Anschluß an die Prätorianergarde zu halten. Sie befanden sich im Kellergeschoß des Landesinnenministeriums, in einem hohen fensterlosen Raum, von dessen Seitenwänden bäuerliche Gesichter beiderlei Geschlechts auf den an eine fürstliche Tafel gemahnenden Tisch herabblickten. Dieser Vergleich mußte sich freilich auf die äußeren Maße beschränken, denn statt Fasanen und fetter Kapaune standen nur Gläser und Flaschen, Zigaretten, Aschenbecher und Schreibutensilien auf der spiegelnden Platte.
„Bevor wir beginnen, läßt Sie der Herr Minister zu einem kleinen Imbiß bitten." Grewe erkannte den Referenten sofort wieder; beim Redaktionsbesuch hatte er zum Begleittroß gehört. Jetzt stand er, mit dem schmalen Aktenordner gestikulierend, als wolle er eine ihm anvertraute Touristengruppe zum Marsch auf die Akropolis sammeln, vor einer halbgeöffneten Tür und machte den nach vorn Drängenden Platz.

„Na bitte", sagte Stettner, als sie vom Strom mitgerissen wurden. „Ich wußte doch, daß Sie noch zu Ihrem Frühstück kommen werden."

In dem an die Stirnwand des Konferenzsaales grenzenden Raum war ein kaltes Büffet aufgebaut. Grewe, morgens nur an Brötchen mit Honig und Marmelade gewöhnt, nahm sich zwei Scheiben Toast und drapierte sie mit Krabbensalat. In einer Ecke, zwischen eilig zusammengeschobenen Sesseln und Rauchtischen, die vermuten ließen, die eigentliche Zweckbestimmung dieses Raumes sei es, höhere Ministerialbeamte Muße und Entspannung finden zu lassen, suchte er für sich und seinen Teller ein ruhiges Plätzchen.

„Hallo, Achim." Starke, der schon eine Sessellehne erobert hatte, winkte. In der Hand hielt er einen Hühnerknochen. Es sah aus, als schwenke er ein Fähnchen.

„Wolfgang — was machst du denn hier?"
„Das frage ich mich auch. Sie haben mich herbestellt, weil Bresser, wie sie sich ausdrückten, mit mir in Kontakt getreten ist."
„Hast du jemals mit ihm telefoniert?"
„Nicht direkt. Er hatte nur den Kaplan erreicht."
„Das genügte. Sie überwachen mein Telefon."
„Und was wollen sie von mir?"

„Ich weiß es nicht." Grewe stellte den Teller auf der Lehne ab und wandte sich um. Er brauchte nicht lange zu suchen. Am Büffet, direkt neben Stettner und dem Minister, stand Ilona. Die Fangschaltung hatte offenbar lückenlos funktioniert.

„Was geht hier eigentlich vor?" Starkes Zähne gruben sich in das Hühnerfleisch.

„Haben sie dir nicht gesagt, daß Bressers Freunde einen Anschlag planen und daß er mich erpreßt?"

„Was —?" Als seien sie auf etwas Ungenießbares gestoßen, ließen die Zähne von dem Knochen ab. „Ich hatte keine Ahnung. Vor zwei Stunden haben sie mich angerufen und herbeordert. Sie taten sehr geheimnisvoll. Ich sollte sofort kommen und niemandem etwas sagen."

„Es tut mir leid, daß du in die Sache hineingeraten bist. Ich wollte dich warnen, aber du warst nie zu erreichen. Und als ich dich aufsuchte, war Bresser bei dir."

„Du brauchst dich nicht zu entschuldigen. Mir wird ja nichts geschehen." Starke wischte sich mit der Serviette über Bart und Lippen. „Hoffentlich erwartest du nicht, daß ich gegen Bresser aussage. Ich finde ihn auch jetzt noch sympathisch. Sympathischer als die hier —" Er beschrieb mit dem Knochen einen Bogen.

„Hat nicht auch Barmherzigkeit Grenzen? Aber du hast recht: du sollst nicht falsch Zeugnis reden —" Sein leerer Magen erinnerte Grewe an den auf der Sessellehne deponierten Teller. Widerwillig biß er in den Krabbentoast.

Ilona irrte noch immer vor dem Büffet umher. Sie schien verzweifelt einen Platz zu suchen, denn mit der kleinen Tasche in der einen und dem Teller in der anderen Hand waren ihre Schwierigkeiten, sich den Imbiß auch einzuverleiben, ungleich größer als die der männlichen Gäste des Ministers. Allerdings,

so stellte Grewe fest, war sie Starke und ihm gegenüber dennoch im Vorteil. Statt in Blue jeans und Felljacke zu erscheinen, hatte sie sich, wie Bresser es ausgedrückt hätte, bürgerlich verkleidet. Diese Garderobe — das braune Kostüm stand ihr ausgezeichnet — konnte nur bedeuten, daß sie im Gegensatz zu ihnen rechtzeitig informiert worden war.
,,Entschuldige", sagte Grewe und ließ Starke mit dem Hühnerknochen allein.
,,Achim, endlich —"
,,Ich nehme an, du wußtest, daß auch ich hier sein werde."
,,Ja, sie sagten es mir."
,,Sind sie durch das Telefon auf dich gekommen?"
,,Das Telefon —?" Ilona sah ihn verwirrt an. ,,Ja, ich habe sie angerufen und ihnen alles erzählt."
,,Du hast Jean verraten?"
,,So wird er es auffassen, nicht wahr? Ganz gewiß wird er das glauben —" Ihre Augen begannen stärker zu schimmern als damals vor dem Palast des Herodes. ,,Aber ist es Verrat, wenn man einem Todkranken helfen will?"
Barmherzigkeit schien wirklich keine Grenzen zu haben, dachte Grewe.
,,Ist es Verrat?" Die Stimme klang wie ein Flehen.
,,Nein, bestimmt nicht."
,,Es waren schlimme Tage für mich. Ich wußte nicht, was ich machen sollte —"
Grewe bahnte sich einen Weg durch Stettners Revier, das dessen Pfefferminzatem wie eine Duftmarke abgegrenzt hatte, und bugsierte Ilona hinüber in den Konferenzsaal. Neben der Tür blieben

sie stehen, unbeachtet von dem Referenten, der damit beschäftigt war, letzte Unterlagen auf dem Tisch zu verteilen.
„Wann hast du sie verständigt?"
„Gestern vormittag."
Das auf Salatblättern gebettete und mit Kaviar gefüllte Ei, das wie ein deformierter Tennisball auf ihrem Teller hin- und herrollte, war nicht dazu angetan, Grewes Appetit zu steigern. Dennoch zwang er sich, den Toast in die Krabbenmayonnaise zu tauchen.
„Sie hatten bereits einen Krisenstab gebildet", sagte Ilona. „Ich wurde mit dem Einsatzleiter verbunden. Er hat mich sofort ins Innenministerium bestellt."
„War auch der Minister da?"
„Er kam erst später. Ich war so verzweifelt, daß sie am Anfang sicher Mühe hatten zu verstehen, was ich eigentlich wollte."
„Und was wolltest du?" Sein Gaumen sperrte sich gegen den Mayonnaisebrei.
„Jean retten. Sicherlich wird er mir diesen Schritt nie verzeihen, aber ich bin es ihm schuldig. Das klingt paradox, nicht wahr? Aber ich habe keinen anderen Weg mehr gesehen. Jeden Tag hatte ich bei dir angerufen, nie hat sich jemand gemeldet. Dreimal muß Jean den Hörer abgenommen haben. Ich kenne seinen schweren Atem. Doch er sagte kein Wort. Nach einer weiteren qualvollen Nacht habe ich mich dann entschieden. Irgend jemand muß doch diesem Wahn ein Ende machen."
„Und was haben sie dir geraten?"
„Ich sollte es noch einmal versuchen. Ihm klarma-

chen, daß er keine Chance hat. Sie versprachen mir, ihn in Ruhe zu lassen, wenn er rechtzeitig aufgibt und dadurch der Anschlag vereitelt wird. Ich wußte zwar, daß es zwecklos sein würde, doch ich wollte nichts unversucht lassen. Ich rief ihn erneut an. Gestern abend. Zu dieser Zeit, dessen war ich mir sicher, mußte irgend jemand bei euch abnehmen und sich melden."
„Es war meine Frau."
„Ja. Sie gab mir Jean. Ich redete auf ihn ein, beschwor ihn, flehte ihn an. Vergebens —"
„Hast du ihm gesagt, daß du zu ihnen gegangen bist?"
„Natürlich nicht." Sie entfernte die Eikappe und machte sich mit der Gabel an der hervorquellenden schwarzen Füllung des Tennisballs zu schaffen. „Hätte er es erfahren, dann wäre er längst verschwunden. Er hätte seine Komplicen gewarnt, und alles wäre umsonst gewesen."
„Meine Herrschaften, darf ich Sie bitten, den Imbiß zu beenden. Wir wollen mit der Lagebesprechung beginnen." Der Referent dirigierte den Rückzug von der Akropolis.
„Ist alles in Ordnung bei Ihnen?" Stettner blickte ihn an, als erwarte er Auskunft über die Daten seines Biorhythmus.
„Positiv", sagte Grewe, „in jeder Beziehung." Er stellte den Teller auf das Büffet.
Die Antwort schien Stettner verblüfft zu haben. „Soso", murmelte er. „Das ist ja erfreulich."
Durch kleine Namensschilder war die Sitzordnung festgelegt worden. Grewe fand sich placiert zwi-

schen Starke und Ilona. Die drei Kronzeugen der Anklage, dachte er. Als er den grünen Drehsessel an den Konferenztisch zog, fiel sein Blick auf eines der Wandgemälde. Es hing direkt über dem Minister, der ihm schräg gegenübersaß. Eine dralle Bäuerin, bekränzt mit Reben, die wie Zöpfe herunterfielen und sich über die hochgeschnürten Brüste rankten, ließ aus der emporgestreckten Hand blaue Trauben in den Mund fallen. Mit der Rechten schien sie dem Minister zu winken, denn statt auf die Reben waren ihre Augen auf dessen Hinterkopf gerichtet, was beim Betrachter den Eindruck starken Schielens hervorrief. Die absonderliche Malweise stellte Grewe vor ein Rätsel. Als könne er von ihm Aufklärung erhoffen, blickte er hinüber zu dem Minister. Doch jener, dem Bild den Rücken kehrend, war damit beschäftigt, die Manschetten aus den taubenblauen Ärmeln zu zupfen.

„Meine Damen —"

Der Minister erhob sich, nickte Ilona zu und wandte sich um. Sein zweiter Gruß galt indes nicht dem schielenden Reben-Mädchen, wie Grewe für einen Moment zu glauben versucht war, sondern einer streng dreinblickenden Frau, die, sichtlich zu dessen Leidwesen, neben Stettner saß.

„— meine Herren. Ich habe Sie hergebeten, damit wir uns gemeinsam ein Bild machen von dem Ausmaß der terroristischen Bedrohung und eine Gegenstrategie entwickeln. Unsere Ermittlungen, ich gestehe es ganz offen, waren bisher nicht sehr ergiebig. Herr Melcer vom Landesamt wird hierzu noch ausführlich Stellung nehmen. Vorerst haben wir uns auf die

notwendigen defensiven Maßnahmen beschränken
müssen, in erster Linie auf die Gewährleistung der
Sicherheit aller sensitiven Bereiche. Doch Personen-
und Objektschutz, so unverzichtbar sie sind, dürfen
nicht das letzte Wort sein. Um der Herausforderung
wirksam zu begegnen, müssen wir das Gesetz des
Handelns zurückgewinnen und endlich in die Offensive gehen. Ich hoffe, daß diese Konferenz die stra-
tegische Wende bringen wird. Herr Melcer, darf ich
bitten —"
Der Minister, die Finger auf das Westentäschchen
legend, als müsse er sich der Existenz seiner Uhr vergewissern, setzte sich. Vergebens lockte die Bäuerin
zum Traubenschmaus.
,,Allmählich wird es mir unheimlich", flüsterte
Starke. ,,Glaubst du, sie könnten mich verwechselt
haben? Oder erwarten sie geistlichen Rat?"
,,Wohl kaum."
Aus dem Getränkearrangement, das vor ihm auf
einem Silbertablett stand, nahm sich Grewe eine
Flasche Mineralwasser. Es war ein Fehler gewesen,
Starke aus der Affäre heraushalten zu wollen. Jetzt
würde es Melcer doch erfahren und aus seinem bis-
herigen Schweigen womöglich falsche Schlüsse zie-
hen. Es hatte schon Mühe gekostet, ihn von Ilonas
Harmlosigkeit und dem Zufall ihrer Begegnung in
Israel zu überzeugen. Sicherlich waren die letzten
Zweifel erst ausgeräumt worden, als sie sich ihnen
freiwillig offenbarte. Statt zu observieren, hätte
Melcer sonst vielleicht schon längst zuschlagen
lassen.
Das Wasser hatte nicht jene Wirkung, die sich

Grewe erhoffte. Schwerer als zuvor lag ihm die Mayonnaise im Magen, und auch der Krabbengeschmack schien sich durch die Kohlensäure eher noch verstärkt zu haben. Als er sah, daß Stettner Pfefferminzbonbons feilbot, allerdings ohne Erfolg, denn der Referent und die noch immer wie eine verschmähte Geliebte dreinblickende Frau schlugen die Offerte mit eisiger Miene aus, schob er den offenen Handteller über die Tischplatte. Aufmerksam verfolgten Melcers Männer das harmlose Manöver, offenbar auch in diesem Raum auf das Schlimmste gefaßt, selbst auf den Austausch raffinierter Kassiber. Erst als Grewe die grüne Rolle an seiner Tischseite wandern ließ und schließlich auch der Minister ein Bonbon aus dem Stanniolpapier zog, fielen die Lider erlöst über die Okulare, als würden auf Kommando acht Teleskop-Paare eingezogen.

Melcer, der bereits aufgestanden war, räusperte sich. ,,Wie der Herr Minister schon sagte, sind unsere Ermittlungen in diesem, ich darf wohl ohne Übertreibung sagen, äußerst brisanten Fall noch nicht sehr weit gediehen. Würde man die Dynamik, die solchen Fällen innewohnt — denn tatsächlich ist es ja ein Entwicklungsprozeß, ich benutze hier immer das Bild vom Bühnenstück, das dramaturgischen Regeln unterliegt und sich aus Vorspiel, Höhepunkt und Auflösung zusammensetzt —, würde man also die Dynamik außer acht lassen, so könnte man zu dem Schluß kommen, daß wir uns an einem toten Punkt befinden. Um aus dieser Sackgasse herauszukommen, müssen wir handeln, schnell handeln,

denn wir wissen nicht, wieviel Zeit uns noch bleibt. Was also sind die Fakten? Verdunkelung, bitte —"
Er pochte mit dem blauen Siegelring, der schon damals, als er Melcer zum erstenmal gegenübersaß, Grewes Aufmerksamkeit erregt hatte und in dem er ein Präparat für den Ernstfall, etwa ein Giftkügelchen oder eine geheimnisvolle Waffe, vermutete, auf die Tischplatte. Zwei jener finster dreinblickenden Prätorianer sprangen auf. Der eine löschte das Licht und ließ durch Knopfdruck das Porträt eines fröhlichen Landmanns hinter einer langsam herunterrollenden Leinwand verschwinden, der andere machte sich an dem Projektor zu schaffen.
,,Dieser Mann hier", Melcer stieß den Schatten seines Zeigefingers in den Bart, ,,ist Jean Bresser. Natürlich wechselt er die Namen. Zuletzt nannte er sich Dressler."
Die Aufnahme, ein etwas verwackeltes Farbfoto, zeigte Bresser mit einem Bierkrug in der Hand, als proste er seinen Häschern höhnisch zu. Von Interpol schien das Bild nicht zu stammen.
,,Ich habe es ihnen gegeben." Ilonas Augen schimmerten. ,,Es war im letzten Sommer, in einem Gartenlokal —", flüsterte sie. Als das Licht wieder brannte, tupfte sie sich die Wangen ab.
,,Vor fünf Tagen", Melcer blätterte in seinen Unterlagen, ,,am Dienstag gegen 21.30 Uhr drang Bresser in das Haus des Redakteurs Joachim Grewe ein. Er teilte ihm mit, daß ein terroristischer Anschlag geplant sei und er, Bresser, sich gleichsam als Horchposten für seine Komplicen bei Grewe einquartieren wolle. Wenn der Coup gestartet sei, wolle er über

alle Reaktionen und Maßnahmen informiert werden, soweit diese Herrn Grewe intern in den Medien bekannt würden. Um seine Forderung durchzusetzen, versuchte Bresser Herrn Grewe mit Schriften zu erpressen, die dieser vor einigen Jahren für eine extremistische Organisation verfaßt hatte, von der er sich aber längst distanziert hat. Herr Grewe vertraute sich zwei Tage später, am Donnerstag, seinem Chefredakteur an, dem die besagten Pamphlete ebenso wie uns seit Jahren bekannt waren. Beide verständigten daraufhin das Innenministerium. Sollte ich den Hergang falsch dargestellt haben, korrigieren Sie mich bitte —"

Grewe machte eine Geste des Einverständnisses. Er versuchte gerade, mit einem zweiten Glas Mineralwasser den Krabbengeschmack zu bekämpfen, denn die Wirkung des Pfefferminzbonbons war nur von kurzer Dauer gewesen.

,,— Noch am Donnerstagabend leiteten wir die ersten Maßnahmen ein. Verstärkter Personen- und Objektschutz, Observierungen etcetera."

Melcer führte ebenfalls ein Glas an die Lippen. Vielleicht ist auch er ein Opfer des Krabbensalats, dachte Grewe, als er den blauen Siegelring aufblitzen sah.

,,— Gestern vormittag vertraute sich uns Bressers Freundin an, die wir schon seit Tagen observiert hatten. Sie erklärte sich bereit, alles zur Aufdeckung und Vereitelung des Coups zu unternehmen. Ihre Hilfe war überaus wertvoll, besonders bei der Erstellung eines Persönlichkeitsbildes. Dennoch ist es uns bisher nicht gelungen, über die Art des geplanten Anschlags und über den möglichen Täterkreis

Näheres in Erfahrung zu bringen. Natürlich haben wir Herrn Grewes Telefon überwachen lassen. Mehrere Gespräche, die Bresser geführt hat, wurden aufgezeichnet. In der Kürze der Zeit konnten die Anrufer aber nicht ermittelt werden, da sie sich öffentlicher Anschlüsse bedienten. Bresser selbst hat, zumindest seit Beginn unserer Überwachung, nur ein einziges Mal nach draußen Verbindung aufgenommen. Er nahm mit der Pfarrgemeinde Sankt Korbinian Kontakt auf. Herr Pfarrer Starke, wir haben Sie hergebeten, um uns darüber Aufschluß zu geben."

,,Ich verstehe überhaupt nicht —" Starkes Bartspitzen zitterten. ,,Ja, ich habe Herrn Bresser getroffen. Zweimal. Vor einigen Tagen, ich glaube, es war Mittwoch, traf ich ihn zum erstenmal bei meinem Freund Grewe. Ich wollte Achim — ich meine: Herrn Grewe — einen Katechismus bringen, den er für eine Fernsehsendung brauchte. Aber es war niemand zu Hause. Außer Bresser. Er sagte, er sei ein alter Bekannter von Herrn Grewe. Er sei zur Zeit ohne Stellung und wohne bei ihm, bis er Arbeit und eine Wohnung gefunden habe."

Grewe kam Melcer, der ihn vorwurfsvoll ansah, zuvor. ,,Ich wollte Herrn Starke nicht in die Sache hineinziehen. Ein Mann der Kirche — es war eine rein zufällige und belanglose Begegnung." Er mußte an Helen und Georg denken; hoffentlich blieb Melcer wenigstens ihnen erspart.

,,Die Schlußfolgerungen sollten Sie uns überlassen."
Nicht nur Stettner zuckte zusammen, als sich mit scharfer Stimme dessen Tischnachbarin vernehmen

ließ. ,,Herr Pfarrer, ist Ihnen bekannt, daß Ihr Kaplan mehrmals an Versammlungen von Extremisten teilgenommen hat? Finden Sie es auch ‚zufällig und belanglos', wie Herr Grewe sich ausdrückte, daß in Ihrer Gemeindebibliothek marxistisches Schrifttum ausgeliehen wird? Uns liegen Hinweise vor, daß dort nicht nur Marx und Lenin, sondern sogar die kompletten Werke Maos feilgeboten werden."
Grewe legte die Hand beruhigend auf den Unterarm des Pfarrers, für den die Grenze der Barmherzigkeit gekommen zu sein schien.
,,Das muß ich mir nicht bieten lassen — das nicht."
Starke klammerte sich an der Tischplatte fest, als müsse er sich gewaltsam daran hindern, aufzuspringen. ,,Denunziationen und haltlose Verdächtigungen. Ist Ihnen klar, daß Sie damit zerstören, was Sie zu schützen vorgeben? Daß Sie —"
,,Aber beruhigen Sie sich doch, Herr Pfarrer."
Peinlich berührt von dem plötzlichen Mißklang, breitete Melcer die Arme aus wie zur Erteilung des Segens. ,,Meine Kollegin wollte doch nur —"
,,So etwas lasse ich mir nicht bieten. Ich bin nicht hierher gekommen, um mir Unverschämtheiten sagen zu lassen."
,,Nun denn, meine Herren —" Auch der Minister blickte betrübt drein.
,,Wenn Sie schon meine Pfarrei bespitzeln, sollten Sie sich auch beim Dekanat informieren", sagte Starke. Seine Stimme klang wieder fest und beherrscht. ,,Zweierlei hätten Sie dann festgestellt. Erstens: Der Kaplan betreut im Auftrag des Dekans

die Kriegsdienstverweigerer in unserer Gemeinde und hat einen entsprechenden Arbeitskreis gebildet. Zweitens: Es ist weder zufällig noch belanglos, daß sich in unserer Bibliothek marxistische Schriften finden. Ich selbst habe ihre Anschaffung veranlaßt — mit Wissen und Billigung des Dekans. Wir sind darum bemüht, jenen Dialog in Gang zu bringen, den Sie offenbar mit allen Mitteln verhindern wollen. Ich muß die Unterstellungen daher entschieden zurückweisen."
„Und das zweite Treffen mit Bresser?"
Stettners Nachbarin, eine etwa fünfzigjährige Frau mit hochgestecktem Haar, das Grewe erneut an Jadwiga erinnerte, ließ nicht locker — zum Leidwesen ihres Vorgesetzten, denn Melcer blätterte mißmutig und ungeduldig in seinen Unterlagen.
„Ich hatte Bresser eine Stellung angeboten. Als Übergangslösung. Er hätte in der Pfarrbibliothek arbeiten können, für die wir schon seit langem eine Ganztagskraft suchen. Er wollte es sich überlegen und in den nächsten Tagen die Bücherei in Augenschein nehmen. Als er mich telefonisch nicht erreichte und vom Kaplan erfuhr, daß ich eine Beerdigung hatte, suchte mich Bresser auf dem Friedhof auf. Wenn ich mich recht erinnere, ist es Donnerstagnachmittag gewesen. Wir gingen ins Pfarrhaus, und ich zeigte ihm die Bibliothek."
„War der Kaplan dabei?"
„Ich sagte Ihnen doch schon —" Wieder kämpfte Starke mit dem Gebot der Barmherzigkeit. „Nein, der Kaplan war zu Hause. Er lag mit einer Erkältung im Bett. Aber Herr Grewe war in der Bibliothek."

„Herr Grewe —?" Melcer blickte überrascht von den Unterlagen auf.

„Ich wartete im Pfarrhaus auf Herrn Starke, weil ich ihn vor Bresser warnen wollte. Ich hatte von ihrer ersten Begegnung erfahren. Natürlich mußte ich verhindern, daß sich aus einem Mißverständnis möglicherweise fatale Folgen ergäben. Ich wollte Pfarrer Starke über alles informieren, doch ich kam nicht dazu. Bresser war bereits bei ihm."

Melcer, befriedigt über Grewes Auskunft, wandte sich wieder den Papieren zu. Seine Kollegin indes wollte sich noch nicht geschlagen geben. Die Observierung Klerus & Gemeinden fiel offenbar in ihr Ressort.

„Was haben Sie mit Bresser vereinbart? Nahm er die Stellung an?"

„Er bat um weitere Bedenkzeit. Seither habe ich nichts mehr von ihm gehört", sagte Starke.

„Schade." Melcer erhob sich. „Das hat uns also auch nicht weitergebracht. Tut mir leid, Frau Kollegin." In dem Blick, den er Stettners forscher Nachbarin zuwarf, lag jedoch eher Triumph als Bedauern. „Uns bleibt noch eine Möglichkeit. Wir haben fünf Gespräche, die Bresser führte, aufgezeichnet. Vielleicht kann jemand von Ihnen die Stimmen identifizieren oder etwas zum Inhalt sagen. Tonband, bitte —" Wieder pochte der Siegelring auf den Tisch.

Der Prätorianer, der schon den Projektor bedient hatte, stellte das Gerät ein. Zunächst war nur ein Kratzen und Rauschen zu hören, doch dann, laut und blechern, erklangen Stimmen.

„Bei Grewe —"
„Jean, bist du es?"
„Ja."
„Was macht der Magen?"
„Unverändert. Nervöse Reaktion. Ich hoffe, du hast gute Nachrichten —"
„Der Job macht Schwierigkeiten. In dieser Zeit ist es nicht leicht, etwas zu finden."
„Vielleicht ergibt sich hier etwas."
„Versuchen solltest du es. Wir tun jedenfalls weiter unser Bestes. Hauptsache, dein Magen hält durch."
„Mach dir darum keine Sorgen. Bei mir ist alles ok."
„Gut, ich halte dich auf dem laufenden. Morgen um diese Zeit?"
„Ja. Macht's gut."

Auf dem Band polterte es, als sei eine von Irenes Eulen umgestürzt. Offensichtlich hatte Bresser den Hörer aufgelegt.

„Die Tonqualität bitte ich zu entschuldigen", sagte Melcer; bei dem dröhnenden Schlußakkord war auch er zusammengezuckt. „Hören wir uns die anderen Gespräche an." Erneut gab der Siegelring das Einsatzkommando.

Es bedurfte keines professionellen Lauschgehörs, um festzustellen, daß es sich bei den fünf Anrufern um nur zwei Personen handelte. Jener Komplice, der zu Bresser dreimal die Verbindung hergestellt hatte, sprach mit so nasaler Stimme, daß Grewe Mitleid mit ihm empfand, denn entweder war der Unbekannte heimgesucht worden von einer Influenza oder seine Eltern hatten es versäumt, ihm rechtzeitig die Polypen entfernen zu lassen. Die Stimme des anderen hingegen wies keine Besonderheiten auf, es sei denn, man hätte aus den längeren Pausen, die er machte, auf Formulierungsschwierigkeiten oder gar auf eine gewisse Behäbigkeit des Denkens schließen wollen.

„Nun —? Kommt jemandem von Ihnen eine der Stimmen bekannt vor?" Melcer blickte hinüber zu Starke und Grewe und wandte sich schließlich Ilona zu, die noch ganz im Banne der akustischen Begegnung mit Bresser stand. „Wir haben Ihnen das Band zwar schon einmal vorgespielt, aber vielleicht können Sie jetzt etwas sagen. Haben Sie einen der Anrufer identifizieren können?"

Ilona, verzweifelt in der Handtasche suchend, verneinte. Endlich fand sie ihr Taschentuch.

„Wir haben unsere Experten mit einer Gesprächsanalyse beauftragt", fuhr Melcer fort. „Dabei kann es sich natürlich nur um Hypothesen handeln. Das Ergebnis jedoch, so sehr es Sie auch überraschen mag, ist durchaus schlüssig. Wir müssen uns nur stets vor Augen halten, daß wir es hier mit Terroristen zu tun haben, die äußerst raffiniert zu Werke gehen. Unsere Experten sind zu folgendem Resultat gekommen —"

Wieder führte er das Glas an die Lippen, Grewe an den Mayonnaisebrei erinnernd, der ihm noch immer zu schaffen machte.

„Sicher ist Ihnen aufgefallen, daß sich wie ein roter Faden zwei Begriffe durch alle fünf Gespräche zogen: Magen und Job. Wenn wir nun den Begriff

‚Magen' als Synonym nehmen für Herrn Grewe und unter ‚Job' den geplanten Anschlag verstehen, dann haben wir das Geheimnis der Gespräche gelüftet. Sie ergeben plötzlich einen gefährlichen Sinn, der sich nur dem Eingeweihten erschließt. Lassen Sie mich das an einigen Beispielen demonstrieren: Wenn Bresser etwa in bezug auf den sogenannten Magen sagt, er reagiere nervös, heute verhalte er sich ruhig, er werde schon durchhalten etcetera, so bedeutet dies nichts anderes als die stichwortartige Beschreibung der Verhaltensweise des Herrn Grewe. Oder nehmen wir die Anrufer. Sie sprechen davon, daß sie Schwierigkeiten mit dem ‚Job' hätten, daß sich Bresser noch etwas gedulden solle, daß man bald das Ziel erreicht haben werde — das alles läßt doch deutlich auf die Vorbereitung des Verbrechens schließen —"
,,Aber ich sagte Ihnen doch schon, daß Bresser tatsächlich krank ist, todkrank. Ein Magenkarzinom. Und außerdem sucht er wirklich Arbeit. Das Wenige, das ich gespart habe, ist bald aufgebraucht —" Als wolle sie sich Schmerzen zufügen, um aus einem bösen Traum zu erwachen, stieß Ilona die Fingernägel in die Handballen.
,,Das ist ja gerade das Raffinierte an diesen Gesprächen", sagte Melcer. ,,Man benutzt nicht irgendeinen auffälligen Code, sondern verständigt sich mit Hilfe von Fakten, die der jederzeit nachprüfbaren Realität entsprechen. Eine geniale Methode der unverfänglichen Information."
Die Bäuerin schielte über die Schultern des Ministers und starrte Grewe an, als wolle sie jetzt ihn zu

einer Trauben-Orgie locken. Aus den taubenblauen Ärmeln züngelten die weißen Manschetten. Der Minister hatte sich erhoben und ließ die Uhr um den Zeigefinger kreisen.
,,Meine Damen, meine Herren —"
Der Referent, stets besorgt um respektvolle Aufmerksamkeit für seinen Vorgesetzten, räusperte sich dienstbeflissen.
,,— Wir haben Sie ausführlich über den Stand unserer Ermittlungen informiert. Neue Aspekte haben sich aber leider auch in dieser Konferenz nicht ergeben. In Anbetracht der Zeit —", der Minister blickte auf die wie ein Maikäfer auf der Fingerkuppe sitzende Uhr, ,,— schlage ich vor, daß wir zum Ende kommen, denn als letzte Möglichkeit bleibt uns jetzt nur noch der Einsatzplan T. Sie werden verstehen, daß wir die Einzelheiten dieser Operation nur mit den unmittelbar Beteiligten besprechen können. Herr Grewe, ich bitte Sie daher, sich am Nachmittag für Herrn Melcer bereitzuhalten. Wie ich von Herrn Stettner erfahren habe, werden Sie den ganzen Tag in der Redaktion erreichbar sein. Ihnen allen kann ich versichern, daß wir bei unserer Operation mit Präzision, Umsicht und äußerstem Verantwortungsbewußtsein vorgehen werden. Wenn unser Apparat läuft, kann ihn nichts mehr aufhalten. Sie können daher darauf vertrauen", er deutete eine Verbeugung vor Ilona an, ,,daß Sie bald Gelegenheit haben werden, mit Bresser über eine andere und, wie ich hoffe, bessere Zukunft zu sprechen."
Stettner, endlich angelangt am Ende seines Opfergangs des Schweigens, fühlte sich durch die nament-

liche Erwähnung aufgerufen zu einem, wie er sich ausdrückte, „Wort in eigener Sache". Er dankte für den Freimut dieser Konferenz und sprach von der Bedeutung der Presse und ihrer Verpflichtung gegenüber den demokratischen Institutionen.

3

„Wie auch immer —", sagte Starke, „Die Bespitzelung wird Folgen haben. Ich werde den Dekan informieren und auf eine öffentliche Erklärung dringen."
„Und wenn alles mit seinem Wissen und Einverständnis geschah?"
„Ausgeschlossen. Er ist zwar konservativ, aber er hat Rückgrat. Nie würde er sich zu einer solchen Kollaboration hergeben."
Ilona reichte die Speisekarte weiter. *„Ragout fin en coquille"*, sagte sie. „Und einen *Sancerre*."
Erst jetzt bemerkte Grewe, in welchem Restaurant sie sich eigentlich befanden. Geplagt von plötzlichen Schuldgefühlen, hatte er Ilona und Starke zum Mittagessen eingeladen und sie, ohne auf die Örtlichkeiten zu achten, ins nächstbeste Lokal geführt. Es war eines jener Feinschmecker-Dorados, die ihm seit je ein Greuel waren — und dies nicht nur wegen des klassenkämpferischen Bodensatzes, der trotz allem in seinem Unterbewußtsein lagerte, sondern mehr noch wegen der zweckgerichteten Einstellung zu dem, was Gourmets zu raffinierten Gaumenfreuden stilisieren. Essen und Trinken galten ihm als Befriedigung existenzieller Bedürfnisse, und es bestand kaum Aussicht, daß er über diese calvinistische Haltung jemals hinauskommen würde. Als der Kellner erschien, schloß er sich daher, ohne auch nur einen Blick auf die Karte zu werfen, Ilonas Bestellung an. Starke, offenbar abgeschreckt von der kulinarischen Geheimsprache, verzichtete ebenfalls auf einen Alleingang, doch aus seiner Miene war zu lesen, daß

ihm ein ordinärer Schweinebraten sicherlich lieber gewesen wäre.

„Hast du erfahren, wann sie ihren ominösen ‚Einsatzplan T' starten wollen?"

Grewe hob die Schultern. „Vielleicht schon heute, vielleicht morgen. Auf jeden Fall werden sie schnell handeln. Du hast ja gehört, was Melcer und der Minister sagten." Widerwillig stocherte er in der Porzellanmuschel und spießte zwei wässrige Pilze auf, während Ilona, als absolviere sie ein Testessen im Auftrag von *Familie und Heim*, erneut in der Speisekarte blätterte.

„Was für ein Mensch ist Bresser?"
Verwirrt sah sie Starke an, der mit den Fäden des Parmesankäses kämpfte.

„Ein verlorener Sohn", sagte sie, „verzweifelt und hilfebedürftig."

„Diesen Eindruck machte er mir nicht."

„Er versucht, seine Schwäche hinter Radikalität zu verbergen. Aber glauben Sie mir — ich kenne ihn besser. Manchmal kommt er mir vor wie ein trotziges Kind, das seine Eltern schmäht, weil es weiß, daß es ohne sie nicht leben kann."

„Handeln wir nicht alle so? Die Eltern haben viele Namen, wir können sie zusammenfassen in dem Wort Liebe."

Nein, dachte Grewe, nur das nicht. Pastorale Belehrung war das letzte, wonach ihm der Sinn stand.

„Ich hoffe, daß er nicht Amok läuft, wenn sie kommen." Ungerührt erwiderte er Ilonas schimmernden Blick.

„Du unterschätzt noch immer seinen Zustand. Jean ist todkrank."

„Lebendig genug, um mich und meine Familie zu bedrohen."

Schweigend beugten sie sich über ihre Muschelschalen. Von den Nachbartischen drang das dezente Geklapper der Gourmets, die entzückt ihre blutigen Köstlichkeiten sezierten. Als der Kellner erneut den Servierwagen durch die Flügeltür schob und Töpfchen und Schüsselchen mit einem Lächeln, in dem sich Verachtung und das Wissen um die wahren Geheimnisse der Küche zu vereinen schienen, an den Tischen verteilte, fühlte sich Grewe an jenen fatalen Abend in Macao erinnert. In einer Laune tollkühnen Übermuts hatte er sich von einem Taxifahrer, der einige Brocken englisch sprach, ein Spezialitätenrestaurant empfehlen lassen. „Wonderful dinner, wonderful", hatte der Fahrer, demonstrativ die Augen verdrehend, in einem fort beteuert, und nach einer Irrfahrt durch das Hafenviertel waren sie schließlich in einer Seitenstraße, wenige Meter von dem Spielcasino entfernt, gelandet. Zu seiner Verwunderung hatte ihn der Fahrer begleitet und mit einem der chinesischen Kellner gesprochen. „Wonderful dinner", rief er, ehe er verschwand, um seinen Gast, wie verabredet, in zwei Stunden wieder abzuholen. Grewe, weder des Portugiesischen noch des Chinesischen mächtig, hatte hilflos vor der Speisekarte gesessen, doch seine Verständigungsversuche waren überflüssig gewesen. Offenbar wußte man bereits bestens Bescheid über seine Wünsche. Von allen Seiten eilten die Kellner herbei und stellten lächelnd Gefäß um Gefäß auf den Tisch. Grewe ließ es sich schmecken. Das Essen, was auch immer es sein mochte, war vorzüglich, und über die Rechnung brauchte er sich nicht den Kopf zu zerbrechen, schließlich war es eine Dienstreise. Als er wieder im Taxi saß, war er des Lobes voll. ,,Wonderful, indeed", sagte er. Der Fahrer, ein dicker Chinese, dessen Gesicht wie eine Speckschwarte glänzte, strahlte.

,,Dog good, hey —?"
,,Dog?"
,,Yes, Chow-Chow, best dog-restaurant of Macao."
Nie hatte sich Grewe sehnlicher das Hotelzimmer herbeigewünscht als damals. Er hatte Mühe gehabt, rechtzeitig den Toilettendeckel zu heben.

,,Das Fleisch ist ausgezeichnet", sagte Starke und schob die Gabel in den Mund.

,,Entschuldigt mich. Leider muß ich gehen." Grewe legte die Serviette auf den Tisch und erhob sich. ,,Vielleicht wartet Melcer schon auf mich. Wir bleiben in Verbindung." Er winkte den Kellner herbei. ,,Der Käse war eine Idee zu weich", sagte er, als er zahlte. ,,Parmesan ist bekanntlich eine heikle Angelegenheit." Verwirrt sah ihm der Kellner nach.

Draußen blitzten die Autodächer im Sonnenschein. Ehe er in eines der Taxis stieg, die geduldig der Gourmets harrten, warf Grewe einen Blick durch das Fenster. Starke wechselte gerade den Platz und rückte näher zu Ilona. Für ein Plauderstündchen mit geistlichem Beistand würde der Wein sicherlich noch reichen.

„Hat jemand für mich angerufen?"
„Nein." Wenzel, gebeugt über die Nachrichtenpatience, blickte kurz auf.
Grewe hing die Jacke in den Wandschrank. Noch nie war er an einem arbeitsfreien Sonntag in der Redaktion gewesen. Sie wechselten sich in vier Dreier-Teams ab, so daß jeder nur einmal im Monat Dienst hatte. Doch jener Tag hatte es stets in sich. Da sie zu dritt die Arbeit von zwölf Redakteuren verrichten mußten, war an Kaffeepausen oder einen gemütlichen Whiskyumtrunk nicht zu denken. Die Flut der Meldungen und Berichte von Freitagnacht bis Sonntagmorgen hatte alle Körbe überschwemmt. Allein das Sortieren dauerte mehr als eine Stunde, und um nicht im pausenlosen Fluß des aktuellen Materials unterzugehen, blieb man bis zum Abend an den Schreibtisch gefesselt. Grewe wußte daher, daß er jetzt nur störte.
„Ist Stettner da?" fragte er leise, als befinde er sich in einem Krankenzimmer.
„Nein."
„Sollte jemand nach mir fragen — ich bin im ‚Artisten-Salon' und schreibe meine Geschichte."
„Ist gut, Achim." Wenzel stand auf und bediente hektisch seine Patience, die mittlerweile über zwei Schreibtische lief.
Im Nebenzimmer, einem kleinen Raum, der den Spitznamen „Artisten-Salon" trug, weil sich dorthin zurückziehen konnte, wer für einen Leitartikel oder einen Kommentar der Sammlung bedurfte, ließ sich Grewe in einen Sessel fallen. Er blickte auf die Uhr. Zu Hause mußten sie längst mit dem Mittag-

essen fertig sein. Sicherlich wäre er jetzt mit Cito noch einmal in den Wald gefahren.
,,Tagebuch des Schreckens"! Er ging hinüber zum Schreibtisch und zündete sich eine Zigarette an. Was erwartete Stettner eigentlich? Ein Protokoll seiner Ängste? Damit konnte er nicht dienen. Die Wahrheit blieb sein Geheimnis: der färingische Traum, Anna, Helen —
Er spannte das Papier in die Maschine:

TAGEBUCH DES SCHRECKENS

Dienstag, 21.30 Uhr: . . .

Mißmutig starrte Grewe auf die Buchstaben. Eine Story, dachte er, eine Story wollen sie haben. Und Annas analytischer Verstand soll aus der Beichte ein Fanal machen. Er lehnte sich zurück in den Drehstuhl und drückte die Zigarette aus.
Plötzlich klingelte das Telefon.
,,Für dich, Achim. Knopf drücken."
Er übernahm das Gespräch.
,,Hallo, Jo, ist alles in Ordnung?"
,,Du, Jean? Ja, alles in Ordnung. Was soll schon sein? Hat dir Irene nicht gesagt, daß ich einen Kollegen vertreten muß?"
,,Doch, doch. Wann kommst du zurück?"

„Ich weiß es nicht. Sonntags gibt es immer viel zu tun."

„Das tut mir leid. Frohes Schaffen, Jo. Bis bald."

Grewe verließ den „Artisten-Salon". Er wußte, daß Glockmann in seinem Schreibtisch eine eiserne Whisky-Reserve angelegt hatte — „für Notfälle", wie er sagte.

4

Wie viele Stunden noch? Seine Hand tastete über den Konsolenkasten, bis sie gegen die Armbanduhr stieß. Er hatte Mühe, sich mit den fluoreszierenden Punkten auf dem Zifferblatt zurechtzufinden. Es mußte kurz nach zwei sein.

Draußen stürmte es. Die Jalousie schlug gegen den Fensterrahmen. Durch die Löcher der oberen Reihen quoll fahles Licht und riß Wände und Möbel aus der Finsternis; rasch versanken sie wieder in konturenloser Dunkelheit. Offenbar trieb der erste Frühjahrssturm pausenlos Wolken über den Mond.

Noch fast drei Stunden also. Er stützte sich auf den Ellenbogen und blickte, als wieder ein Lichtstrahl durch die Jalousie fiel, hinüber zu Irene. Sie war eingeschlafen. Hoffentlich hatte sie den Wecker richtig gestellt. Die Vorstellung, Melcers Männer würden plötzlich an die Schlafzimmertür pochen und ihnen mitteilen, die Operation sei abgeschlossen, peinigte ihn. Andererseits, dachte Grewe, wäre dies nur eine zusätzliche Nuance des Irrealen, das groteske Ende des Alptraums.

Nachts zwischen vier und fünf, so hatte Melcer erklärt, sei der optimale Zeitpunkt für derartige Aktionen, denn erfahrungsgemäß weise zu jener Stunde der menschliche Biorhythmus die flachste Kurve auf. Der Verdacht, diese Erkenntnis beruhe auf Stettners Berechnungen, war unbegründet gewesen, denn Melcer hatte von klinischen Versuchen gesprochen, die eindeutig gezeigt hätten, daß in der fraglichen Zeit die physische und psychische Reak-

tionsfähigkeit am schwächsten sei. Sollte alles planmäßig verlaufen, so hatte er gesagt, würden nicht einmal die Kinder etwas bemerken; die Männer der Antiterror-Truppe seien schließlich keine Anfänger. Grewe, mögliche Risikofaktoren erwägend, wälzte sich unruhig von einer Seite auf die andere. Der Hund, dachte er, ist keine Gefahr. Cito schlief bei Vera und würde sich nicht rühren, selbst wenn ein Fremder in das Kinderzimmer eindringen würde. Aber was war mit Bresser? Seine Schmerzen schienen sich verschlimmert zu haben. So früh war er noch nie nach oben gegangen. Oder wollten auch sie heute nacht ihren Coup starten? Vielleicht saß er am Radiogerät und verfolgte schon die ersten Nachrichten. Nein, das Innenministerium würde nichts herauslassen. Bresser lag sicherlich längst im Bett. Ob er schlief?
Der Sturm schien abzuflauen. Die Jalousie klapperte nur noch sporadisch.
Angestrengt lauschte Grewe nach oben. Im Arbeitszimmer war alles ruhig. Hoffentlich hielt Bresser durch. Zum erstenmal wünschte er ihm eine ruhige, schmerzfreie Nacht. Das Erwachen, das ihm bevorstand, würde schrecklich genug sein, das Trauma jedes Revolutionärs: von der Staatsmacht im Schlaf überrumpelt. Dabei war Bresser nicht einmal ein Revolutionär, nur ein *Desperado*. Armer Jean.
Die Lider folgten nicht mehr den Befehlen. Ihrem eigenen Gesetz gehorchend, schatteten sie immer häufiger und immer länger die Augäpfel. Melcers Theorie schien sich zu bestätigen. Dabei konnte es höchstens drei Uhr sein. Grewes Hand tastete sich

wieder zum Konsolenkasten, doch noch ehe sie ihr Ziel erreichte, fiel sie herab auf die Bettdecke —
„Achim", flüsterte Irene. „Achim." Sie packte ihn an der Schulter. „Halb fünf. Gleich werden sie kommen."
Grewe, geblendet durch die Lampe, blinzelte. Melcer hatte recht, dachte er, als er sich aus der Decke schälte. Zu dieser Stunde war der Biorhythmus in jeder Beziehung auf dem Tiefpunkt.
„Laß mich zuerst gehen", sagte er. „Am besten ist es, du wartest hier solange."
„Sei vorsichtig."
„Hoffentlich verwechseln sie mich nicht", sagte Grewe in einem Anflug von schwarzem Humor. Sein Biorhythmus kam allmählich wieder in Takt. Als er sich angezogen hatte, blickte er zur Uhr. Für eine Zigarette reichte es noch.
„Fällt es dir nicht schwer?" fragte Irene. „Immerhin war er einmal dein Gesinnungsgenosse."
„Er hat mich verraten."
„Das wird er eher umgekehrt sehen."
„Bedauerst du ihn?"
„Er tut mir leid — trotz allem."
„Ich muß gehen." Grewe drückte die Zigarette aus. „Hoffentlich macht er keine Schwierigkeiten."
Vorsichtig schloß er das Schlafzimmer und schlich die Treppe hinunter. Auf dem Flur roch es nach Bressers Selbstgedrehten.
Noch drei Minuten. Ob sie schon vor der Tür warteten? Er drückte die Klinke herunter. Der Mond stand direkt über der Tiefgarage und ließ Büsche und Wege glänzen, als seien sie überzogen mit Stan-

niol. Es war niemand zu sehen. Vielleicht saßen sie in einem der Wagen, die den Straßenrand säumten. Grewe gähnte. Wie eine Rauchwolke stieg sein Atem empor. Eigentlich konnte nichts schiefgehen, er hatte ihnen den Schlüssel und eine genaue Skizze des Hauses gegeben. Langsam zog er die Tür zu sich heran.

,,Herr Grewe —?"

Er erstarrte. ,,Ja", flüsterte er zurück.

In einem der Büsche raschelte es. Dann teilten sich die Zweige, und eine unförmige Gestalt huschte über den Weg.

,,Wagner vom ATT-Kommando." Der Mann streifte die Kapuze seines Parkas ab. Er hatte ein langes spitzes Gesicht. ,,Kann es losgehen?"

Grewe nickte.

Der Mann sandte Taschenlampensignale zu den Büschen und zur Straße. In Sekundenschnelle standen vier weitere Kapuzenmänner im Eingang. Grewe war beeindruckt von der geräuschlosen Präzision.

,,Gehen Sie voran", flüsterte der Mann, der sich Wagner genannt hatte. ,,Sie wissen doch, was Sie zu tun haben?"

,,Ja." Schließlich hatte er selbst es Melcer vorgeschlagen.

Als sie die Treppen hochschlichen und das Licht der Taschenlampe über Bilder und Wandteppiche huschte, kam sich Grewe vor wie ein Einbrecher, der seine Komplicen zum Safe führt. Vor dem Arbeitszimmer blieben sie stehen. Die Männer zückten ihre Waffen und postierten sich an den Wänden. Grewe klopfte.

„Jean", sagte er mit gedämpfter Stimme. „Jean, ein Anruf für dich."

Er klopfte fester. Offenbar hatte Bressers Biorhythmus, wie Melcer vermutet hatte, seine flachste Kurve erreicht.

Achselzuckend wandte sich Grewe um. Der Mann mit dem spitzen Gesicht, der direkt hinter ihm stand, wies zur Tür und bedeutete ihm, sie zu öffnen.

„Jean", sagte er, als er eintrat. „Telefon —"

Die Gardinen waren nicht zugezogen. In dem Lichtstreifen, der durch das kleine Fenster fiel, war das Sofa kaum zu erkennen. Grewe schaltete die Deckenleuchte ein. Bresser schien fest zu schlafen. Er lag auf der Seite, den Kopf der Tür zugewandt. Wie ein schützender Reifen spannte sich der rechte Arm über die Decke.

„Jean —"

Doch ehe er sich dem Sofa nähern konnte, stürzte Melcers Antiterror-Kommando ins Zimmer. Drei der Männer bildeten einen Halbkreis und richteten die Waffen auf Bresser, während Wagner den Liegenden an der Schulter packte.

„Schade", sagte er, sich langsam umdrehend, „wir sind zu spät gekommen. Er ist tot —"

Die Männer sicherten die Waffen und steckten sie zurück in die Parkas.

Grewe schluckte. Der Würgegriff, der sich um seinen Hals gelegt hatte, begann sich zu lockern. Befreit atmete er auf. Doch es war mehr als Erleichterung, was er empfand — es war fast ein Triumphgefühl, das sich seiner bemächtigte, als er in Wagners spitzem Gesicht die Enttäuschung des betrogenen Jägers sah.

„Kann ich telefonieren?"

„Der Apparat steht im Wohnzimmer."

Wagner eilte hinunter.

Daß sich auf so unverhoffte Weise die Niederlage in einen Sieg verwandeln würde, hatte Bresser nicht ahnen können. Wenigstens einmal, wenn auch erst im Tod, hatte das Glück auf seiner Seite gestanden. Ein warmes Gefühl der Sympathie erfaßte Grewe, als er an das Sofa trat. Das Gesicht des Toten, keineswegs entspannt und friedlich im letzten Augenblick der Erlösung, glich einer Maske geronnenen Zorns. Die Lippen waren geöffnet, als hätten sie, bis der Appell im Bartgefieder erstickte, die „Brüder zur Sonne, zur Freiheit" ermuntert. Erst der Schokoladenriegel auf dem Rauchtisch, das umgestoßene Wasserglas und die leeren Tablettenfolien ließen ihn an dieser heroischen Version zweifeln. Wahrscheinlich war es der bittere Geschmack der tödlichen Dosis gewesen, der Bresser das Gesicht hatte verzerren lassen. Ekel statt Heldenpose. Doch mit dem Großmut des Lebenden entschloß sich Grewe zur Lesart der Würde.

„Er ist auf seine Weise im Kampf gefallen", sagte er leise zu Irene.

„Im Kampf —?"

„Auf dem Schlachtfeld des Lebens." Schließlich hatte Jean, jenseits von Zorn oder Ekel, unwiderruflich seine Zeit totgeschlagen.

Während Melcers Männer, unter Irenes wachsamen Augen, Bressers armselige Habe ordneten, öffnete

Grewe das Fenster. Vor den Mond hatte sich eine bizarre Wolkenwand geschoben, durch deren Risse und Fugen metallisches Licht fiel. Er stützte sich auf den Schreibtisch und atmete tief ein.
,,Der Krankenwagen wird gleich hier sein", sagte Wagner. Er hatte den Parka geöffnet und zog ein Zigarettenpäckchen aus der Innentasche. ,,Die Leiche muß untersucht werden."
Als Grewe sich umdrehte, spürte er, daß seine Hand über ein Stück Papier glitt. Vorsichtig nahm er es auf und kehrte dem geschäftigen Einsatzkommando den Rücken. Es war ein Blatt von seinem Kalenderblock. Auf der Rückseite stand nur ein Wort: *,,Camus!"* Grewe war verwirrt, besonders über das Ausrufezeichen. Sollte Bressers letzte Botschaft eine Drohung sein? Verstohlen, als handele es sich um einen Kassiber, steckte er den Zettel in die Tasche.
,,Gehört sie Ihnen?" Wagner hob die fleckige blaue Mappe hoch.
,,Bresser hatte sie mitgebracht. Sie enthält die Artikel, mit denen er mich erpressen wollte."
,,Also auch zu den Akten: Ein blauer Schnellhefter." Einer der Männer vervollständigte die Inventarliste, während Wagner die Mappe in Bressers Reisetasche schob.
Die Türklingel unterbrach die Buchhaltung des Todes.
,,Das werden sie sein", sagte Wagner und eilte erneut hinunter.
Die Sanitäter zurrten Bresser, eingehüllt in ein Laken wie eine altägyptische Mumie, auf der Bahre fest. Als der Leichenzug die Tür passiert hatte,

wandte sich Wagner noch einmal um und deutete auf einen der an dem Rahmen befestigten Zettel.
„Von Ihnen —?"
Grewe nickte.
„Schöne Verse. Sie sind mir schon vorhin aufgefallen, als wir hier warteten. Ich mag Lyrik.

,im funkelnden weinglas
die schreie ersäufen
morgen die gardine waschen'

In Anbetracht der Umstände etwas makaber, aber es trifft den Nerv der Zeit."
Wagner hob Bressers Reisetasche auf und folgte dem Leichnam. Er erinnerte Grewe an den Referenten, der dem Minister beflissen die Akten nachtrug.
„Ist Jean krank?" Michael trat verschlafen auf den Flur.
„Er ist gestorben", sagte Irene leise und legte den Arm um seine Schultern.
Als Grewe hinter den Sanitätern und Melcers ATT-Kommando die Haustür schloß, drang lautes Schluchzen aus dem Kinderzimmer.

„Bei uns geht es feierlicher zu", flüsterte Starke. „Mir fehlt der Chorgesang."
Er hatte recht. Auch Grewe fand die protestantische Nüchternheit übertrieben. Nicht einmal geheizt hatten sie. Aus den Mündern quoll der Atem wie weiße leere Sprechblasen. Hinter ihnen nieste und hustete ein Mann in rhythmischen Intervallen, als wolle er durch ein Proteststakkato den Gesang einklagen. Und in der Tat schien sein hartnäckiges Prusten und Belfern nicht vergebens zu sein, denn der Pfarrer hob plötzlich die Stimme und verfiel in einen eigenartigen Singsang: „Ich bin das A und das O, der Anfang und das Ende, spricht Gott der Herr, der da ist und der da war und der da kommt, der Allmächtige." Dabei rieb er sich unablässig die Hände, als erflehe er eine störungsfreie Heizung.
Durch die Fenster der Aussegnungshalle, gotische Mosaikscheiben, die ein untalentierter Künstler Chagall nachzuempfinden versucht hatte, fiel kaum Licht, so daß die in einem Rechteck angeordneten Kerzen den Eindruck vermittelten, der Sarg stehe in Flammen. Zu einer Feuerbestattung, die sicher in Bressers progressivem Sinn gewesen wäre, hatte sich Ilona jedoch nicht entschließen können; das Verbrennen von Leichen, so meinte sie, habe etwas Endgültiges, und zudem sei es ein Akt liebloser Pyrotechnik.
Jetzt saß sie neben Grewe und blickte mit feucht schimmernden Augen zu Jean, der in seinem Totenhemd aussah wie ein erzürnter Engel. Sein Bartge-

fieder spreizte sich, und den Gesichtszügen war noch immer, allen kosmetischen Bemühungen zum Trotz, der Ekel vor dem Geschmack der tödlichen Dosis anzumerken. Der Sarg, offenbar nordische Fichte, stand inmitten des unvermeidlichen Immergrüns von Zypressen, Lorbeer und Kiefern. Grewe mutete die Szenerie mit den züngelnden Flammen wie ein Opferkult auf einer verschwiegenen Waldlichtung an.

,,Von wem ist der Kranz?" fragte er leise, auf das riesige Gebinde am Fußende des Sarges deutend.

,,Vom Innenministerium." Ilona wischte mit dem Zeigefinger über die Wimpern.

Also hatte er sich doch nicht getäuscht! Grewe drehte sich vorsichtig um. Die Trauergemeinde war klein, hatte sich aber, einem instinktiven Taktgefühl folgend, auf nahezu alle Bankreihen verteilt. Ganz hinten, fast am Ausgang, glaubte er Wagners spitzes Gesicht zu erkennen. Wahrscheinlich hatte Melcer mehrere Männer abkommandiert, um die Besucher zu observieren, denn schließlich war die Aktion mit Bressers Tod noch nicht beendet. Schon beim Betreten der Halle waren Grewe einige zwielichtige Gestalten aufgefallen, die ihn lebhaft an das ATT-Kommando erinnerten. Sie hatten ihre Trauermienen so eindrucksvoll zur Schau getragen, daß nur zwei Möglichkeiten in Betracht kamen: entweder sie warteten auf die anschließende Beisetzungsfeier für einen reichen Verwandten, oder sie erfüllten einen dienstlichen Auftrag.

,,Mein Gott, ich hoffe auf dich —"
Der Pfarrer breitete die Arme aus.

„Laß mich nicht zu Schanden werden, daß sich meine Feinde nicht freuen über mich. Denn keiner wird zu Schanden, der dein harret; aber zu Schanden müssen sie werden, die leichtfertigen Verächter —"
Ob Ilona um diesen Psalm gebeten hatte? Oder war gar der Pfarrer ein heimlicher Sympathisant? Bei Protestanten konnte man sich dessen nie sicher sein.
„Verstummen müssen falsche Mäuler, die da reden wider den Gerechten frech, stolz und höhnisch. Meine Zeit steht in deiner Hand. Errette mich von der Hand meiner Feinde und von denen, die mich verfolgen —"
Erneut wandte sich Grewe um. Er konnte aber nicht feststellen, ob sich jemand Notizen machte. Vielleicht saß irgendwo die wachsame Frau aus Melcers Abteilung, der die Observierung Klerus & Gemeinden oblag.
„Gedenke nicht der Sünden meiner Jugend und meiner Übertretungen; gedenke aber mein nach deiner Barmherzigkeit um deiner Güte willen —"
Hinter ihnen war das Husten verstummt. Auch der Pfarrer schien das Ausbleiben des Stakkatos dankbar zu registrieren und fuhr mit gedämpfter Stimme fort: „Um deines Namens willen, Herr, sei gnädig meiner Missetat, die da groß ist —"
Als die Träger unter feierlichem Glockengeläut den Sarg schlossen, griff Grewe in die Manteltasche, um der schluchzenden Ilona mit einem weiteren Taschentuch auszuhelfen. Seine Hand zog jedoch lediglich eine Karte heraus, die ihm jemand an der Friedhofspforte gegeben hatte. „Bestattungsinstitut Heimkehr", las er. „Wenn ein Trauerfall eingetre-

ten ist, wenden Sie sich vertrauensvoll an uns —"
Er steckte die Karte in die Jackentasche. Zu seiner Überraschung stieß er auch dort auf ein Stück Papier. *„Camus!"* Es war Bressers geheimnisvolle Botschaft auf dem Kalenderblatt.
Endlich fand er das Taschentuch.
„Danke." Ilona tupfte die Wangen ab und erhob sich.
„Es ging alles viel zu schnell", flüsterte Starke. „Ich wäre jetzt erst mit dem Präludium fertig."
Sie schlossen sich dem Leichenzug an. Als sie ins Freie traten, sah Grewe, wie der vom Husten geplagte Mann an die Seite des Pfarrers eilte. Die nasale Stimme kam ihm bekannt vor. Angestrengt sann er darüber nach, wann und wo er sie schon einmal gehört hatte.
Es war kalt draußen, aber, da die Sonne schien, erträglicher als in der Aussegnungshalle. Wie ein schwarzer Lindwurm wälzte sich der Zug schweigend durch das Friedhofslabyrinth. Auf den Kieswegen knirschten die Schritte. Hin und wieder stoben Spatzen von den Gräbern und suchten Schutz in den tiefhängenden Zweigen. Emporgehoben in den blauen Himmel, schwankte der Sarg, als wollten ihm die Träger auf direktem Weg Einlaß in die Gefilde der Ewigkeit verschaffen.
„Camus!" In der Manteltasche knisterte der Kalenderzettel. Grewes Finger rollten ihn zu einem Kügelchen zusammen. Camus, Camus —
Der Zug geriet ins Stocken, der Sarg steuerte scharf nach rechts. Langsam faßte die Kolonne wieder Tritt und nahm den schleppenden Trauerrhythmus

auf. Sisyphos, dachte Grewe. Der Mythos von Sisyphos. Endlich fiel es ihm ein: ,,Es gibt nur zwei Möglichkeiten — entweder Selbstmord oder Auflehnung." Offenbar war sich Bresser der Deutung seines Abgangs nicht sicher gewesen. Ein Mißverständnis lag schließlich nahe, denn als sie in Starkes Bibliothek über den Selbstmord sprachen, hatte er ihn als Kapitulation bezeichnet. Nun war sein Widerstand dokumentiert — ein unbeugsamer Wille, bezwungen nur von der Morbidität der körperlichen Hülle. Das Ausrufezeichen ließ jedoch noch eine andere Interpretation des in seinem Arbeitszimmer hängenden Spruches zu: die Aufforderung, sich an Bresser ein Beispiel zu nehmen. Auflehnung oder Selbstmord —
Immer diese elenden Alternativen, dachte er, diese Krankheit der Rechtfertigung. Der Sinn des Lebens ist das Leben, das Leben des Menschen ist Totschlagen der Zeit. Bedurfte es da noch irgendeiner Rechtfertigung?
Behutsam, als berge er gläserne Kostbarkeiten, ließen die Träger den Sarg in die Grube. Ilona klammerte sich an Grewes Arm.
,,Nachdem es dem allmächtigen Gott gefallen hat, unseren Bruder Jean Bresser aus diesem Leben abzurufen, legen wir seinen Leib in Gottes Acker, daß er wieder zur Erde werde, davon er genommen ist —"
Auf dem Erdhaufen hinter dem Grab stand ein Mann und richtete die Kamera auf die in einem Halbrund postierte Trauergemeinde. Seine unverfrorene Geschäftigkeit machte es unmöglich zu entscheiden, ob er ein professioneller Friedhofsfoto-

graf war oder zu Melcers Observierungskommando gehörte. Doch außer Grewe schien niemand auf ihn zu achten.

,,Erde zur Erde, Asche zu Asche, Staub zum Staube —''

Polternd fielen die Erdklumpen auf den Deckel aus Fichtenholz.

,,Wir befehlen unseren Bruder in Gottes Hand. Jesus Christus wird ihn auferwecken am Jüngsten Tage. Er sei ihm gnädig im Gericht und helfe ihm auf zu seinem Reiche.''

Nein, dachte Grewe, Bresser sollte die Alternative mit in die Ewigkeit nehmen. Er wollte nichts von ihr wissen. Er hatte sich entschieden für die dritte Möglichkeit — das *bewußte* Totschlagen der Zeit.

Als die Reihe an ihm war, verzichtete er auf die kleine Schaufel. Er hob mit der Rechten ein Häufchen Erde auf und preßte die Zettelkugel hinein. Der Klumpen rollte über den Sarg und fiel hinab in das auf dem Boden der Grube stehende Wasser. Es klickte. Als Grewe aufsah, blickte er direkt in die Kamera.

,,Leb wohl, Jean —'', flüsterte die nasale Stimme. Während der Mann, dessen Tonfall Grewe noch immer Rätsel aufgab, die Schaufel in der Hand hielt, wurde sein Körper von einem Hustenanfall geschüttelt. Die Erde rutschte über das kleine Metallblatt und fiel auf den Rand des Grabes.

Allmählich löste sich die Trauergemeinde auf. Grewe hielt Ausschau nach dem geheimnisvollen Grippekranken. Der Mann reichte gerade dem Pfarrer die Hand und machte sich dann auf den Weg durch den Irrgarten der schmalen Kiespfade. Grewe eilte ihm nach.

„Entschuldigen Sie", sagte er, als er ihn endlich erreicht hatte. „Haben Sie Jean gut gekannt?"

„Natürlich." Der Mann blickte ihn verwundert an und schneuzte sich. „Ich bin sein Bruder." Er schlug den Mantelkragen hoch und verschwand hinter den immergrünen Hecken, offenbar Ilona folgend, die bereits dem Ausgang zustrebte. Über den Gräbern sah Grewe noch von weitem den Buckel auftauchen wie den Kopf eines Ertrinkenden.

„Zur Redaktion?" fragte Starke, als sie im Auto saßen.

„Nein", sagte Grewe. „Setz mich zu Hause ab." Ihm war nicht nach Stettner und Glockmann zumute, selbst nach Anna nicht, auch wenn ihm das „Tagebuch des Schreckens" nun erspart geblieben war. Schweigend zündete er sich eine Zigarette an. Während Starke die Ampelhürden nahm, über Straßenbahngleise und durch Baustellen steuerte, lehnte sich Grewe zurück in das Polster und ließ die Färöer aus dem Atlantik steigen. Wieder brach die Sonne durch tiefliegende Wolkenbänke, Fischer landeten ihre blitzenden Fänge an, über satte Weiden zogen blökend die Schafe. Aus Schornsteinen auf roten Dächern quoll weißer Rauch, verschmolz mit dem Himmel und versank in blauer Unendlichkeit. Keine Zufälle mehr, keine Mißverständnisse. Alles war ruhig und klar, eindeutig und selbstverständlich wie die funkelnden Edelsteine in den prallen Netzen. Häuser, geschmiegt an die Hänge, Felder, gekämmt vom Wind, Straßen, die im Sand verliefen —

Das plötzliche Quietschen der Reifen riß Grewe aus dem färingischen Traum. Vor ihnen stand ein Omnibus, dem lachend und lärmend eine Schülerschar entstieg.

„Weißt du, was ich glaube?" sagte er, als sich der Bus wieder in Bewegung setzte. „Von dem, was Bresser erzählte, stimmte kein Wort. Die Verschwörung, von der er sprach, der geplante Coup — das existierte nur in seiner Phantasie. In Wahrheit suchte er einen Vorwand und einen Ort, um mit der Illusion sterben zu können, er habe noch etwas Nützliches für seine Sache getan."

„Und die Telefongespräche?"

„Bestellte Anrufe. Irgendwelche Bekannten. Und sein Bruder —"

„Er hatte einen Bruder?"

„Ja. Weder Ilona noch ich kannten ihn. Er hatte ihn nie erwähnt. Wahrscheinlich waren sie zerstritten."

„Wenn du recht hast mit deiner These", sagte Starke nach einer Weile, „war also alle Aufregung umsonst. Haben sie den Alarm schon abgeblasen?"

„Nicht daß ich wüßte. Vielleicht habe ich ja auch unrecht, und der Coup findet tatsächlich noch statt. Es ist mehr ein Gefühl —"

Sie näherten sich den Thujen und Krüppelkiefern der Reihenhaussiedlung. In der Lindenstraße hielt Starke an.

„Danke", sagte Grewe und stieg aus. „Vielleicht besuche ich dich am Wochenende."

Er öffnete die Haustür. Es war niemand da — außer Cito. Schon im Flur hörte er ihn jaulen. Der Hund lag vor dem Arbeitszimmer und blickte kaum auf, als er sich ihm näherte.

Ja, dachte Grewe, als er vor seinem Schreibtisch stand und die Plakate und Sprüche an den Wänden betrachtete, Irene hatte recht — das Zimmer mußte unbedingt renoviert werden. Je eher, desto besser. Es kam ihm vor, als sei er um Jahre gealtert.

Unten klingelte das Telefon. Er eilte hinab ins Wohnzimmer.

,,Grewe —", sagte er, außer Atem.

,,Achim, komm bitte sofort in die Pfarrei." Starkes Stimme klang erregt. ,,Deine Mutmaßungen über Bresser scheinen falsch zu sein. Melcers Leute waren hier. Sie haben die ganze Bibliothek durchwühlt und die Leser-Kartei mitgenommen. Ich brauche dich als Zeugen, denn meine Sekretärin ist verschwunden — auch der Kaplan. Wahrscheinlich werden sie verhört."

Als Grewe zur Tiefgarage ging, fiel ihm auf der gegenüberliegenden Straßenseite ein Wagen auf. Aus dem hinteren Seitenfenster war eine Kamera auf ihn gerichtet. Er glaubte, den Fotografen vom Friedhof wiederzuerkennen. Ehe er irgendeiner Reaktion fähig war, wurde das Fenster hochgekurbelt. Der Wagen raste mit quietschenden Reifen davon.

,,Wenn unser Apparat läuft, kann ihn nichts mehr aufhalten", hatte der Minister gesagt. Zumindest daran gibt es keinen Zweifel, dachte Grewe bitter und öffnete das Garagentor. Jetzt würden sie sicherlich auch vor Irene nicht mehr haltmachen.

Die Färöer versanken in den Fluten des Ozeans.

Heiner Flaig
Ausverkauf im Paradies
Roman

208 Seiten, Ganzleinen

Das ,,Paradies", ein noch mittelalterliches Viertel einer Stadt, soll abgerissen und in ein modernes ,,Einkaufs-Paradies" umgewandelt werden. Ohnmächtig erleben die Bewohner die anscheinend unabwendbare Bedrohung. Eine Gruppe von ,,Machern" — ein Baufinanzier, Beamte und Politiker — verfolgen rücksichtslos ihr Ziel. Widerstand von seiten der Paradiesler, die seit Generationen mit ihrem Quartier verwachsen sind, scheint aussichtslos.
,,Wieder eine städtische Idylle weniger" wird man achselzuckend bemerken. Das Thema des zeitkritischen Romans ist lästig, es nervt. Der Leser findet sich plötzlich selbst miteinbezogen in den ,,Ausverkauf", auch er bedauert die fortschreitende Zerstörung unserer Umwelt und nimmt in vollen Zügen die Annehmlichkeiten und Verlockungen unseres Wohlstands wahr.
Bildhaft und farbig schildert Heiner Flaig die unverwechselbaren Gestalten und Charaktere, Schicksale und Geschichten: Zukker und Anna, ihre Nachbarn, die Herrenstube, die Kirche, der Baulöwe Dr. Cerny und der Stadtbaudirektor, die schließlich über eine Bestechungsaffäre stolpern. Und Klara, eine junge, alleinlebende Frau, die aus einer Phase fruchtloser ,,Selbstverwirklichung" ausbricht und mit ihrem Beitrag zur Rettung des Paradieses zu sich selbst findet.
Heiner Flaig, Jahrgang 1928, begann erst spät mit dem Schreiben, obwohl er einen schreibenden Beruf vor sich sah, als er in München Zeitungs- und Theaterwissenschaft studierte, aber das Studium bald abbrach. Gut drei Jahrzehnte arbeitete er als Manager für Public Relations, Werbung und Gestaltung im In- und Ausland. Der zweite Anlauf zum Schreiben gelang: seit 1978 lebt Heiner Flaig als freier Schriftsteller in Baden-Baden. Neben Veröffentlichungen in Anthologien und Zeitschriften erschien von ihm bisher eine Dokumentation über eine deutsche Stadt während des Dritten Reichs: Zeitgeschehen in Bildern.

MORSTADT VERLAG KEHL STRASBOURG BASEL